新丝路世界人文经典

[匈牙利] 加尔多尼·盖佐 著
杨永前 译

看不见的人

外语教学与研究出版社
北京

图书在版编目（CIP）数据

看不见的人 /（匈）加尔多尼·盖佐著；杨永前译. -- 北京：外语教学与研究出版社，2024.6
(新丝路世界人文经典)
ISBN 978-7-5213-5247-4

Ⅰ. ①看⋯ Ⅱ. ①加⋯ ②杨⋯ Ⅲ. ①长篇小说－匈牙利－现代 Ⅳ. ①I515.45

中国国家版本馆 CIP 数据核字 (2024) 第 106670 号

看不见的人
KANBUJIAN DE REN

出 版 人	王　芳
项目策划	彭冬林　徐晓丹
项目统筹	徐晓丹
责任编辑	徐晓丹
责任校对	于　辉
封面设计	梧桐影
插图设计	华路天然工作室
版式设计	孙莉明
出版发行	外语教学与研究出版社
社　　址	北京市西三环北路 19 号（100089）
网　　址	https://www.fltrp.com
印　　刷	三河市紫恒印装有限公司
开　　本	710×1000　1/16
印　　张	22
字　　数	317 千字
版　　次	2024 年 6 月第 1 版
印　　次	2024 年 6 月第 1 次印刷
书　　号	ISBN 978-7-5213-5247-4
定　　价	96.00 元

如有图书采购需求，图书内容或印刷装订等问题，侵权、盗版书籍等线索，请拨打以下电话或关注官方服务号：
客服电话：400 898 7008
官方服务号：微信搜索并关注公众号"外研社官方服务号"
外研社购书网址：https://fltrp.tmall.com

物料号：352470001

出版说明

2013年9月和10月，习近平主席在访问哈萨克斯坦和印度尼西亚时，先后提出共建"丝绸之路经济带"和"21世纪海上丝绸之路"（即"一带一路"倡议）。"一带一路"倡议，继承和弘扬了"团结互信、平等互利、包容互鉴、合作共赢，不同种族、不同信仰、不同文化背景的国家完全可以共享和平，共同发展"的丝路精神，倡导沿线各国之间实现互联互通，促进相互间的经贸合作与人文交流。特别是习主席关于"构建人类命运共同体"的理念和主张乃人心所向，众望所归，不仅得到了国际社会的高度响应，写进了联合国大会决议，而且也是中华民族站在新的历史起点上对人类和平发展的智慧贡献。

"国之交在于民相亲，民相亲在于心相通。"在推进"一带一路"建设、促进各国互联互通、构建人类命运共同体的进程中，民心相通是基础。实现民心相通的前提和最直接有效的手段，是通过阅读了解彼此的文化，克服文化偏见，增进文化理解，促进相互信任，加深人民友谊。不言而喻，文化理解是实现民心相通的基础和前提。

"一带一路"沿线国家，大多为文明古国，在历史上创造了形态各异、风格不同的灿烂文化，这些文化是人类文明宝库的重要组成部分。但毋庸讳言，这些国家大多数是发展中国家，又多为中小国家，他们的母语或官方语言大多是"非通用语种"。囿于译者和阅读人数较少，过去我们对这些国家的人文经典著作的译介和研究远远不够。"一带一路"倡议提出以来，我国已经与"一带一路"沿线多个国家开展了政府间人文经典互译项目的合作，其中中国与俄罗斯、阿拉伯国家、阿尔巴尼亚、葡萄牙、以色列、斯里兰卡等多个国家和地区的经典互译工作已经产生了丰硕成果。但总体来说，目前的译介还不能满足今天读者对"一带一路"国家人文经典阅读日益增长的需求。为此，我们组织翻译出版这套"新丝路世界人文经典"丛书，其目的就是重点翻译介绍"一带一路"沿线国家的哲学思想、文学艺术等领域的经典作品，以期填补空白，为我国读者了解这些国家的文化打开一扇窗户。

这套丛书有以下几个特点：(1)所涉猎的学科、领域和题材丰富，涵盖哲学、思想、历史、文学、文化等，便于对对象国文化有较为全面的了解；(2)以挖掘"新"作为重心，不求面面俱到，对于已经在国内有比较好的译本的名著，不重复翻译；(3)这套丛书是开放式的，随着认识和研究的不断深入，我们会及时补入新篇目；(4)力求从原著的语言直接翻译，避免因其他外语转译而减损对原著的理解。

我们深知，此项工作并非易事。很多语种译者资源非常有限，甚至不过寥寥数人。限于学识和经验，我们对"一带一路"国家的人文经典梳理不足，或许挂一漏万。但我们相信有广大专家学者的鼎力支持，一定能够有所建树，为促进文明互鉴与文化交流贡献绵薄之力。

"文明因交流而多彩，文明因互鉴而丰富。"我们期盼，这套丛书的翻译出版将有助于我国读者通过对这些国家人文经典的阅读，更多了解"一带一路"沿线国家的人文传统和民族特质，促进民心相通，夯实"一带一路"建设的民意基础。

外语教学与研究出版社
2023年4月

译者序

为爱情甘愿做奴隶

加尔多尼·盖佐是匈牙利著名小说家、诗人、戏剧家、新闻记者，匈牙利科学院荣誉院士，19世纪末20世纪初匈牙利文学的杰出代表，尤以历史小说的成就最高。《看不见的人》是他最有名、最受欢迎的小说之一，自问世以来征服了无数读者的心。

加尔多尼·盖佐1863年8月3日生于费耶尔州韦伦采湖南岸的奥加德村。出生时的名字叫齐艾格莱尔·盖佐。父亲齐艾格莱尔·山多尔·米哈伊是机械师和发明家，撒克逊人后裔，其祖上在宗教改革时期从德国迁居匈牙利。母亲纳吉·特蕾莎是匈牙利没落小贵族的后裔，家庭主妇。他们共育有七个孩子，但只有加尔多尼·盖佐和两个弟弟活到了成年。

加尔多尼·盖佐1868年开始上小学，1878年高中毕业，此后成为埃格尔大主教天主教教师培训学院的学生。1882年获小学教师文凭。1885年2月成为佩奇《多瑙河以西日报》的编外记者，10月辞去教师工作并与查尼·玛利亚结婚，婚后定居久尔市并开始真正的记者生涯，先后担任《教师之友》月刊编辑和《匈牙利新闻报》记者。1892年离婚，1897年与母亲迁居埃格尔市，专心从事文学创作，直至1922年10月30日去世。他喜欢宁静与孤独，甚至离群索居，他因此有了一个昵称：埃格尔的隐士。

1881年5月发表一篇幽默作品时他首次使用加尔多尼·盖佐这个笔名。

加尔多尼是父母为他办理出生登记的地方，与他出生时的村子相邻。此后，他经常使用这个笔名。1890年以后，他在发表作品时只使用这个笔名。

他的文学创作大致分三个时期：19世纪90年代，以创作民俗风情类的短篇小说为主，如《我的村庄》；20世纪头十年，创作出三部历史小说《埃格尔之星》《看不见的人》《上帝的奴隶》；1910年后，主要创作娱乐性民间戏剧。《埃格尔之星》描写的是16世纪匈牙利人抗击奥斯曼土耳其侵略军的故事，这部弘扬爱国主义的历史小说在匈牙利文学史上具有极高的地位。匈牙利电影制片厂1968年出品的同名电影在中国上映时改名为《绿宝石护身符》。但加尔多尼·盖佐却对《看不见的人》格外垂青，将其视为自己"最可爱的一部作品"。

《看不见的人》于1902年出版。小说故事浪漫，情节跌宕起伏。故事主线是一个令人绝望的爱情故事，阿提拉的匈奴帝国作为故事的历史背景，像一幅巨大的全景画展现在读者面前。匈牙利文学史家舍普夫林·奥劳达尔在《匈牙利二十世纪文学史》中指出，在加尔多尼·盖佐的历史小说中，历史只是在远处闪光的舞台背景，最主要的一点是，前台展现的永远都是小人物的命运。

小说故事发生在公元5世纪中叶，其时罗马帝国早已分裂为东、西罗马帝国。小说的主人公和叙述者泽塔是一个希腊男孩，因家境贫寒，十二岁时被父亲卖身为奴。在东罗马帝国首都君士坦丁堡当了八年的奴隶之后，他成为自由人，但他却不愿意离开主人、雄辩家普利斯库斯。这时，主人受皇帝的委派出使匈奴帝国，泽塔作为仆人一同前往。在匈奴帝国，泽塔爱上了匈奴贵族查特的女儿埃莫盖，他甘愿成为查特家的奴隶，只为能够与埃莫盖朝夕相对。后来他历经坎坷，参加卡塔隆尼之战，寄希望立下战功，赢得令人尊敬的地位，娶埃莫盖为妻。那么后来他的愿望实现了吗？作者为读者们描述了一个异常凄美的爱情故事。

《看不见的人》的创作缘起是什么呢？有关"上帝之鞭"阿提拉的传说在匈牙利民间广为流传：公元453年，年近50岁的阿提拉在新婚之夜突然暴亡。一个夜晚，阿提拉被秘密埋葬。他的遗体被装入三重棺椁之中，第一重用黄金制成,第二重用银制成,第三重用钢铁制成。正当奴隶们埋葬阿提拉时,一队匈奴弓箭手将他们包围,并将这些知道埋葬地点的人射死。19世纪90年代初,加尔多尼·盖佐动了为阿提拉的葬礼画全景画的念头,但草图画完后他并不满意,于是将其束之高阁,后来就把此事遗忘。1900年,匈牙利著名画家蒙卡奇·米哈伊去世,盛大的葬礼让他感到震撼,他觉得自己必须拯救阿提拉的葬礼这个美妙的题材,要么用画,要么用文字。于是,他开始研究历史文献,并记录了自己的创作过程。

"我阅读了法国历史学家蒂埃里、匈牙利历史学家费斯勒、罗马历史学家普利斯库斯的著作,阿提拉从历史的迷雾中走了出来,在我的面前变成了一个巨人。一个想法油然而生:给他的身边虚构一个奴隶,通过他,我对动荡的匈奴时代进行介绍。为了让这名奴隶成为合适的媒介,我必须给他的身边虚构一个匈奴姑娘,这个姑娘将把他和匈奴的土地连接起来。"

1900年秋,加尔多尼·盖佐动手写作,他从这名奴隶和匈奴姑娘的相遇开始写起,但他不喜欢这个开头,于是把草稿弃置一边。同年最后一天,他把草稿拿出来撕掉。他从这名奴隶写起,仿佛是给他写人物传记。他几乎足不出户,用了不到四个月的时间就写完了这部小说。小说先连载于《布达佩斯新闻报》,1902年正式出版发行。

他给这部小说起名花了很长时间,第一个名字是《日落》,他认为空洞。第二个名字是《爱情的奴隶》,他感觉有点像匈牙利浪漫主义作家约卡伊的风格。最后,他取名《看不见的人》。

读者第一次看见这个书名时也许会疑惑不解:人,为什么看不见呢?作者在序言中给出了解答:"动物认识彼此,而人却做不到。就连吉吉亚也不认识我,尽管她是我的妻子和守护天使,我的抽屉和心扉也都向她敞开着。可即便如此,她也不认识我。人只有脸能被别人认识,但脸并不等同于人。人隐藏在脸的后面,是看不见的。"其实,"看不见的人"和汉语里的"知人知面不知心"意思差不多。

这部小说的核心事件是发生在公元451年夏末的"卡塔隆尼之战"。这是一场关系欧洲各民族生死存亡的大决战。为了写好战争场面,加尔多尼·盖佐专程前往卡塔隆尼平原查看地形。据史料记载，匈奴联军大约有50万人，罗马联军大概有30万人。这些数字后来经考证，都有夸大之嫌，但不管事实如何，这场战役在古代欧洲都算规模宏大，而且影响深远。几乎所有史书的记载都认为，罗马联军取得胜利，阿提拉遭到惨败。加尔多尼·盖佐在创作笔记中对此提出了质疑：既然阿提拉遭到惨败，可为什么阿提拉的军队在卡塔隆尼平原还多待了两日，甚至还打扫了战场？西罗马统帅埃提乌斯为什么没有用镣铐把阿提拉带回罗马，并把他关在铁笼子里示众？为什么当年冬天阿提拉出兵意大利，攻陷了西罗马帝国首都拉文纳？为什么教皇下跪求情，阿提拉才决定接受议和条款并撤走？

在西方世界，阿提拉是野蛮和暴力的代名词，但在作者的笔下，阿提拉却是一个有魅力、睿智、受人爱戴的领袖。在匈牙利，阿提拉这个名字十分流行，很多人都给自己的儿子起这个名字。

阿提拉这个历史人物的头衔，在汉语里有两种叫法，一种叫匈奴王，另一种叫匈人王。之所以会出现这种情况，是因为公元4—5世纪驰骋欧洲的那个游牧民族到底是不是匈奴人，目前学术界尚无定论。一派学者认为，这个游牧民族是匈人，与匈奴人无关。另一派学者则认为，这个游牧民族就是从中国历史上消失的北匈奴。

18世纪中叶，法国东方学家德经通过比较中西方史料，首次推断欧洲中世纪的匈人即汉文史籍所载匈奴，并描述了匈奴西迁入侵多瑙河流域的历程。在西方史学界，到20世纪40年代为止，匈人即匈奴以及匈奴西迁欧洲之说一直是学术界的主流观点。但从20世纪40年代起，一些学者开始否定这一观点。我国学者对于匈人与匈奴关系的了解始于19世纪末，匈人与匈奴同族论及匈奴西迁欧洲之说在我国深得人心，这导致多数史学著作、史学论文、历史教材以及各类词典在谈到匈人时都称之为"匈奴"。

在很多普通匈牙利人的意识里，匈人就是匈奴。匈牙利出生的东方学研究者艾尔迪·米克洛在《匈人与匈奴之间的八种考古学联系》一文指出，匈奴是匈人的中国名称，匈奴和匈人这两个名称可以互换。他认为，分布于欧亚大陆的匈奴和匈人铜鍑、妇女头饰、马葬和墓穴结构的特点证明了匈奴和匈人的历史延续性。2022年，由匈牙利人研究所考古遗传学研究中心和塞格德大学遗传学系的研究人员领衔的国际科研团队，通过对喀尔巴阡盆地的匈人遗骸进行全基因组分析，并与当今欧亚大陆所有族群的基因组进行比较，得出结论：欧洲匈人的军事和社会领袖阶层至少有一部分可能来自前匈奴帝国的领土，即今天的蒙古国，而且可以追溯到早期的匈奴祖先。

无论如何，匈奴和匈人这两个词语里都有一个"匈"字，很容易引起人们的无限遐想。需要说明的是，在小说的译文中，我把这个游牧民族的名称译为匈奴。也许，这样更能激起读者的阅读兴趣。

匈牙利的国名中也有一个"匈"字，那么匈牙利人和匈奴人到底有没有关系呢？这同样是一个引人遐想的问题。说起匈牙利的民族起源，至今依然是一团迷雾。根据考古学和语言学的研究成果推测，匈牙利民族的古老家园位于乌拉尔山中段以东的西西伯利亚平原。公元550年左右，匈牙利人的祖先开始向西迁徙，最终于公元895年定居喀尔巴阡盆地。

早在13世纪，匈牙利史学家盖佐伊·西蒙撰写的编年史《匈奴人和匈牙利人的事迹》首次记载了关于匈奴人和匈牙利人起源的传说。根据这一传说，大洪水过后的第201年，雅弗的后裔塔纳的儿子门罗特开始修塔，以便在大洪水再次发生时逃进塔中躲避，但上帝变乱了人们的语言，使他们彼此不能理解，最后分散到了各个地方。门罗特搬迁到波斯的一个叫埃维拉特的省，在这里他和妻子埃奈特生了两个儿子，一个叫胡诺尔，另一个叫马戈尔。有一次，这两个儿子外出狩猎，一只正在奔跑的母鹿出现在他们的前面，他们一直追到麦奥提克（即亚速海）沼泽地，这只鹿却踪迹全无。他们找了很久也没能找见。他们走遍整个沼泽地，觉得此地适合放牧，回家与父亲告别后搬迁到了这个沼泽地居住，在这里生活了五年。第六年，他们偶然外出并抢走了阿兰大公杜兰的两个女儿，胡诺尔和马戈尔分别娶她们为妻。后来，胡诺尔的后裔演变为匈奴人，马戈尔的后裔演变为马扎尔人即匈牙利人。这个传说在匈牙利影响颇大。

公元453年，阿提拉在新婚之夜暴亡后，匈奴逐渐沉寂下去，最后消失在了历史的长河之中。由于匈奴帝国的统治中心就在现在的匈牙利,所以关于匈奴帝国和阿提拉的传说自然而然就成为匈牙利历史和文化的一部分。加尔多尼·盖佐在创作《看不见的人》时,根据历史学家绍劳蒙·费伦茨的考证并结合流行于匈南部城市塞格德的民间观点,认定阿提拉时期匈奴帝国的统治中心就在塞格德。

加尔多尼·盖佐的写作风格不同于同时代的其他匈牙利作家。他的作品散发出忧郁的诗意,每部作品都充满情调与魅力。

匈牙利文学史家平特·耶诺在《匈牙利文学史》中写道:"加尔多尼·盖佐是匈牙利最有灵魂的小说家之一,是纯净的匈牙利语的古典艺术家;他以迷人的方式编织自己的故事,情节引人入胜;他是一个简单、真实、直接的作家,是富有诗意但依旧现实的人物刻画大师。"平特·耶诺认为,在故事的活泼性、叙事的自然性以及历史背景描写的真实性方面,没有任何一部匈牙利历史小说超越《看不见的人》。

"历史事件的氛围营造与心理分析的哲学精神交相辉映。作者在对爱情的描写中加入了温馨的抒情。面孔不同,灵魂不同,人类行为的驱动力是无法识别的。在已知的外表背后,未知的内在——看不见的人——在过着隐秘的生活。"平特·耶诺写道,"难能可贵的是,加尔多尼·盖佐的历史小说见证了逝去的世纪的时代精神。小说的背景描写并未充斥历史资料和考古场景,而是通过一个了不起的叙述者的讲述,艺术化地再现了逝去的时代的灵魂。作者的兴趣扩展到了古老世界的所有阶层。他不满足于介绍国王、高官、贵族,而是把社会底层的成员也引到读者的面前。很多时候,他对小人物比对历史人物和全国性大事件更感兴趣。"

据不完全统计,《看不见的人》迄今被翻译成了英文、德文、西班牙文、保加利亚文和土耳其文等,反响良好。

《看不见的人》中文版译自匈牙利文。衷心希望读者能够喜欢。

杨永前
2023 年 10 月于北京

自序

你们去君士坦丁堡打听一下：谁认识泽塔？

每个人都会说：

"我认识。"

有些人还会补充道：

"他是皇帝的图书管理员，是德高望重的普利斯库斯的朋友。他是个智者，也是个诚实的人。他的心就像金子一样。"

嘿，我倒希望我是这个泽塔。不过我要说：谁也不认识我。没错，我是皇帝的图书管理员，普利斯库斯也喜欢我，但我并非智者。我的诚实也并非没有瑕疵。更何况一个杀过人的人，能说他有仁爱之心吗？

我杀过人。我杀过人，而且不止一个——有一百个之多。我既偷过东西，也骗过人。我把所有这一切都作为我的忏悔写进这本书里。人们从中可以对我的智慧或者我的愚蠢做出评判。在这个世界上，没有人做过比我更愚蠢的事情。

现在再让那些人来说说他们是否认识我。怎么能认识我呢？动物认识彼此，而人却做不到。就连吉吉亚也不认识我，尽管她是我的妻子和守护天使，我的抽屉和心扉也都向她敞开着。可即便如此，她也不认识我。人只有脸能被别人认识，但脸并不等同于人。人隐藏在脸的后面，是看不见的。

这是一个姑娘教会我的。

目录

一	/ 1	十九	/ 107
二	/ 13	二十	/ 108
三	/ 25	二十一	/ 110
四	/ 31	二十二	/ 113
五	/ 36	二十三	/ 124
六	/ 40	二十四	/ 129
七	/ 42	二十五	/ 133
八	/ 48	二十六	/ 135
九	/ 56	二十七	/ 137
十	/ 62	二十八	/ 141
十一	/ 64	二十九	/ 147
十二	/ 71	三十	/ 149
十三	/ 79	三十一	/ 153
十四	/ 83	三十二	/ 159
十五	/ 92	三十三	/ 164
十六	/ 98	三十四	/ 170
十七	/ 99	三十五	/ 172
十八	/ 103	三十六	/ 179

三十七 / 187	五十二 / 267
三十八 / 190	五十三 / 271
三十九 / 198	五十四 / 276
四十　 / 201	五十五 / 278
四十一 / 204	五十六 / 283
四十二 / 209	五十七 / 290
四十三 / 215	五十八 / 294
四十四 / 218	五十九 / 297
四十五 / 222	六十　 / 300
四十六 / 225	六十一 / 307
四十七 / 233	六十二 / 310
四十八 / 235	六十三 / 313
四十九 / 237	六十四 / 323
五十　 / 252	六十五 / 335
五十一 / 261	

一

我的父亲卖我的那年,我十二岁。他把我卖给人家当奴隶。这就像人们卖小鸡、小狗或小驴一样。我没有抱怨——他是哭着做这件事的。

我家住在东罗马帝国的色雷斯,苛捐杂税名目繁多。为了给匈奴缴纳贡赋,统治者压榨民脂民膏。当时,匈奴人威震世界。

"匈奴人来了。别出声!"母亲这样吓唬哭泣的孩子。

"我梦见匈奴人了。"早上醒来时心情不好的人会如此咕哝。

可怜的色雷斯人的牛被官府的人掠走,否则也会被匈奴人吃掉。

我的母亲就是这个时候被埋葬的。她留下了六个孩子和一头母牛。我的父亲别无选择,要么把我带到集市上卖掉,要么把母牛带到集市卖掉。

他带走了我。

我们坐船去了君士坦丁堡。我的父亲给我的脚抹上白灰,让我站到市场的木板上。其他的奴隶也站在那里。

那里有三十个和我一样年纪的男孩儿。

第一个来问我的人是一个服装商。后来,来了一个围着绿色丝绸围巾的老妇人。我父亲要价十个金币。人们都摆着手,笑着离去。

后来,来了一个穿托加长袍的绅士,他是个高傲又高大的人。有两名奴隶给他在人群中开道。我的父亲只跟他要两个金币。这位绅士把钱给了我的父亲。

我的父亲泪流满面,亲吻我:

"上帝与你同在！要是走运的话，你可别忘了我。我之所以把你便宜卖给这位绅士，就是想让你永远都有好运气。"

此后，我再也没有见过我那慈祥的父亲。

买下我的那位绅士是个有威严的人，皮肤呈棕色。他转动自己的脑袋时，就像蹲在岩石上的鹰一样。他走路的姿态，就像色雷斯小伙子复活节时穿着新凉鞋去教堂一样。

他的名字叫马克西米努斯。

回到他的家里，奴隶们先给我洗了个澡，给我穿上了漂亮的白色衬衫。他们给我的腰上系了一条黑色带子。然后，马克西米努斯示意我去他身边，他带着我去了花园。

在那里，三个孩子正在一棵梧桐树下玩耍。

"嘿，这就是你们的奴隶，"马克西米努斯说，"他的名字叫泰欧菲尔。"

这些孩子跟我年龄相仿。我们之间的年龄相差不超过一岁。他们长得倒是像他们的父亲，只不过他们的父亲像一头水牛，他们像蟋蟀。

他们高兴地从头到脚打量着我。我也兴奋了起来——因为他们只是需要我做一个玩伴而已！然而，我很快就认识到他们需要的是什么样的玩伴。原来，他们需要的玩伴就像顽皮的小孩子玩耍的羊羔、小狗或者小猫。

他们把我当成靶子，拿柠檬往我身上砸。

"你跳吧，嗨！"

我跳了起来。在击中我之前，这个游戏是好玩的。在击中我之后，这个游戏就只对他们而言是好玩的。后来，我痛得号啕大哭，扑倒在草坪上。于是，他们就用荨麻抽打我的脚裸露的部分。我气愤极了，扑向最大的那个男孩儿，猛地推了他一下，结果他的脑袋"咚"的一声撞到了一棵树上。

这些男孩儿惊呆了。最大的那个男孩儿转身跑回房子里去叫家庭教师。这个时候，我也意识到自己闯祸了。不过，我想，不管他们把谁叫来，我都会告诉这个人他们是怎样对待我的。

家庭教师很快就来了。当他明白发生了什么事之后，就盯着我看。

"先生，"我向他哭诉道，"这些男孩儿伤害了我。"

"你不是奴隶吗？！"他朝我的脸大吼道。

他狠狠地揍了我一顿。其他的奴隶也从房子里跑出来。一个奴隶手握鞭子。他也揍了我一顿，鞭子每抽打一下，血都会从皮肤里流淌出来。

从这天起，我的厄运便开始了。假如我压抑心中的痛苦，他们就会感到无聊。但那个时候我才十来岁，人在那个年纪还不会掩饰自己。我做不了别的，只能露出自己尖利的白牙。我的反抗让他们感到愉快："奴隶生气了！多么好笑啊！"

小孩子就是这样逗弄拴在铁链上的狗的。

他们当着父母亲的面倒是不会对我肆意妄为。只有当我们单独在一起，或者只有当着其他奴隶的面，他们才敢为非作歹。我发现，这些奴隶完全丧失了他们的人性。没有一个奴隶敢跟他们讲话，甚至宁愿和他们一起嘲笑我。他们喜欢的娱乐是：把泥巴或者更令人讨厌的污垢抹到我的脸上，或者把绳索套在我的脖子上，玩刽子手游戏。

"我们把他吊起来吧！"

大男孩儿爬上树，把我往上拉。小男孩儿把我的手扭到背后。我的绝望和尖叫就是他们的乐趣。

或者，他们会说：

"我们来玩瞎子乞丐吧！"

他们蒙上我的眼睛，把我带到喷泉旁边。他们让我背对着水池站着，然后把我推入水中。

或者他们把狗绑到我的背上，抽打狗。狗会不断地咬我的脖子和耳朵。

或者他们把我的两条腿绑在一起，强迫我跳着走路。当我们抵达玫瑰

3

丛的时候，他们就把我推入带刺的花丛之中。

或者当我陪同他们去海边散步的时候，他们就把棍棒扔进海里。

"你去把它捞上来！"

这对我来说并不难，我会像水獭一样游泳。但当我转身朝外游的时候，他们就向我投掷鹅卵石。

在家里，他们向我的饭里吐唾沫，或者把垃圾撒到里面。他们把刺猬的皮藏在我的床单下面，把胶水浇到我的头发上。

所有这些我都得忍受，因为我是奴隶。

有许多次，我哭着恳求他们：

"少爷们，我们好好地玩吧，你们别折磨我。我会玩很多游戏。"

我确实会玩很多游戏，我们也一起玩了。但当他们厌倦之后，我的哀号又成为他们最有趣的游戏。

大概我来这里已经有十天了。一天中午，我匆匆忙忙吃完午餐，然后躲了起来。我躲在了花园里。我想，只要他们的家庭教师不呼唤他们，我就不出去。我钻到浓密的柽柳丛下，然后就睡着了。

我不知道我在那里睡了多久，在巨大的疼痛中我苏醒了过来。我的一只脚燃烧了起来。原来，他们把刨花放到我的脚面上并将其点燃。三个男孩儿在巨大的笑声中几乎尖叫起来。

我从树丛中跳了出来，冲向他们。我把其中的一个男孩儿向右推，把另一个向左推。我抽了第三个男孩儿一个耳光，撕扯着他的头发揍他。三个小孩儿朝三个方向跌倒在地；我也倒在草坪上打滚，一边哭着一边把口水涂到脚上。

听到喊声后，家里的人都跑了出来。主人和一名客人正在阳台上坐着。他朝着花园喊道：

"怎么回事？"

作为回应，一名奴隶抓住我，把我拖到阳台下面。

"这个小孩打了少爷们！"他说。

我看见这位傲慢的老爷脸色变得苍白起来。当着客人的面,他似乎把怒火压了下去。他用脑袋示意那个奴隶把我带走。他的这个示意包含着一个意思,即让奴隶们用鞭子抽打我一顿。

"老爷!"我双膝跪地,哭喊道,"是他们用火烧我的脚啊!"

但那个奴隶还是把我拖走了。

奴隶们狠狠地打了我一顿,打得我连动都动不了。我的眼泪不住地往下流。

大概已经过了四天,我才从床上爬起来,慢慢地走到门外。

我心里想:现在是上午,少爷们在学习,这个时候花园里一个人也没有。于是,我就去了花园,躺在草坪上晒太阳,因为病人喜欢阳光。

正在休息的我发现一位陌生而又肥胖的绅士在花园里散步,那天在阳台上和男主人谈话的正是他。

他独自一人散步,一副若有所思的样子。他的额头看上去像是患了头痛病似的。他穿的是一件奶油色托加长袍,它的边没有元老院元老们的托加长袍的边那么宽,但也是那种款式。

我心里想:我现在不用起来。此人不是这个家里的人,他不会伤害我的。

这位胖胖的绅士停在我的面前。

"你生病了,小男孩儿?"

听到这个和蔼的声音,我的眼泪夺眶而出。

"哦,老爷,"我在回答的时候,仿佛是向自己的父亲抱怨,"他们狠狠地打我了一顿。我的后脑勺特别地痛,后背和脚也痛得要命。"

我把衬衫脱下来。我的全身都是伤,被打得青一块紫一块。

他一声不吭地看着我,我带着儿童的自信继续哭诉道:

"他们把我当狗一样对待,甚至更恶劣。他们在我的脚上点火,然后大笑。没有人惩罚他们。在我被打得躺在院子里的时候,他们扑到我身上,踢我,揍我,还说:'你活该!你活该!要耳光吗?你活该!'哦,老爷，我快要死在这户人家里了，我感觉我快要死了！"

就在我诉说自己的悲伤时，马克西米努斯突然来了，他向客人致以问候。

客人把手伸向他，说道：

"你能不能把这个小奴隶给我？"

"我非常乐意！"马克西米努斯回答道，"不过，你得把它看成我送给你的微不足道的小礼物。"

"哦，不，"客人回答道，"给你一个金币，就算我买下了。"

"悉听尊便。"马克西米努斯有礼貌地回答道。

他们俩在花园里散着步，聊了一会儿天。后来，胖胖的绅士抓住我的手，带我离开。我们穿过三四条街道，走进一栋三层小房子。这只是一栋木房子，但很漂亮，房子的底层用石头建成。

这一天我永远也不会忘记。我的大救星是雄辩家普利斯库斯。

他孤独地生活在这栋房屋的下半部分，以书和文章为伴。只有一位希腊老妇人在照顾他。老妇人领我上到三楼。她安顿我睡下，从头到脚给我抹了油。

当我身体痊愈的时候，普利斯库斯给我做了两件衣服。一件是用羊毛编织的白色礼服，镶着绿色的丝边。另一件是用普通帆布做的便服。

每天早晨，我都帮助老妇人购买东西，然后去上学。下午，我穿上那件漂亮的衣服，陪同我的主人去皇宫。在多数情况下，我把纸卷夹在腋下，跟在他的后面。我是多么自豪啊！

我的主人是个好人。有时，他还抚摸我，轻轻地拍打我的脸蛋。有时，他会开玩笑地叫我泽塔①。老妇人也听见了这个名字，于是她也叫我泽塔。这样，泽塔就成了我的名字。

后来，随着老妇人的衰老，我要做的事情就成倍地增加。我得给主人洗衣服、给他的凉鞋上色。我要去集市和商店。我要给灯添油、扫地、除

---

① 泽塔，希腊字母表中第六个字母的读音。

尘、洗碗。所有的事情我都心甘情愿地去做。

年复一年，我的主人更加喜欢我了。这尤其是因为我是怀着兴趣对他的书籍和文件进行照管、除尘、清洁。有一次，我的老师提醒我说，我有罕见的超强记忆力。我的主人做了一个测试：他当着我的面翻开《荷马史诗》读了两行，接着又读了四行，然后又读了六行，我都一字不差地背诵给他听。我自己也不知道是怎么回事，但这些诗句都牢牢地印在了我的脑子里。凡是我注意倾听或者阅读的东西，我就永远也忘不了。到了第三年，我就开始抄写东西了。

这对我大有裨益。在皇帝的图书馆里，从事抄写工作的都是有学识的人。他们帮助我，给我提出了许多好的建议。从他们的交谈中，我也学到了很多东西。

我从他们的口中得知，一个奴隶在当了八年奴隶之后就可以恢复自由身，但也有奴隶永久地归其主人所有。我不知道我属于哪类，但我也不想离开我的主人。

在八年的时间里，我们彼此习惯了对方。我的主人喜欢我不仅是因为我对他的周到服侍，也是因为他可以和我谈论哲学和历史话题。我了解柏拉图、亚里士多德、希罗多德、普鲁塔克、苏埃托尼乌斯等哲学家和语法学家，所有的科学门类我都多多少少了解一些。我的主人在写作时总是问我地名、日期、年份。在皇帝的档案馆中，我慢慢地变成了活的日历、地理辞典和人名录。

一天早晨，我的主人一声不吭，这让我感到有些奇怪。平常我要给他刮胡子，要给他把早餐端上桌。这个时候，他总是讲他做了什么梦，尽管我们都不相信梦有其寓意，但我们都在猜测他的梦究竟是何含义。

这是一个早春的日子，他对我什么也没有说。我已经把早餐奶端上了桌，我习惯性地问道：

"你睡得怎么样，老爷？昨晚你梦见了什么？"

他没有回答我的问题。他偶尔会瞥我一眼，眼神若有所思，几乎是悲伤的。

"他这是怎么了？"我思忖道，"是我做错什么了吗？我从来没有做错任何事情。"

他终于开口了：

"我们还有多少钱，泽塔？"

"老爷，到昨天为止，我们有七十五枚索利多金币和三百零三枚塞斯特提乌斯银币。"

"红皮袋里有多少？"

"九十六枚索利多金币，也就是说，比一磅金子多一点儿。"

这个皮袋子藏在一个单独的隔间里。隔间的封口是一个木刻的耶稣的头颅。

有一次，我的主人在谈起这个袋子时说，它属于一个人，是这个人的。他没有说名字，我也没有多问。不管怎么说，钱都一直由我保管。

"你把那个红皮袋拿来！"他轻轻地打了一个手势，"再往里放四枚金币，凑成一百整。"

我把钱给他放到桌子上。

他一边思考一边在房间里来回踱步。我站在门旁边，不安地等待着，心想：莫非在钱上我出了什么差错？这个时候的他已经不那么胖了，假如他有什么不顺心的事，他那本来就像因头痛而出现皱纹的额头上就会出现深深的皱纹。

他终于停下脚步，看着我：

"泽塔，我的孩子，你知不知道今天是什么日子？"

"星期六，"我不假思索地回答道，"四月三日。'胜利者'塞琉古一世就是在这一天创建了安提欧克西亚城。大希律王的儿子们在这一天开始了统治。有一些人认为，我们的主耶稣也是在这一天死的。"

"没错。"普利斯库斯点头道。

他戴上十字架，继续在房间里踱步。

后来，他又停住了。

"你把我写于公元 440 年的日记找出来，揭掉封印，翻到四月三日。你读吧。"

我取出一个小卷宗，弹掉上面的灰尘。我拆开来，大声读起来：

今天早上，皇帝召见我。我们就《马尔古斯条约》的签订商谈了很长时间。此条约对匈奴王没有什么约束力，只对我们有约束力，对我们！哎哟，倘若这个野蛮人调转马头向我们奔来，我们这个国家可就完了！下午，我去找马克西米努斯。在那里，我遇见了一个小奴隶。他受到了非人的待遇。我就把他买了回来。他的名字叫泰欧菲尔。

读到最后几行的时候，我的声音几乎消失了。我迷茫地望着我的主人。

"今天已满八年，"普利斯库斯用湿润的眼睛看着我，"你自由了。"

仿佛有人把刀插进我的胸膛——但用的却是天使的手。

我只是看着他，反复地睁开眼睛，我不敢相信自己是醒着的。普利斯库斯拿起皮袋子：

"你看，这是我给你积攒的钱。从今天起，你可以戴帽子，可以结婚，可以做自己的主，也可以去当兵。从今天起，你想向谁问候就向谁问候。"

我的眼里噙满泪水。

"哦，好心的主人，"我双膝跪地，喘息着说，"你别让我走！你别给我钱！你让我留下来吧，我们还和以前一样！"

"你起来吧！"老人感动得眨着眼睛，"好吧，哦……"

从他的眼神和嘴唇的动作上看，我发现他想说出某种悦耳之言，但他只是微笑着眨了眨眼睛，摇了摇头：

"难道你真是这样的傻子吗？"

我流着泪答道：

"我要感谢你，老爷，是你把我从动物的行列里救了出来！我要感谢你，是你让我的理性闪耀出光芒。你不是用鞭子，而是用你那颗善良的心教育我。是你让我穿上了漂亮的衣服，是你让我和你坐在了一张桌子上。有善心之人才能称得上人，这不是你教导我的吗？"

他不住地点头：

"好吧，好吧，我亲爱的孩子。"

然后，他露出了微笑。

"嗯，你愿不愿意跟我去见野蛮人？"

"去见野蛮人！？"

我的心里非常震惊：

"去见阿提拉？"

"是的，真见鬼！"普利斯库斯摇着头答道，"几天后，我们就启程。"

他坐下，盯着眼前发呆。

"去见阿提拉？"我重复道。我仿佛是在做梦。

因为这个消息对于我来说是难以置信的。皇帝以前也曾派遣过我的主人出使别的地方，毕竟出使需要的是聪明人，但皇帝怎么可以派遣他去见野蛮人呢？

但是，我很快就听出了主人的话意。前不久，匈奴使者来觐见我们的皇帝狄奥多西二世。他们是戴着大帽子、丑陋、长着褐色皮肤的人。他们的背上搭着虎皮和豹皮。他们的面部看上去就好像是什么时候跟老虎亲吻过一样。他们的胸前挂着许多金链子，闪闪发光，沙沙作响，让人看后惊愕不已。他们来了五个人。我的主人每个小时都被召进宫中，或者有人跑到我们这里来。有时是宦官克里萨菲乌斯来，有时是皇帝的顾问马克西米努斯来，有时是皇帝的翻译官维吉拉斯来。我们的房子有时就像安静的疯人院，但皇宫就更是如此。达官贵人们到处都是在悄声说话，他们的眼神时而流露出忧虑，时而透出狡猾。

匈奴人给皇帝带来了信件。阿提拉在信中要求遣返潜伏在罗马帝国的逃犯。他还要求皇帝的臣民不要耕种伊斯特河（多瑙河）支流的土地，因为那片土地是他的，这是他用武力获得的，他也将用武力来守护。最后，他提出一个愿望：希望不要把集市设在伊利里亚[①]的伊斯特河岸边，而是设在从那里向内陆方向走五天路程的纳伊苏斯[②]，那里是两个帝国的交界处。

当匈奴使者把信件呈给皇帝的时候，我也站在皇宫里。我站在主人身后。当翻译官维吉拉斯逐字逐句翻译这封信件时，我发现整个皇宫里的人都面色苍白。

当维吉拉斯翻译到信的结尾阿提拉祝皇帝身体健康时，皇帝才如释重负地出了口气。

稍微动点脑子的话，就可以觉察出其中的邪恶幽默，但对方也顾及了措辞。关键的一点是，阿提拉现在不会率兵杀过来。

皇帝抬起头，几乎是谦卑地望着五名表情严肃的匈奴使者：

"陛下还有什么口信吗？"

使团团长艾德肯是一个蓄着漂亮唇髭的人，他扬起头说道：

"有。他说，下次派遣使者见他的时候，别是些随随便便的穿长袍的人，而是你的国家的重要人物：元老院元老或者至少是领事。"

看这个匈奴人说话的神态，仿佛只有他才是给皇帝狄奥多西二世和阿提拉擦洗马镫的人。

皇帝和蔼地频频点头，然后把使者们托付给克里萨菲乌斯，要求他在写好回信之前，好好款待他们。

写回信花了好几天时间，我的主人为此黑发变成了白发。我看见了他写的是什么，因为是我在替他誊写。假如字母能动的话，我们回信中的字母会跪着滑到阿提拉的眼前。谦卑，你的名字叫耻辱！有文化的欧洲居然在野蛮的亚洲面前卑躬屈膝！

[①] 伊利里亚，古地区名，在今欧洲巴尔干半岛西北部，大致相当于今斯洛文尼亚、克罗地亚、波黑、黑山、科索沃以及阿尔巴尼亚北部地区。
[②] 纳伊苏斯，古罗马城市，今塞尔维亚南部城市尼什。

皇帝谦卑地祈求阿提拉，别允许自己的臣民闯入罗马帝国。另外，请派出最高指挥官来缔结最终的和平条约。

所有这些记忆像闪电一样划过我的脑际，我问主人：

"你和谁去，老爷，假如我可以知道的话？皇帝派谁去？克里萨菲乌斯，对吗？"

普利斯库斯摇了摇脑袋：

"不，是一个长得更标致的人：马克西米努斯。"

这就是说，皇帝将要派遣的是我的第一个主人。

"不管你去哪里，老爷，我都跟着你，"我真心诚意地说出自己的想法，"也许，匈奴人并不像人们描绘得那样坏！"

"你好好考虑一下！现在，如果你留下来，你就是自由人了，泽塔，你不属于我了。你好好考虑一下！"

"我考虑好了，老爷。"

"那些人喝血，喝人血！在战斗中，他们把阵亡者的胸膛劈开，用他们的牙齿把尚在跳动的心脏撕扯出来！"

我感到我面色苍白。只要有人一提起血，我就感到反胃。然而，我太喜欢我的主人了，即使他命令我留下来，我也要跟着他走。

"我跟你去，老爷，"我回答道，"即使是去世界的尽头，我也跟着你。"

"啊，好极了！"老人露出了微笑，"那你就赶快收拾东西吧，孩子，你想想我们要带些什么。你把我的花送给老妇人吧。我们将把房门锁上。你看，这里是十个金币。你拿上这些钱去把埃及商贩出售的各种调料都买点儿，再买几张鳄鱼皮和红色羊皮、铜戒指、耳环，只要你认为在野蛮人那里能给我们带来利益的东西都可以买。嗯，你真的跟我去吗？"

"哦，老爷，"现在，我带着一腔热忱回答道，"即使你的影子能离开你，我也不愿意离开你。"

二

当我们在伊斯特河里饮马的时候，已经是春天了。柳树、白桦树大多已经吐芽，草地和牧场宛如巨大的绿色天鹅绒地毯，遍地的黄花仿佛是一步能跨几英里的巨人从天上撒下来的蛋黄似的。

我们一共有十顶帐篷。一顶是我的第一个主人马克西米努斯的。他是皇帝真正的使者。第二顶帐篷是普利斯库斯和我的。第三顶是翻译官维吉拉斯的，他是个爱眨眼睛的瘦人，以前曾见过阿提拉。其余的破旧帐篷是仆人们住的，还有一顶是商人卢斯提修斯的，经马克西米努斯的同意，他为了赎回一个亲戚而加入了我们。

在我们前面大约一箭之遥的地方，有一队军人在行走着，他们正在押送阿提拉要的十二名逃犯。匈奴的使者们和他们走在一起，路上尘土飞扬。

一路上，我们当然对匈奴的语言感兴趣，想知道那是一种什么样的鸟语。维吉拉斯和卢斯提修斯也教两位使者说匈奴语，但我这个可怜的无名之辈是不可以问他们任何问题的，我只能用耳朵捕捉到只言片语。

无论如何，维吉拉斯都是一位聪明的老师。他总是用匈奴语说出问题，两位使者必须先重复问题，然后再回答问题。

"什么在田野里吃草？"

"羊群在田野里吃草。"

当然，在刚开始的时候，他只要求用简单的词语回答问题。

"这是什么？"

他指着自己的披风。

"Esz van keppenjekk！（这是披风！）"马克西米努斯回答道。

"Esz van kepenyökk！（这是披风！）"我的主人回答道。

"既不是 keppenjekk，也不是 kepenyökk，"维吉拉斯更正道，"而是 köpönyeg（披风）。"

这个时候，他们都哈哈大笑。

"让这个野蛮人的语言见鬼去吧！要是不吃母奶的话，谁能学会呀？"

但是，我对它却有兴趣。

我请求主人允许我走在前面的逃犯身边，我想和某一个匈奴人交朋友——也许，这会对我们有用的。

普利斯库斯亲自陪同我去找上尉，请求他允许我和逃犯们待在一起，允许我和他们交谈。

很快，我就看中了一个脸上有疤痕的匈奴小伙子。因为每个匈奴人的脸上都有疤痕，但他看上去年轻，同龄人更容易相互理解。我骑着马在他的身边默默地走了一会儿，然后用拉丁语非常和气地问道：

"Quid nomen tibi est?（你叫什么名字？）"

这个匈奴人把他那一双黑黑的小眼睛转向我。我发现他听不懂。我身上有一片面包，于是就把面包给他。我心里想：我们用面包也可以把狗哄到我们的身边来。我用匈奴语问他：

"这是什么？"

这个匈奴人的脸上露出了笑容。

"你是不是希腊人？"他用怪腔怪调的希腊语问，"你不会匈奴语，你为什么跟我说匈奴语？"

"我想学。"我用祈求而又友好的口吻回答道。

真是太棒了，他也懂希腊语。我们轻而易举地达成了一致：在路上，我用食物和饮料帮他，他则教我匈奴语。

第一天，我就写下了几乎一百个名词、若干句问候语和短语："愿神赐予你美好的一天！""祝你充满力量，祝你健康！""神保佑您！""不用谢。""谢谢。""对不起！""路怎么走？""狗咬不咬人？"如此等等。

第二天晚上，我用匈奴语问候卢斯提修斯：

"晚上好。我吃晚饭没迟到吧？"

卢斯提修斯笑了。

"你们看，"他对两位使者说，"这个男孩儿用一天的时间就把匈奴语学会了。"

"你就学吧，泽塔，"我的主人高兴地鼓励我说，"谁知道学了会有啥好处。"

我满腔热情地学了起来，仿佛来世也能用匈奴语干成大事似的。啊，我是一头瞎了眼睛的驴！我如此卖力地学习，居然只是为了给自己酿成不幸！

几日后，我就已经从这名匈奴人口中得知他叫戴艾尔，是一位名叫查特的贵族的仆人。查特是阿提拉的最高指挥官的胞弟。

"你究竟做错了什么才导致你不得不逃亡？"我问道。

小伙子悲伤地闭上了眼睛。

"我没做错任何事情。"

"不可能吧……"

"只是……他有一个女儿……"

我微笑道：

"哦，当然，你爱上了她。"

"这谁忍得住啊？"

"那个姑娘也喜欢你吗？"

"我从来没向她表白过。"

他不愿意多说话。午餐后，我把一葫芦酒送给他，以此解开了他心上的锁。

"你说吧，戴艾尔，事情是怎么发生的？既然你没有向她表白，可你还是做错了什么事情吧？"

他叹息道：

"我没做错任何事情。我找人做了一根爱情棍，偷偷地送给了她。"

"嗨，这可是天大的蠢事。但爱情棍是什么东西？"

"在我们那里，只有大公才往纸上写字。老百姓都是往木棍上写字。往木棍上写字用的也不是墨水，而是刀尖。嗯，我剪下一根野玫瑰的枝条，带着它去找萨满波卡尔。"

"'请把小伙子通常跟姑娘说的那些话漂漂亮亮地刻在上面，'我对他说，'但最重要的是，这个小伙子爱她，而她却连看都不会看他一眼。'"

"于是，萨满漂漂亮亮地刻上了这段文字：'草喜欢星星，但星星在遥远的天空中闪烁；哎哟，星空真高啊！可怜的地上的草儿沾满露珠。'他写出了华丽的辞藻。萨满们都精于此道。当然，那个姑娘的名字我没有告诉他，但该死，我也忘了告诉他别把我的名字刻上去。危险就出在了这里。"

"它落在了她妈妈的手中。"

"它落在了她爸爸的手中。幸运的是，我就潜藏在宫殿的旁边，我听见她爸爸大喊我的名字。当人们用烧红的铁块去烫狮子的腰部时，狮子就会这样咆哮。"

他摇头道：

"如果不是恰好发生在晚上，啊，我早就进入乌鸦的嗉囊里了。"

"那个姑娘长得美吗？"

戴艾尔朝空中挥了一下手，高高地挑起眉毛，仿佛在说：他用语言无法描述她的美。

我朝他微笑。这个美人可能是那种胖胖的傻丫头。

"但是，你看，我的朋友，戴艾尔，既然他的爸爸是个大贵族，无论如何也不会把她给你的。"

"这是肯定的。"

"让我惊讶的是,你这么聪明,却做出了这么疯狂的事。"

他不吱声。他眨了眨眼睛,抬起脑袋。

我继续盘问他。

"那个姑娘叫什么名字?"

我之所以问这个问题,只是想听见一个匈奴女人的名字而已。

"埃莫。"他伤心地叹了口气。

"埃莫?奇怪的名字!你知道吗?"我若有所思地说,"我和你一样,我们都是仆人。但假如我的主人有女儿的话,不管她是多么美,我都不会失去理智。"

他没有作答。我发现,对他来说,这是一件痛苦的事情。于是,我就岔开了话题。

我们抵达边界时,几名骑着马的匈奴向导加入我们,他们走在我们的前面,率领我们穿越森林和山脉。

第三个星期,我们抵达平原,此后我们一直行走在平原上。这时,我已经对这趟旅行感兴趣了:我不断看到新的景象,与匈奴人交谈对我来说是一种快乐。

终于,我们走到了阿提拉的第一个定居点。我心里想:我将要看到的是一个巨大的野蛮人的城市和许多野蛮人。但我真的很失望:这里的庶民在和平时期住得很分散,而围在阿提拉身边的全是些官绅。

匈奴人不是住在房子里,而是住在帐篷里。甚至,他们也并非暴戾之人。

我们穿过许多村庄,所到之处,我们都在房屋的院落里发现了帐篷。这些房屋自然不是他们修建的,而是他们迁移到这里时找到的。戴艾尔解释说,只有在严寒的冬季,人们才会搬进房屋里住,而且只有妇女和病人才搬进去。

"我不明白,"我对戴艾尔说道,"房屋不管冬夏都比帐篷好。冬天暖，夏天凉。我们把所有的东西都可以更好地隐藏起来，包括我们的金银财宝。"

戴艾尔摇头道：

"房屋把人拴在了一个地方。当我必须在房屋里睡觉的时候，我感觉好像是睡在坟墓里。帐篷好一些。帐篷跟随着我。有帐篷的人想去哪儿生活就去哪儿生活。世界既广阔又美丽。但对我来说，不久之后它就变小了。"

阿提拉本人也住在帐篷里。我们从远处就看见了一个华丽的金顶帐篷，在众多的暗色和灰色的帐篷中显得与众不同。一面白色的丝绸旗帜在帐篷的顶上飘扬。

在这些帐篷的中间，一道道青色的烟柱升向天空。空气中弥漫着烤肉的味道，也能闻到马粪的味道。

时间接近正午。

"依我看，你们匈奴人没有挨饿，"我对匈奴小伙子说，"你们以吃马肉为生，这是真的吗？"

戴艾尔耸了耸肩。

"有时是这样。马肉是美味佳肴，比牛肉好吃。但对我来说，我已经几乎没有选择的机会了。"

他满脸焦虑地望着帐篷的方向。

"你在听我说话吗，希腊人？"他过了一分钟后说，"一路上，你都用一颗善良的心对待我，给我吃的给我喝的。我感谢你。但我还想让你再帮我一个忙，如果你愿意的话。"

"你尽管说吧，只要有可能，我就帮你。"

"嗯……假如你以后在某个地方看见我被穿刺在木桩上[①]，我请求你夜晚去那里走一趟，假如我还活着，请你把你的匕首插进我的胸膛。"

[①] 这里指木桩刑，其行刑方法是把木桩插入犯人身体，最常见的是插入肛门，然后刽子手把木桩竖起来，并插入事先打好的洞里。犯人一点儿一点儿地向下沉，直至木桩从其腋下、胸部甚至嘴里穿出。犯人的死亡过程漫长，要忍受难以名状的痛苦折磨。

我无法和他说更多的话了。他和其他的奴隶一起被带往阿提拉的帐篷的方向。

我们发现定居点的旁边有一座长满绿草的山丘，我们决定驻扎在那里。我们默默地眺望了一会儿这片平原，大约有一万顶帐篷散落其中。

许多儿童骑着小马从帐篷中间走出来，朝我们而来。他们盯着我们笑，满眼的快乐。他们多数人穿着白色帆布衣，脚上没有穿凉鞋，头上也没有戴帽子。他们的背上背着箭筒，肩上或手里有箭。后来我发现，匈奴的儿童一天到晚都在射麻雀和燕子。在我还没有看惯他们的脸之前，我说过，他们的脸是丑陋的。他们所有人都是塌鼻子，脸蛋就像小时候被狗咬过似的，疤痕依稀可见。

与男孩儿相比，女孩儿要漂亮得多。她们的鼻子不塌，脸蛋纯净得就像玫瑰花一样。她们身着各式各样的红色衣服。和我们国家的女孩儿一样，她们也玩玩偶，也是赤脚走路，就像鸭子一样。在马上只能看见男孩儿的身影。

维吉拉斯解释说，匈奴的男孩儿故意毁容。这样的好战民族以伤口为荣。面容越是遭受过打击，他们越觉得英俊。一张毫无瑕疵的脸对男人来说几乎等于丑陋。只有首领、大公的脸是可以没有瑕疵的，因为武器不可能触碰到他们。在战斗中，匈奴人不像其他民族那样迅速地转动自己的脑袋。

在山丘上，我们刚把帐篷的木柱和遮阳棚卸下来，就看见一个愤怒的匈奴骑手朝我们飞奔而来。他厉声斥责我们：怎么敢把帐篷支在比国王的帐篷还要高的地方。我们这才意识到的确有些失礼……

后来，我们被告知可以在什么地方支帐篷。

正当我们在支帐篷的时候，三个皮肤长得像豹子、戴着熊皮帽的匈奴人骑着马朝我们跑来。其中的两人我们已经认识了：一个是长着漂亮唇髭的艾德肯，另一个是奥里斯特斯，他也是贵族，也同样傲慢，尽管从他的脸上看得出他并非匈奴血统。第三个人的名字我们是后来才知道的，他叫查特。

"你们此次来有何贵干?"查特严肃地问道。

当维吉拉斯翻译过来后,使者们感到惊愕,因为阿提拉应该知道啊!

我的主人还是作了回答:

"皇帝派遣我们来见你们的国王,"他说,"所以,我们只能当面告诉他。"

"你们以为,"查特生气地喊道,"我们是自己寻开心才来找你们的吗?是大公派我们来问这个问题的。"

对阿提拉他只称为大公。

他看上去就像一只脾气暴躁、羽毛凌乱的猫头鹰,他和所有的匈奴人一样,脸上也好像是被狗咬过似的。他的脖子上挂的四根金链子闪闪发光,链子上的金环和钱币闪烁着光芒。他那把镶嵌着钻石的弯剑能抵得上一个小国家。啊,可怜的戴艾尔,假如你爱上的就是这个人的女儿,你还真的是不可能再选择烤马驹肉了。

"你们也应该知道什么是外交惯例,"我的主人有礼貌地辩解道,"当你们的使者去见我们的皇帝时,他们能把阿提拉的口信告诉别人吗?他们也只能当面告诉皇帝本人。"

几个匈奴人围成一团,交谈了几句。然后,在响亮的马蹄声中,他们策马返回阿提拉身边。

我们想:阿提拉长着一颗愚蠢的野蛮人的脑袋,所以才打发人来问话。在听到我们使者的回答后,他一定会手拍脑门,说:"哎呀,他们的确说得在理啊!"但是,事情并没这样发生。

三个匈奴贵族中的两人——查特和奥里斯特斯又返了回来,查特又一次居高临下地朝我们咆哮道:

"除了你们已经说过的话之外,假如你们没有其他的话要说,大公说让你们先回去。"

说完,他们便扬长而去。

马克西米努斯气得脸色都青了。我的主人也惊愕地望着他们骑马远去的背影。维吉拉斯气得几乎快要爆炸了。

"我们就这样回国吗？就这样空着手回去吗？阿提拉认识我。假如我能站到他的面前，我就能说服他，放我们国家一条生路。"

我们把帐篷已经装上了马车，正要启程之际，一名新的使者骑着马跑了过来，他从远处喊道：

"国王不允许你们夜晚出发！"

此人称呼阿提拉为国王。我对此感到奇怪。后来我才知道，他只是对我们才使用这个词。

于是，我们再次把帐篷卸下来，阿提拉派人送来一头牛和一马车鱼。这是我们的晚餐。后来，我们就进入了梦乡。

我的主人整个晚上辗转反侧。他叹息，呻吟。我问他怎么了。

"你睡吧，"他呻吟道，"我被羞辱折磨，一个野蛮人竟如此蔑视我们！"

"老爷，"我支起身子说，"你是个聪明人，你不认为事出有因吗？"

"事出何因？"

"老爷，你回想一下我们来的路上发生的事情。你是否还记得有一次你们邀请五名匈奴使者吃午餐？在吃午餐的过程中，话题谈到了狄奥多西二世和阿提拉，维吉拉斯说走了嘴。"

"他喝醉了。"

"他说，把人和神相提并论是不恰当的。"

"我说过了，他喝醉了，因为他走起路来都是摇摇晃晃的。"

"摇摇晃晃，没错，是摇摇晃晃。"

"匈奴的使者们第二天原谅了他。"

"他们原谅了他，这是真的。但这并不意味着他们没有告诉阿提拉狄奥多西二世的使者们对他是什么想法。"

我的主人没有再说什么。我睡着了。第二天清早，我发现他和马克西米努斯在帐篷前陷入沉思。然后，他呼叫卢斯提修斯的名字。

我在前面提到过卢斯提修斯，他和我们一起旅行，尽管他不属于使团。他的匈奴语说得非常好。他来找阿提拉的一个文书，此人是埃提乌斯赠送给匈奴王的。他是个长着卷发的希腊人，四十岁左右，总是行色匆匆。

我的主人骑到马上。我牵着马的缰绳。在明媚的春光中，卢斯提修斯走在我们的旁边。

我们向查特的帐篷走去。

我和马待在外面，他们两个人走了进去。

我的主人找查特有何贵干？我后来才知道。他许诺给查特送礼，条件是查特要把我们的使者引见给阿提拉。

趁他们在查特的帐篷里谈话，我从外面仔细端详这个由两顶四角帐篷组成的帐篷建筑，既宽大又漂亮。里面能容纳五十人。看样子，是贵族的帐篷。这是个连体帐篷，两顶帐篷都是有红色条纹的厚厚的毛毡帐篷。门上装饰着白色的马尾巴和拳头大小的镀金圆球。门上方的徽记映入我的眼帘：一只由红布缝成的手握着两把真剑，两把剑上都涂抹着焦油，剑的上方是镀金的太阳图案。后来我发现每顶帐篷上都有一个类似的徽记。要么挂在门上方，要么钉在门侧。只有国王的帐篷上飘扬着旗帜。

显然，后面的帐篷是供女眷住的。这从垂在门上的白色珍珠串和挂在窗户上的白色纱帘就能看出来。

在女眷的帐篷前面停着一辆四驾马车。上面装满了地毯和箱子。这说明女眷们正准备出行。我从未见过如此华丽的木箱。在我们那里，用雪松做的箱子的颜色都是本色。箱子上覆盖着毯子或者头巾，上面没有任何装饰。而野蛮人却在箱子上画满了玫瑰、郁金香或孔雀羽毛上的"眼睛"。啊，这是多么奇怪的事情！但是，有一件事比箱子更让我感兴趣：我想看见那个美得只能用手势来表达的野性的姑娘，那个可怜的匈奴小伙子后来就是因为她才死的。她可能是一个长着圆脸蛋、胖手胖脚的匈奴姑娘。

马车旁边站着一个眼角布满皱纹、下巴长赘肉的女人。我不知道她穿的那件灰色外套是用什么皮毛做成的，但和男人的外套一模一样。她的外套下面穿着核桃色的裙子。从她那傲慢的赘肉上看得出来，她不是女仆。

她指挥奴隶们按照她的想法放置东西。

奴隶们搬运，装车，擦汗。

过了一会儿，一个面容精致的十五六岁的姑娘走了出来。她的外套和那个下巴上长着傲慢的赘肉的女人的灰色外套一模一样，只不过她的裙子是白色的而已。

难道这就是那个姑娘吗？

啊，如果是她，我肯定不喜欢。她说不上漂亮，和每一个健康的青春期的姑娘没有什么两样，只是打扮精致。她没有血色没有能让观者感到温暖的东西。我在君士坦丁堡见过一些姑娘，她们的美就像火焰一样耀眼。只是我们的姑娘没有这样傲慢罢了。

这个姑娘让奴隶把一只画着郁金香的黄铜包角小箱子搬到马车上。这里面是否装着钱或者首饰，我不知道，但这肯定是她的物品，因为她小心翼翼地用芦苇秆盖住了箱子。

春天的阳光从云缝中洒下来，照到她的脸上。姑娘把一把鸵鸟羽毛扇举到额头上方。

这个动作，我喜欢。忽然之间，她就变成了一个美丽的姑娘。只有精灵才知道，我是如何、为何开始喜欢上她的，但我就是喜欢上了她。每一个美丽的姑娘身上都会有某种东西留在我们的记忆里。她的眼睛和嘴巴就是这样的东西。仿佛这个姑娘的整个身体来到人间的唯一目的，就是为了承载这两只梦幻般的黑眼睛和那张又红又匀称的嘴巴。即使是现在，我一想起她，她的眼睛和嘴巴就浮现在我的眼前。

"妈妈，"她说，"我想骑马去。"

她的声音是那样甜美，就像从远处飘来的笛声。

"穿着这身衣服？"她的妈妈和她发生了冲突，"你的裙子会变成什么样呢？"

"我不会一直骑到晚上的……"

"那也不好吧，埃莫盖[①]！"

嗯，妈妈说得有道理。

"那我换一条裙子，"姑娘在讨价还价，"嗯，你允许吗？"

这时，她瞥了我一眼。

这只是短暂的一瞥，就像被镜子反射到墙壁上的阳光，停留片刻，然后继续滑行——但我仍然被她震撼。

这个姑娘给我描绘出了死亡幽灵的模样。我们用人类的骨架、镰刀和沙漏来描绘死亡。在匈奴人的土地上，黑眼睛、红嘴巴的姑娘就代表了死亡。她出现在谁的面前，谁就必须得死。

她再次转向妈妈，问了什么事情——我没有听清楚。她向帐篷走去。就连她的影子都有一些特别……她犹豫不定地停下脚步，若有所思。这期间，她的目光又朝我瞥来，也许因为我是陌生人，她的目光就停留在了我的身上。

我们的目光碰在了一起。

我不知道，科学家是否研究过人的眼眸深处。

眼眸深处到底有什么？为什么释放着看不见的光芒？为什么每一束光芒都不一样？为什么它在这一分钟是冰冷的？为什么它在下一分钟又是温暖的？这是冰的光芒，也是火的光芒。有时它像天鹅绒一样光滑，有时它像刺一样扎人，有时它像闪电一样把人击倒。

姑娘看着我。

我从头到脚都麻木了。

[①] 埃莫盖，埃莫的昵称。

三

查特从男人的帐篷里走出来，环顾站在帐篷前的仆人们。我对他深鞠一躬，致以问候。

他连看也没看我一眼。他招呼仆人把马牵过来。他飞身上马，向阿提拉的帐篷方向飞奔而去。

让我错愕的是，我的主人留在里面，我怀着焦急的心情在想：难道他被囚禁了吗？！

但是，还不足祷告一次的时间，只见查特骑着马噔噔地回来了。他跳下马，急匆匆地钻进帐篷。

普利斯库斯旋即走出帐篷，卢斯提修斯紧随其后。两个人的脸上都泛着光芒。

"我们要快点！"我的主人朝我挥手。

他费力地跨到马背上。匈奴的孩子们笑个不停。

我们在跑。卢斯提修斯喘着粗气。匈奴的孩子们骑着小马一边追我们，一边大笑。

"阿提拉要接见我们！"我的主人离老远就朝马克西米努斯大喊。

马车已经做好了打道回府的准备，但这一句话突然改变了一切。

真是喜从天降，所有的人都急急忙忙地把托加长袍往身上穿！他们洗漱，梳头。他们把味道好闻的软膏往身上涂抹。上尉也在擦自己的剑和头盔，给自己的唇髭打黑蜡。他把光秃秃的头顶用头发遮盖起来。

他们走出来后,热烈地讨论着如何称呼阿提拉。

"国王陛下,所有国王中最尊贵的国王。"

这是普利斯库斯的提议。

但维吉拉斯表示反对。

"'大公陛下!'就足够了,"他说,"因为阿提拉没有加冕,所以他不是国王,只是大公。"

"都一样,"马克西米努斯认为,"我们宁肯把等级往上提高十级,也不能降一级。"

后来,我没有听见他们是如何继续讨论的。我在想那个迷人的死亡蝴蝶。她是多么苗条的姑娘啊,走起路来摇曳生姿!她的眼睛是多么深邃啊!那里面有一种尊严。啊,你这个可怜的、发疯的戴艾尔,这样的女人可不是为马夫养育的!

查特从众多的帐篷中间骑马跑过来。

"你们快来吧!"他朝使者们喊道,"国王在等着你们!"

他的眼神里充满自豪:

"这可是我的功劳,我的功劳!"

使者们都骑到了马上。仆人中只有我可以跟随他们。主人的墨水瓶挂在我的腰带上,纸夹在我的腋窝下。

我怀着紧张的心情走近大公的帐篷。这就是说,我将要看见这个大名鼎鼎的食人魔!

在帐篷的前面站着警卫队,他们的武器闪闪发光。有几个戴着王冠的人站在门口。其中一人看上去像得了胃病似的,眉宇之间有些苦涩。

我只是后来才知道,他们是什么样的国王。他们可都是真正的国王。阿提拉平日对待他们就如同对待朋友一样,只是在接见使者的时候,他们必须要站到他的门前,而且要戴着王冠!

当我们走进帐篷的时候,我已经预先准备好了自己的眼睛。在我的想象中,我们将要走进的地方会像教堂一样辉煌。阿提拉的装扮看上去会是可爱的野蛮人之神，他将坐在用金条堆成的宝座上接见我们。他身穿貂皮长袍，光着脚，脚趾上戴着钻戒。

我已经咧起嘴，做好了笑的准备。

但是，事情的发展与我的想象完全不一样：我们走进的是一个未经装饰的小厅，里面散发着一种冷冷的粗糙皮革的味道。在小厅的中央，一个黑胡子、中等身材的男人坐在一把未上漆的扶手椅上。他身穿棕色的布外套和黄靴子，胳膊肘支撑在一把插进黑色天鹅绒剑鞘的剑上。我们一进来，他那双阴暗的小眼睛就盯住了我们。

在第一个瞬间，我没有想到此人就是阿提拉。但他就是阿提拉。他手下的将领们站在他的周围——除艾德肯、奥里斯特斯、查特外，还有三个人。

所有的人都是红光满面，健健康康，唯有阿提拉的脸色苍白得像羊皮纸一样。

我们的使者们对着他深鞠躬，而且一直保持这个姿势。因此，这就是阿提拉。

他们都等待着阿提拉开口问话。但是，阿提拉没有开口。他们就连一声"Szalve!（拉丁语，你好！）"都不敢说。

一次祷告的时间过去了，阿提拉还是像雕塑一样一动不动。他的面色就如同泛黄的大理石头像的颜色。使者们继续深鞠躬，仿佛是肚子痉挛似的。

终于，查特开口了。

"你们说话吧！"

听到这句话，马克西米努斯直起身子，从怀里掏出一封盖有皇帝印章的信件。

"国王陛下、万国之主、荣耀的大公……"

他的声音在颤抖。

啊哈，我永远也不会相信！这就是那个傲慢的、昂首挺胸的马克西米努斯,他总是站得那样笔挺,仿佛他的脊柱是铁做的一样……

"我们的皇帝,"他结结巴巴地小声说,"他向您致以亲切的问候,祝您身体健康。"

维吉拉斯喘着粗气翻译:

"……祝您身体健康。"

阿提拉凝视前方。

"他怎么祝福我的,"他说,"我就怎么祝福他。"

他的声音仿佛是大黄蜂闯入房间后飞来飞去的嗡嗡声。这是可怕的声音。

几个月之后,我才明白,当阿提拉说"他怎么祝福我的,我就怎么祝福他"时,隐藏在这句话背后的想法是何等阴暗。

他从马克西米努斯的手中接过信件,眼睛望着维吉拉斯。

"你这个不要脸的狗!"他震怒道,"你怎么敢来见我?!我说过,只要你们不把所有的逃犯统统交出来,就别有使者爬到我的面前来。难道我的这个意愿不是由你翻译的吗?"

他的声音如同狮子的吼叫声。

维吉拉斯吓得几乎瘫倒在地,就连帐篷的柱子也在颤抖。

阿提拉在等待着回答,但维吉拉斯大气都不敢出一口。只见他脸色蜡白,缩着脖子,手掌贴在胸前。

在这个艰难的沉默中,艾德肯对他说:

"哼,难道你们连借口都找不到吗?你们回答吧!"

"国王陛下,"维吉拉斯翕动发紫的嘴唇,结结巴巴地说,"皇帝让我们把所有的逃犯都带来了。"

阿提拉摇头道:

"你们这些撒谎的恶棍!要不是看在你们是使者的份上,我早就把你们穿刺在了木桩上!"

他把目光投向一个粗脖子的年轻匈奴人:

"切盖！读逃犯的名字。"

这名文书把一个纸卷展开，在令人压抑的寂静中，他读了大约一百个人的名字。

"我要这些人，"阿提拉把剑嗖的一声拔出剑鞘，"我不会容忍我自己的仆人哪怕是偶然地拿起武器反对我！"

他站起身来，走进帐篷的里间。"审讯"结束了。我们头晕目眩地走出帐篷。

"我不明白，"维吉拉斯在发抖，"阿提拉一直是和蔼可亲地接待我们的。我还从未见他发如此大的火。"

"这个人是不会怜悯我们的！"脸色苍白的上尉用颤抖的声音说，"我是一名士兵，谁也别想这样奚落我！"

"那你就把他叫出来决斗吧！"马克西米努斯气愤地瞥了他一眼，嘲讽地说。

我的主人耷拉着脑袋：

"那些野蛮人肯定把维吉拉斯说的话悄悄地告诉了他。"

艾德肯陪同我们回去，他把维吉拉斯拉到一边。

他们谈了什么呢？维吉拉斯说，艾德肯仅仅用逃犯问题来解释阿提拉的发火。

但是，从他的脸上看得出他在撒谎。他的眼睛就像狐狸的眼睛那样闪烁着光芒。有时，他显得鬼鬼祟祟；有时，他独自发呆，神采尽失。

不过，他的面色变化和紧张不安，却没有逃脱我的眼睛。

一个小时后，我们正在吃午餐，阿提拉的两名使者骑马来找我们。其中一人是个留着浓密唇髭的老头，他的名字叫埃斯拉斯。一个仆人带着一匹备用马和一匹驮行李的马陪同他一起到来。埃斯拉斯带来了国王的命令：维吉拉斯立即启程返回君士坦丁堡，把滞留在那里的逃犯聚拢在一起。而我们则要一直等到匈奴的最高指挥官从可萨人[①]那里回来。因为我

---

① 可萨人，又称哈扎尔人，是中世纪南俄草原上的一个古老民族。

们给最高指挥官带来了礼物,既不能把它带回去,也不能交给别人。在此之前,阿提拉严禁我们赎回罗马囚犯,也不允许我们买匈奴奴隶,除了食物,根本不允许我们买任何东西。

于是,维吉拉斯停止吃饭,阿提拉命令"立即!",所以他就立即动身。他那狡猾、消瘦的脸因窘迫而几乎变得苍白。他的嘴里嘟囔个不停,慌里慌张地骑到马背上,仿佛一刻钟之后就得从君士坦丁堡赶回来似的。

第二天,匈奴人拔除营寨,我们也随他们一起向北前行。

阿提拉向王庭所在地进发。听人说,他在半路上将要迎娶一名叫埃其高的匈奴姑娘。

部队在这名匈奴姑娘住的村庄里停了下来,但我们无法目睹新娘,因为阿提拉命令我们继续前行。

三个匈奴人为我们带路。

第一天,我就同其中的一个人攀谈了起来。我问他是否知道查特的仆人戴艾尔的下落。

"知道。"他平静地说。

"他在哪儿?"

他耸了耸肩。

"抵达的当天,他就遭晾晒桩伺候。"

"什么晾晒桩?"

这个匈奴人笑了。

"哎呀,你这个木头脑袋,我问你,人们是怎样把罐子晾干的?[①]"

[①] 此处借指欧洲古代的木桩刑。把罐子口朝下插在木桩上晾晒是欧洲一些地方的习俗。

四

在一个昏暗的夜晚,我们抵达一个小湖边。这是一个就连十岁的小孩儿都可以游过去的小湖,但岸边有马蹄印,说明这里适合饮马。这里到处是老白桦树和杨树。

还没等我们把帐篷的木桩砸进地里,就起了大风,然后天空雷声大作。风越刮越大,把我们所有的帐篷都卷进湖中。电光闪闪,雷霆霹雳,就连大地也在颤抖。啊,这个暴风雨的天气!突然,一道巨大的雷电呼啸着朝我们劈来。雷电咝咝作响,钻进湖水里。

我们不知所措,在黑暗中四处乱窜。

我不知道别人如何想象地狱之路。我要是画家的话,从这天起我会这样画:在黑暗中,噼里啪啦的闪电把那些该死的人往地狱里驱赶。

我们就像受到惊吓的母鸡一样乱跑。借助闪电的火光,我突然看见我的周围有房子,这些是茅草屋顶的房子。几只狗狂吠着朝我扑来。

"救命!"

我听见其他的人也遭到狗的撕扯,他们也在尖叫。

红色的亮光从一个房子里射出来,只见有人手举着蘸了焦油的芦苇火把,用匈奴语问道:

"你们是什么人?为什么大喊大叫?"

"我们是好人,"我喘着气说,"请让我们避避雨吧。在湖边,暴雨把我们淋成了落汤鸡。我们也遭到了雷电的袭击。"

这时，有许多人拿着芦苇火把好奇地走出房屋和帐篷。他们盯着我们看。

这里是匈奴人的小聚居区，类似村庄。房屋之间有帐篷，人们只在躲避雷暴的时候才搬进房屋里住。

他们好心地接待了我们。

有一家人把我们请了进去。这家人有好多孩子。孩子们睡在房间里，主人在门厅里为我们燃起一堆火。我们围坐烤火。

我的主人几乎站不起来。他不仅全身湿透，而且膝盖在流血。

男主人面目狰狞，我的主人尽管膝盖鲜血淋淋，但依然被他那张脸吓得魂飞魄散。不过，根据我的猜测，在这张可怕的面目背后是一颗羔羊般的心。至少在和平时期如此。

当然，他没有伤害我们。甚至，他还给我们东西吃：面包和熏肉。然而我们并不饿。我的主人只想躺下来休息。我用火烤我的衣服。男主人给我提供帮助。他非常乐意地给火堆里添加芦苇，其间问了一些问题，比如我们是什么人，我们来这个地方干什么。

我从他的口中得知，匈奴王布列达①的一个遗孀就住在我们所在的村庄里。布列达是阿提拉的兄长，前不久刚刚亡故。他是白匈奴的首领，而阿提拉是黑匈奴的首领。他死后，白匈奴归附阿提拉。

"两者之间有什么区别？"我问男主人。

"区别仅仅在于，"他回答说，"白匈奴穿白羊皮，黑匈奴穿黑羊皮。夏天，他们之间没有区别。"

男主人也是白匈奴。他的名字叫饶丹。

寡妇王后当晚就知悉雷暴把什么样的客人驱赶进了村子。不到一个小时，她的仆人们就来了。他们带来了床单和干熊皮、一坛葡萄酒和一个摆着野猪火腿的冷盘。

---

① 公元434年，匈奴王卢阿去世，他的两个侄儿布列达和阿提拉继承王位，开始双王共治。公元445年，阿提拉谋杀布列达，成为匈奴帝国唯一的最高统治者。

"这是上天的恩典！"看见温暖的干衣服，我的主人说。

看见葡萄酒，他已经激动得说不出话来，只把感激的目光投向天空。他盖上熊皮，躺下睡觉。

我也是。

次日天亮后，我们返回湖边。我们的帐篷在水里游荡着。我们的马儿东一匹西一匹。这时，匈奴人已经把大部分的马捉了回来，他们把我们的帐篷也从湖里拖到了岸上。

让我们感到惊讶的是，我们连一颗纽扣都没有丢失。

"哎呀，"我的主人说，"我这一生去过很多地方，但如此讲人道的百姓我还没有见过。你把我的托加长袍取出来，哪怕布列达夫人是赤脚，我们也要去问候她。"

于是，使者们都去了。他们给王后带去三只银杯、三块红色皮革，还有一小篮子印度胡椒、桂皮、藏红花和棕榈果。

这期间，我们清洗帐篷。在白桦树下和小湖的周围，到处都盛开着铃兰花。我给主人采撷了一束。

既然他们去的时间很久，我们就走进村子一看究竟。观看外国人总是一件好玩的事情。现在，一个有文化的希腊人能看见野蛮人，别有一番乐趣在心头。实际上，我看到了自己是多么与众不同。

由于昨晚的雷暴，路依然泥泞，但我们还是去了。

村子里唯一的漂亮建筑物就是布列达夫人的房子。但这个房子也是木头建成的，可以拆装。它里面也许有四个房间吧。

这个建筑物的周围立着大约十顶帐篷。这些都是贵族的帐篷，其中的一顶是四角帐篷，门口挂着马驹皮。马驹皮的上方是一只用红色毡布做的手，手里握着两把黑剑，剑的上方是金色太阳的图案。

我的眼睛睁得老大，因为这是查特家族的徽章！

我的心咚咚直跳，我这是怎么啦？我和那个姑娘有什么关系吗？即使她离我很近，就算她的衣服触碰到我，她和我之间的距离也比世界东西两

33

端的距离还要远。

我移开双眼,研究起一群匈奴人来。这些人为什么总是骑在马背上?其中一人脚穿黄色的长毛靴。看得出,靴子是鹿皮做成的,也许正是因为这一点,靴子上才留着鹿毛。

他们有说有笑。他们用一只胳膊支撑着身体躺在马背上,就像我们躺在沙发上一样。马嘴上吊着一个饲料袋。但我突然意识到,我又在盯着帐篷看了。只见一个白胡子匈奴老头坐在帐篷前的草坪上,准确地说,他是坐在野牛皮上。老人的鼻子凹陷得十分厉害,我们只能出于一片好心才能把他的面部中心叫鼻子。也许,他曾遭受狼牙棒的打击。他还缺一只手。这样肢体残缺不全的老人后来我经常看见。

老人坐在野牛皮上,正和两个孩子玩耍。

其中一个孩子六岁,但脸上已经有了疤痕。另一个孩子约莫三岁,脸上完好无损。

大点的孩子背着一个小小的乌龟盾牌,侧身挎一把木剑。小点的孩子只穿一件衬衫,在老人的身边滚来滚去。从老人的头发上看得出来,他是贵族。奴隶的头发凌乱得就像拖把头一样。贵族的头上留三撮头发:一撮在额头之上,两撮在太阳穴之上。一名戴着大帽子、蓄着大胡子的卫兵站立在帐篷的前面。他无精打采地站在那里。他的矛插在地上,右胳膊肘靠在上面。

突然,我听见有声音从帐篷的窗口里传出来:
"舒卡尔!我的舒卡尔卡[①]!"

甜蜜的颤抖穿过我的全身,这种感觉就如同春天和煦的微风潜入躺在阳光下的病人的衣袖,整个肌肤感觉到一种舒服的颤动。

小点的孩子抬起头朝着窗户微笑。

埃莫盖站在那里。

过了一会儿,她走了出来。她身穿白衣,脚蹬红靴。她的头发编成一

---

① 舒卡尔卡,舒卡尔的昵称。

根辫子垂在脑后，长及腰间。

她手里端着一只盛满牛奶的小银碗。一个约莫十三岁的光脚女奴在她的身后端着某种点心。点心黄得就像橙子一样。

孩子们喝了牛奶，美滋滋地吃着点心。

我身边站着一名叫尼格罗的奴隶，他是马克西米努斯的仆人之一，是个黑人。

他用胳膊肘推我。

"你看，"他悄声说，"多么俊俏啊！"

他的话伤了我的心。我不知道为什么。

埃莫盖坐到野牛皮上，把小孩子揽入怀中。她用白手帕把他的嘴巴周围擦干净，在他胖嘟嘟的脸蛋上亲了几大口。

"可爱！你真可爱！"

"走吧！"我猛拽尼格罗，"我们回去吧！"

"我们再瞧瞧。她要是能给我们当女仆的话该多好啊！"

"走吧！"

"嘿！你别把我的胳膊抓得那么紧。你为什么生气？"

我自己也不知道为什么。尼格罗的脸在我的面前变得丑陋不堪。我真想抽他一个耳光。

五

中午时分,使者们都回来了。五名背负重物的匈奴奴隶跟随着他们。其中一个人脖子上扛着一头小牛,第二个人扛着一袋面粉,第三个人拎着两只兔子。

使者们笑逐颜开。

"泽塔,"当我捧着花走近我的主人时,他说,"你不用做午餐了。你快去采些铃兰花。要采很多。下午你去送给王后。"

我呢,不到一个钟头,就采了一大篮子铃兰花。我还采了一些紫罗兰和几株漂亮的蕨类植物和草放入其中,并按照自己的审美整理好篮子。篮子变成了一个如车轮般大小的新娘花束。

"啊,太漂亮了!"我的主人满心欢喜地说,"你就这样给她送去吧。你再采几把草,让草垂在篮子的边沿,别让她看见篮子。"

我准备出发。我把篮子放到头顶上。

"让尼格罗送去吧,"马克西米努斯说,"黑人更绅士一点儿。"

我感觉我的脸色变得苍白。

"老爷,"我谦卑地小声说,"花是我采的,请您开恩,让我送去吧。"

我不知道,他们为什么没有因为我的无礼而打我一顿。他们的心情很好,没有难为我。只有我的同伴们在盯着我,尤其是尼格罗。很显然,他们认同一个道理:谁受累了,谁就应该得到小费。

当我已经走在路上时,我才懊恼不已,但为时已晚。我发誓,我对查特家的帐篷看都不会看一眼。

他家的帐篷距离王后的房子大约五十步远，有一条狭窄的马蹄形小人行道通向那里。雨水浸透了小径，一层薄薄的泥浆覆盖在上面。

"这顶帐篷与我有何关系？"我想，"我看都不会看一眼！"

但当我走到半路上时，我想：我为什么不能再看一眼那个该死的小姐呢？反正我今生今世再也不会看见她了。哼，每个人都可以看月亮，即便永远也无法触摸到它。

我把篮子从头顶上拿下来，就像是因为走累了才要停下来一样。我把篮子挎在胳膊上。

我转向帐篷。

我看见了上午把点心端给孩子们的那个大约十三岁的小女奴，现在她正把一个篮子里的沙土往路面上撒。哎哟，沙土不够，她撒下的沙土只改善了三分之一的路面。她转身返回。

这时，埃莫盖跨出帐篷。

她身上穿的还是上午的那件衣服。然而，她的头发却被又长又白的纱巾遮盖住了。

她的手抓住白裙子的下摆，小心翼翼地迈着小碎步走起来。

她朝我走来！朝我！

假如我闭上眼睛，我现在也看得见那两只红色的小靴子轻盈地在走动，小靴子"啪嗒"作响，可爱极了。那张精致的桃红色小脸蛋，那双深邃又美丽的黑眼睛，那两片精致的嘴唇……离我越来越近，越来越近，越来越近……

她迈出一步，又迈出一步。

当她沿着撒了沙土的路走到泥泞处时，她停住脚步。她就像在林中散步的小鹿一样站在那里，然后把头抬起来。

我明白她为什么站在那里，她在等女仆。也许，她心里在骂：为何干活如此磨蹭？也许，她在等女仆在她的前面继续撒沙土。

仿佛有人推了我一把似的！……

我把手伸进篮子里，抓了一把鲜花撒到她的前面。我连看也没看她一眼，好像我不是有意为之，而只是从她面前经过时，篮子摇晃导致鲜花掉在了泥地上。

鲜花足够撒到王后的台阶前。我停住脚步。我的脸颊滚烫，仿佛我是站在火炉的口上。我的心扑通扑通直跳。我不敢抬头看她，只是站着，仿佛我是做了什么邪恶的事情之后站在了法官面前似的。

忽然，我听见她走到了我跟前……踩着鲜花……

这时，我朝她望去。

当她走到我面前时，也抬起头看我。她的眼睛……

太阳就是这样穿透森林里的树冠的。她的眼睛的光芒射入我的灵魂。我的灵魂里一下子充满了光和音乐。我用闪亮的眼睛望着她，既幸福，又悲伤。

但是，她的目光落在我的身上也就那么一瞬间。

然后，她就走上了台阶。

我几乎是望着她的背影发呆。只有当她消失之后，我才想到，没准会有某一个匈奴人因为我的这个行为而捅我一刀。

但是，没有人伤害我。骑手们面无表情地继续聊着天。只有那个老卫兵看了我一眼，但他同样是面无表情。也许，他会认为，我是在执行命令。

我就像一个喝醉酒的人一样往回走。

在村子的尽头，我听见身后传来小孩子的呼喊声：

"嘿！嘿！仆人！……"

我转过身来。我看见那个在埃莫盖前面给路上撒沙土的小女奴。她在向我招手。

"你懂匈奴语吗？"她喘着气问道。

"我懂，"我回答道，如同一个从梦中醒来的人，"懂一点儿。"

"小姐叫你回去,她要给你一点儿报酬。"

她笑了。她是一个又丑又瘦肤色又黑的小女孩儿,脸也是脏兮兮的。她就是个小讨厌鬼!

"你告诉你家小姐,"我的回答充满尊严,"我不是仆人!我的确不是贵族,但我也不是仆人。我的名字叫泽塔。"

我非常自豪地走开了。

六

当我返回住地时,使者们已经斜躺着吃午餐了,空气中弥漫着烤小牛肉的香味。普利斯库斯用他的眼神在问我。

我们非常了解彼此的想法,以至于有时候我们压根就不必交谈。他的目光是在问:

"王后说了什么?她见到花开心吗?"

我的舌头还从来没有说过谎话。普利斯库斯教导我说,谎言比任何污点都可恶,我自己也蔑视一切撒谎的人。

"王后,"我回答的时候,眼睛看着他的头顶上方,"没有直接和我说话,但她表示感谢。"

我等待着大地因我的谎言而摇晃,或者我的舌头从根上掉下来,但这两件事都没有发生。使者们继续快乐地聊着天。我尴尬地坐到帐篷前,怀着肮脏的灵魂吃起午餐来。

当天夜里,我睡得很糟糕。自从我们来到匈奴人的土地上,我的主人也睡不踏实。我是自从看见了那个姑娘之后才心神不安的,而且是不分昼夜。接近午夜时分,我想我的主人已经睡着了,没想到他突然开口道:

"你怎么了?你为什么哭泣?谁打了你?"

他的问题让我感到震惊,有好几分钟我都无法开口。

"哦,老爷,"我终于回答道,"我太不幸了。"

"是谁伤害了你?"

我还没有回答他的问题,他就从床上坐起来。

"我敢肯定地说,谁伤害了你,谁会后悔的!"

"没有任何人伤害我,老爷,我只是在思考我的命运。"

"你的命运?"我的主人对此感到惊愕,"你的命运有那样悲惨吗?"

"你别误解,老爷!你的善良是赋予我生命的阳光,我不值得让你多看我一眼,但我一想到我从小就成了仆人,你解放了我也是徒然,我只是个可怜的人……"

我欲言又止。我感觉到我的主人对我的话感到惊讶,认为我在说傻话。

没错,我的主人在沉默片刻之后说道:

"我以为我了解你,我的孩子,泽塔。因为我目睹了你的成长,正如我目睹了我把你买回家的当天栽种的那棵柏树的成长一样。但此时此刻,我不了解你,泽塔。我不知道,究竟是什么样的想法困扰着你?"

他不吱声了,然后就睡着了。

我还在想着明天我该怎么撒谎。我将会说,我做了个噩梦:在梦中,一头公牛追逐我,把我踩踏在了脚下。

我一边想,一边透过帐篷的缝隙看天上的星星。我看见了埃莫盖。因为只要一闭上眼睛,我就看见了她。我看见她穿着白裙子和红靴子迈着碎步走在人行道上,当她走到我的身边时,朝我抬起充满威严的、美丽的黑眼睛。

七

　　黎明尚未到来，起床的号角就吹响了。马克西米努斯命令我们黎明时分开启新的旅程。

　　因为失眠，我的脑袋昏昏沉沉的。我把铺盖捆绑好，又去帮忙拆帐篷。不过，我还是抽出了几分钟的时间，跳入湖中，让自己清醒清醒。

　　然后，翻身上马！

　　我们从王后的宫殿前经过。但是，我的眼睛看的当然不是王后的宫殿。查特家的帐篷前也停着马车。奴隶们拆掉帐篷，把帐篷卷成长长的卷儿。已经有骆驼站在那里，驮着大捆的室内地毯。这就是说，这些人也要启程！也许，他们走的路和我们一样！

　　我立即欢呼起来。后来，我再次让自己冷静下来。

　　我所有的心思都围绕着这个有刽子手保护的姑娘转，莫非我疯了不成？

　　在途中，我总是落在后面。在每个拐弯处，我都停下来回头张望，看他们是不是已经来了。

　　我所有的自作聪明都是徒劳的。有好几次，我下定决心待在主人的身边，不再去想那个姑娘，但过不了一会儿，我就感到有一把看不见的锤子在敲击我的胸膛。我想再一次把她收进眼里，就像太阳吸收露水一样，即使把我埋进坟墓里，我也想在夜里梦见她！

　　他们是不是已经来了？

我又一次和主人拉开距离，朝来的方向飞奔而去。只要遇不见她，我就马不停蹄地奔跑。即使我失去主人的踪迹，我也必须看见她！即使我和戴艾尔的命运一样，我也必须看见她，我也必须再次看见她！

我骑马狂奔了三个小时。天空无云，阳光照耀着春天的绿色世界。鹳群从蒂萨河上空掠过。终于，我看见了在路上缓慢而行的匈奴仆人和与他们同行的马车。

有几名携带武器的匈奴人走在前面。装饰在马笼头上的宝石在阳光下闪烁，就像铁匠的砧子上烧红的铁块似的。

一辆铺着天鹅绒地毯的马车来了。这辆车由四匹马拉着。上面坐着查特夫人和那个匈奴老者。那个瘦瘦的小女奴和两个孩子坐在他们的对面。埃莫盖骑着马走在他们的旁边。

马车的后面跟着大约二十名奴隶。

我只是朝着他们慢行，当我到达他们身边时，我在路边下马。我恭敬地站在那里。

"嗨，怎么回事？"一个匈奴人喊道，"你是不是丢了什么东西？"

因为我是罗马帝国使团的人，所以他们从我的衣服上认出了我。

"是的，"我欣然答道，"我们丢了一个帐篷扣子。你们没看到吗？"

这时，查特的马车到了这里，我深鞠一躬。

他们走过后，我才抬起头来看那个姑娘。她骑马的姿态就像男人一样，但她的裙子太长了，一会儿从前面把马遮住，一会儿又从后面把马遮住。她的头上包着轻薄的麻纱头巾，脸上罩着透明的丝绸面纱。

当我抬头看她时，她把目光从我身上移开，继续骑马前行。她骑的那匹马骄傲地把蹄子抬得老高，仿佛它知道驮的是谁似的。

后面驶来七辆四驾马车，随后是四匹骆驼。这些马车驮的是帐篷。骆驼驮的是大卷地毯。

再后面是大约二十五名骑手。每个人的肩上都有一把巨大的弓箭，每个人的手里都握着一把轻矛。那时候，他们就是用矛头来刺杀马的。

我认识他们中的一个穿着鹿皮靴的匈奴人。

我还朝后行走了一段路，然后就掉头跟在他们的后面行走。我看着这春天的土路上的痕迹——究竟哪个是埃莫盖的马蹄的痕迹呢？

大约过了一个小时，蒂萨河又在眼前闪现。肥肥的草几乎把路湮没。蒂萨河就像一条看不见首尾的蛇一样在原野上蜿蜒流淌。在有的地方，稠密的柳树遮挡住了河水。

我总是能从远处看见埃莫盖，这让我感到很幸福。这个包着白头巾的漂亮骑手就像一朵百合花一样行走在我们中间。

突然，我看见她冲出路面，在原野上骑马撒起欢来。时而狂奔，时而转圈；时而向前疾行，时而退缩不前。有一次，她还骑马跑到水边，给马饮水。

我的心变得就像一只飞向天空的云雀。我感觉到这个姑娘是在表演给我看呢！

我停在柳树林的边缘。

哦，这是真的：突然，我看见她朝我而来。她径直朝我而来，几乎像飞一样。她压低身子，在飞，而且是朝着我！

我下马，想再次问候她。

我就这样站着，用炽热的眼神看着她。也许，我的脸颊苍白。她到了我身边，猛拉缰绳，让马停下来。

我向她鞠躬。

"奴隶！"她傲慢地说，"你的名字叫泽塔，是吗？"

"是的，小姐。"

为了不让她的马焦躁不安，我上前抓住马嚼子。

她看着我，目光里充满威严。她是那样迷人，我的心在颤抖，就像一只被握在手心里的麻雀一样。

她看着我。

"昨天，是你把花撒在了我的路上吗？"

"路太泥泞，"我替自己找借口，"那里有很多的泥……"

"那你为什么没有接受我的赏赐？"

"我没有做什么。我也不是奴隶。我仅仅是出于爱才服侍我的主人，因为他就像我的父亲……"

我语无伦次地说着。她只是安静而严肃地看着我。

"我不会欠你任何东西。你骑着马去找我妈妈吧。我已经把你做的事情告诉了她。她给你什么，你接受就是了。"

"对不起，小姐，"我鞠躬道，"我会把你的每句话都当成命令去执行。一直到死我都愿意如此，假如你愿意的话。但是，这件事情不能这样。假如你不想欠我……请允许我吻一下你的裙边。"

她没有回答。也许，她在思考该如何回答。

我弯腰靠近她的脚，吻了她的裙子，心中充满幸福与虔诚。

这时，我的目光落在了她的手上，我陶醉地低声说：

"啊，假如我可以吻一下你的手，这只漂亮得如同仙女的手……"

"不要脸！"她朝我大喊，怒目圆睁，"你这只不要脸的狗！"

"不要脸！"她向我发出警告，眼神就像一道闪电，"不要脸的狗！"

她的马棒"啪"的一声打在我的脸上。

我向后退了一步，只觉得脸被打得滚烫。我感觉到血顺着脖子往下流。

这个姑娘扬长而去，我一屁股坐到了路边。

我傻呆呆地望着前方，心里一片茫然。在我胸膛里的仿佛不是心脏，而是一只沉重的磨坊水轮在慢慢地转动。

我坐了半个小时还是一个小时？我不知道。我的思绪乱成一团。我究竟做错了什么？我亲吻一只手是如此大的罪过吗？姑娘的手也只是手而已。亲吻一个人的手是尊重的标志。在她的美貌面前，我有点眩晕，我不由自主地想去亲吻她的手。这是罪过吗？倘若她朝右走，我朝左走，今生今世，我们也许再也不会相逢。我们也会把对方忘掉。

45

马蹄声把我从沉思中惊醒。我的马在原野上安静地吃着草。是那个姑娘回来了。

她在我的面前停住。

我没有抬头看她。

愤怒在我的全身蔓延，就像闪电从阴郁的天空划过一样。我觉得自己是人。就算她是丘比特的女儿，而我只是一头小公牛，那她也没有理由打我。

"泽塔，"姑娘温柔地说，"你是个好男孩儿，你不懂这里的习俗，这也不能怪你。你们国家的习俗和我们不一样……给你纱布，你把脸包扎一下。"

她从面纱上撕下一块，递过来。

我没有回答，也没有看她。

她手里拿着纱布僵在那里，过了一会儿，她把它扔到地上。我听见她抽打马的声音，随后扬尘而去。

随她去吧！她有什么权利如此地蔑视我！我和她的等级没有任何关系。对我来说，匈奴王不是我的国王；对我来说，匈奴的富豪也不是我的富豪。就算她说她对自己的行为感到后悔，可伤疤依然留在我的脸上。我鄙视她。

我步履蹒跚地走到河边，洗净脸上的血迹。

嗒嗒的马蹄声传来。我抬起头。她又返了回来。

也许，她还想再打我一次？这次，我可就不能容忍了！

我站起来。我的目光狂野而坚定。

姑娘来到刚才那个地方，捡起纱布。

"我回来了，"她热情地说，"因为你在生我的气。我不能忍受别人生我的气，即使是动物生我的气，我也忍受不了。嗯……我的手在这里，你可以吻了。"

"谢谢，"我自豪地回答道，"我已经不想吻了。"

姑娘绯红的脸倏地变得苍白起来。她用暗淡的眼神看着我,我则骄傲地回望着她。

就这样,我们站了一分钟的光景。

然后,她猛拽马头,抽打了马一下,便扬尘而去。

八

次日中午，查特家的车队追上了我们。他们一定出发得很早，而我们则因一匹马死在路上而耽搁了一些时间。

使者们把自己的马在路边排成一行，向查特一家人鞠躬问候。我没有站在仆人中间，而是站在我的主人身边。

埃莫和昨天一样骑在马上。她的服饰只发生了一点儿变化：她把头巾往上卷了几个卷，插上了三只白鹭的羽毛。

我为什么不是画家呢？我为什么不能把这个骑马朝我走来的天鹅颈的姑娘画下来呢？她的马个头不高，是匹略显紧张的栗色骏马。姑娘身上的天蓝色丝绸披风随风飘动，彰显出她身上的每一根线条。她头上包着白色亚麻布头巾，小脚上穿着红靴，踩在镀金的小马镫里。

我多次尝试把她画下来。我在木板上尝试过，在纸上也尝试过。我是一个不错的绘画者。只是在画她的时候，我就是画不好。我画出来的她不像她，我画出来的马也不像她的马！……而我看见的她却是那样真切，就如同我看见镜子中的自己一样。

他们从我们身边走过。他们回应了我们的问候。埃莫盖揭开面纱，朝使者们微微点头。当她的目光从我们一行人的身上划过时，我感觉她也看见了我，她那冷峻的目光几乎穿透我的脊柱。

此时的我已经不恨她了。我后悔没有吻她的手。在梦中，我们再次相遇，我吻了她的手。这是一种从未有过的美妙感觉！

"我吻了你的手,"我对她说,"我感受到了你的心灵。我也吻了你的心灵。"

这个梦中之吻的甜蜜感依旧留在我的嘴唇上。我一看见她,这个梦中的美妙感觉就会袭上我的心头。

人的脸是多么奇怪啊!她的脸没有变,我的脸也没有变。当她看我时,她一定在想:我的脸掩盖了仇恨。可她的脸又掩盖了什么呢?

此后,我们再也没有追上他们。

第七日,我们望见一群穿着白色托加长袍的人走在麦田尽头的路上。我们远远地就看见他们的托加长袍在风中飘荡。

"罗马人!"我们高兴地大喊大叫。

然而,在国内的时候,我们几乎是鄙视罗马人的。

实际上,他们是西罗马帝国的使者。他们是外国人。但在这个一望无垠的匈奴人的土地上,我们还是问候了他们,好像我们是一个母亲生的孩子似的。

"Salvus sis! Salve!(拉丁语,你们好!你们好!)"

使者们相互拥抱。仆人们相互握手。拉丁语成了我们交流的语言。

罗马使团团长名叫罗姆卢斯,他脸部凹陷,鼻子凸出,皮肤黝黑。有两个人陪同他,一位是高级军官罗曼努斯,他长着黑唇髭,是个可爱又快乐的人。另一位是普罗姆图斯,他是潘诺尼亚行省的执政官,头发花白,秃顶。

他们的遭遇和我们一样悲惨。阿提拉想从西罗马皇帝那儿要几件金器。瓦伦提尼安三世的意思是,阿提拉要多少就给多少。可是,阿提拉偏偏只要他占领锡尔米乌姆[①]时丢失的金器。金器的贪污者是他的文书。此人不知用什么办法从锡尔米乌姆主教手中骗走了这些金器,将其典当给了一个叫希尔瓦努斯的放高利贷的罗马人。

---

① 锡尔米乌姆,罗马帝国行省潘诺尼亚的一个城市,今塞尔维亚城市斯雷姆斯卡米特罗维察,位于伏伊伏丁那自治省萨瓦河畔。

阿提拉获悉此事后，立即下令对他的文书施行木桩刑。他带话给瓦伦提尼安三世：要么交出希尔瓦努斯，要么交出金器！

这些罗马人此行的目的就是为了答复这个问题。瓦伦提尼安三世的答复是：希尔瓦努斯为这些金器诚实地付了钱，这些金器是教堂里的金器，因此如果可能的话，阿提拉最好花钱把它们赎回来。

两个使团在愉快的交谈中抵达阿提拉的城市。

说它是城市，可它却不像世界上任何其他的城市。这里没有教堂，没有大理石宫殿，没有石头建筑物，也没有铺设好的道路。在众多的帐篷中，只有两组黄色建筑物格外显眼。它们都坐落在山丘之上，都由木头搭建而成，上面耸立着高塔，这些塔是那样地纤细和通透，只有鸽子和鸢鸟才会住在里面。

"那些是什么建筑物？"

"一个是阿提拉的房子，"给我们引路的人答道，他在说阿提拉的名字时充满敬意，"与之相对的另一个建筑物是最高指挥官的房子。"

在这些宫殿的周围点缀着无数顶帐篷。有一万顶？十万顶？百万顶？——谁又能数得清呢？在帐篷的中间也能看见白色的房子，但这些房子也只是那种茅草屋顶的土房子，人不在里面住。至少夏天不在里面住。每顶帐篷周围都有干草垛、秸秆垛。

在城市的边上，我们看见几百个肮脏的铁匠。他们一天到晚都在打造马蹄铁和箭头。铺子的周围弥漫着焦油和马蹄角质层烧焦的臭味。田野上的马数也数不清。马群、牛群、羊群随处可见。狗遍地都是。小孩子们成群结队地四处游荡。

我们不得不等待的最高指挥官已经回来了。他的宫殿顶上有一面红旗迎风飘扬。他以此告诉人们，他回来了。骑马走在我们前面的匈奴人也是这么说的。

我们的帐篷该搭在何处呢？

我们的引路人想带我们进城。但使者们认为，在匈奴官员给我们指定更合适的地点之前，我们待在城外更好一点儿。

于是，我们停下马车。为了乘凉，我们只把帐篷的一个边支起来。

我们要做的第一件事情是和最高指挥官商议，看他何时能接待我们？

于是，我们中的三个人：我的主人、卢斯提修斯和我翻身上马，跟着引路人出发了。

这时，我才明白为什么阿提拉的城市是如此地庞大。原因是帐篷搭得不密集，相互间的距离远。前前后后都有可观的空地。在帐篷前面的空地上，妇女们一边在烘烤食物、煮饭，一边照看孩子；一头牛或者一两匹马在吃草。在帐篷的后面堆放着干草、稻草和木柴。她们在帐篷前面晾晒衣服。晾晒盆盆罐罐的木桩也矗立在那里，它的匈奴语的发音是厄斯特律。帐篷只是睡觉的地方，下雨时是避雨的地方。白天，人们都在帐篷前面活动。孩子们在那里玩耍。女人们和奴隶们在干活。老人们和病人们也在帐篷前面，他们或者躺在兽皮上或者干脆就躺在地上。男人们在街上扎堆，就像我们此前看到的一样：他们骑在马背上，而且永远都是骑在马背上。他们从不干活，只是聊天，谈政治，交换物品，狩猎，赛马，和年轻人举行军事演习。嗯，他们还吃吃喝喝，但主要是喝酒。

有趣的是，从帐篷的位置能看出一个家庭的大小来。有时，两三顶帐篷紧挨在一起。这些是从大帐篷中分出来的新婚夫妇们的帐篷。他们的心在一起，共用一个厨房。

我们越往王宫的方向行走，帐篷就越华丽，而且越大。烟熏色的穹顶帐篷被四角、五角、六角形宽敞的木质结构帐篷取代。上面覆盖着兽皮或厚厚的毛毡，顶部或者门的上方有标志或文字。

标志通常只是一些图案：鹳、马头、星星、玫瑰花、十字架、圆圈或者其他类似的东西。有的帐篷上的家徽不是绣上去的，而是挂上去的，比如一支箭、一只公羊头或者一只马掌。这就可以理解为那里住着弓箭匠、牧羊人或铁匠。只要是标志挂在杆子上，那就不是家族的标志，而是工匠的招牌。皮匠挂凉鞋，帐篷匠挂摆成十字的木棍，木匠挂斧头，弓箭匠挂染成红色的弓，皮货匠挂小羊皮袄，制枪匠挂剑，铁匠挂马掌。但这里的人不太爱给马钉马掌。

再往下走，帐篷周围的奴隶熙来攘往，繁华热闹的景象让人眼花缭乱。

这不足为奇——这些人抢劫了半个世界！

骑手中有许多人的头上和胳膊上都包扎着绷带。

其中一人对我们的引路人大喊道：

"上帝赐予力量，萨尔沃什！"

"祝你健康！"萨尔沃什答道，"终于见到你啦！"

他们握手，交谈。

我们继续骑马前行，我们的引路人说："这些人刚从与可萨汗国的战争中归来。"

"那么，你为什么没和他们一起去打仗呢？"我问道。

"他们不让我去，"这个匈奴人回答说，"只有老弱残兵才能去。精良的士兵必须待在家里，一旦我们的国王要去打罗马人，得有足够的人去。"

他的话让我们打了一个寒战。

"阿提拉有这样的意图吗？"

"他没说，但我们都知道。全世界不都在我们脚下了吗？就差罗马帝国了。"

"你们认为，你们能战胜罗马帝国吗？罗马帝国可不像可萨民族那么弱！"

这个匈奴人耸了一下肩。

"不管是弱还是强，上帝之剑都握在我们手中。人的剑是不可能战胜它的。"

"什么叫'上帝之剑'？"

"你们不知道吗？从前，有一把剑从天而降。一个牧童捡到了它。每次爆发大战，阿提拉都会带上它。"

"但是，什么能证明它就是'上帝之剑'呢？"

"什么能证明它不是呢？"

"可万一它不是呢？"

"萨满知道得更清楚。这把剑非常漂亮，人的手是不可能打造出来的。当那个男孩儿捡到它时，它的周围有蓝色的火焰在地上燃烧。卡玛也能证明它来自天上。"

"卡玛是谁？"

"我们的大祭司。他可是个圣人！比你们的教皇还要神圣。"

嘹亮的风笛声和木管声传来，压住了我们的交谈声。在帐篷之间充斥着音乐声。一个胸肌发达的匈奴小伙子让他的马迈着舞步朝我们走来。他的身后是三个吹奏乐器的人，两个人吹木管，一个人吹风笛。小伙子举起酒壶唱歌，欢呼。有时，他会把马停在一个个匈奴人的面前，让他们喝他酒壶里的酒。然后，他继续骑马前行，并发出快活的尖叫声。

"这个人的心情可真好啊！"我对引路的匈奴人说。

"他肯定是卖了一个囚犯。"他冷漠地答道。

然后，我发现一些马车拉着许多树枝。当我们走到宽阔的主路上时，我看见这里的帐篷顶上和门上都装饰着树枝，路面上洒了很多水。一个高大威猛的野蛮人肩上扛着一棵巨大的桦树，就是两头牛来拉这棵树也得使出吃奶的劲儿。路边栽满了树。空气中弥漫着泥土的气息和树叶的味道。

"西徐亚先生，"我对引路人说，"这里是要过什么节吗？"

"阿提拉要回来了，"他回答道，"就在中午时分。"

他捋了捋唇髭。

"我可不是西徐亚人！你往那边看，那些骑在宽背马上交谈的人才是西徐亚人。你们可以看见，他们既没有胡须，也没有唇髭。"

后来我才知道，在这个国家并非所有人都把自己称为匈奴人，他们按照氏族或者家族称呼自己。

一个人说：

"我是佩切涅格人。"

另一人说：

"我是匈奴人。"

他们时而把自己叫匈奴人，时而把自己叫库曼人——对他们来说都一样。

其他的人说：

"我是马扎尔人。"

"我是可萨人。"

"我是阿瓦尔人。"

其实，他们都是一个民族。

这时，我才得以近距离观察两个木头宫殿。两个宫殿都是木工和雕刻艺术的杰作。阿提拉的宫殿装饰得更华丽一些，只是离远看像是一个建筑物，而离近看则是一组房屋。中间的房屋是国王的。坐落在旁边的是他的妻妾们的房屋、被俘的国王们的房屋、文书的房屋和囚犯的房屋。远处是长长的未经装饰的房子，那些都是马厩。国王有专门的马厩，他的妻妾们也有专门的马厩，其他人也有专门的马厩。

总计大约有三十栋房屋，其中的二十栋称得上奢华。

在木头房屋中间，有一栋巨大的石头建筑物孤零零地泛着白光。这并不是多么漂亮的建筑物，全是小圆窗户而且都在高处，当然这些窗户也全是空空的窟窿眼，但依然算石头房屋！我的主人也在盯着看，因为我们在路上行走了好几个星期，连拳头大的一块石头都没看见。

在后来的日子里，我们才知道这个石头房屋是浴室，是由一名来自锡尔米乌姆的奴隶修建的。所用的石头是从很远的地方用马车运来的。

在最高指挥部和王宫之间有一个广场，广场大得也许可以举办赛马比赛。广场上没有别的，只有一棵老椴树，树下有一块巨大的矩形红色石头。我从未见过如此巨大的一整块石头。后来我才知道，这是一个祭坛。

广场的另一端有一个带吊杆的水井。从那里往东是一条宽阔的街道。

在这条街道上可以望见一片柳树林。后来我知道，蒂萨河就在那里流淌。

我们在最高指挥官的庭院里找到了他本人。他骑在马背上，正在给大约五十名匈奴贵族青年解释着什么。

这些年轻人身着华丽的服装。他们的服装全由飘逸的白丝绸做成。他们都穿着马甲，颜色或红或蓝或黄，但前面的纽扣全是金纽扣。他们的马的脑袋上有纱布做的装饰物在摆动。

看得出来，他们也是为了节日才打扮成这样的。他们在最高指挥官的身边围成一圈，当最高指挥官讲完话后，他们骑马迅速冲出庭院。

最高指挥官是个敦实的人，脸上红扑扑的。他长得有点像查特，因为他是查特的哥哥。只是体格小了点，但他的面色更友善。

他看见了我们，骑马朝我们跑来。他示意我们不必下马。因为为了表示尊重，我们想下马。

"我听说你们来了，"他边说边把手伸向我的主人，"你们来吧，今天中午我招待你们。现在，我的事情非常多。国王中午驾到，我将要迎接他。"

他已经把阿提拉称为国王。

他说的每一句话我都理解。我恨不得代替卢斯提修斯做翻译。

但我的眼睛却被内院吸引。我看见查特的家人站在一栋宽宽的木头房子前面，他们正在从骆驼背上、马车上卸东西。贴身奴仆们也在那里忙活着。那个皮肤黝黑的小女奴朝楼上喊道：

"乔鲍伊奇！你快下来！"

我也看见了埃莫盖。当时，她正要下马。一名奴隶在马的旁边跪在地上当台阶。她踩了上去。然后，她拍了拍马的脸，就飘进了屋子。

九

城市里人声鼎沸，就如同嗡嗡作响的蜂箱一般。奴隶们给路上洒了水，撒上了树叶和草。在各个帐篷的前面，男人们和女人们举办着自己的庆祝活动。他们给白马的鬃毛和尾巴涂上红洋葱皮的汁液或者黄色染料。帐篷的外面挂满华丽的毯子。

尘土飞扬，粪便和树叶的味道混在一起，到处都能听见清脆悦耳的马铃声。

我们匆忙赶路，为的是和马克西米努斯一起及时返回最高指挥官的宫殿里。最高指挥官的一个仆人把我们领到楼上，我们进入一个宽敞的房间，从敞开的窗户我们可以看见主路和王宫前的广场——当然，我是从使者们的身后看见的。

喧嚣声越来越大。临近中午，骑手们离开主路，穿白衣的妇女们则涌上主路。

当嘹亮的号角声从王宫的塔上响起时，太阳已经爬上中天。

几分钟后，三名飞奔的骑手从主街道的东边扬起尘土，他们在最高指挥官的宫殿前停了下来。最高指挥官很快就骑着马出来了。

他穿了一件用金线刺绣的、轻巧的红上衣。他的帽子也是红的，前面插着鹰的羽毛。大约三十名匈奴贵族青年簇拥在他的周围，其中的五名青年的帽子上有金圆环闪闪发光。最年轻者可能有十四五岁。他穿一件天蓝色的丝绸衣。

"他们是国王的儿子。"卢斯提修斯说。

最高指挥官和他们一起去见阿提拉。

一刻钟过后，我们听见远处传来民众的欢呼声。这声音最初就像大海的隆隆声，后来声音越来越大，我无法用任何东西来形容它。仿佛地球也有心脏似的，因为快乐而跳动、轰鸣。

这时，一支特殊的队伍从王宫里走出来。这支队伍由身穿白色丝绸衣的妇女组成，她们骑着栗色的马。这些马是小体型马，每匹马都由仆从牵着。

这些女骑手聚集在一辆半个胡桃形状的大型镀金马车周围。马车里坐着一个王室贵妇——一个苍白、消瘦的女人。一个十岁长发小男孩儿骑着马走在这名贵妇的身边。

"她就是王后，名叫丽卡，"卢斯提修斯低声说，"这个男孩儿是乔鲍王子。"

马车由八匹白马拉着。多么漂亮的马儿啊！它们的头昂得多么高，舞步迈得多么好看啊！马车的后面站着一名咧着嘴笑的黑人女奴，她把一顶用孔雀羽毛做成的伞举到王后的头顶上。马车的周边全是花，就连车轮的辐条上也是如此。

当他们出现的时候，民众微笑着喊道：

"乔鲍万岁！万岁！"

小乔鲍微笑着向各个方向挥舞自己的帽子。

后来，我听到了人们喜爱这个王子的原因。人们之所以喜爱他，是因为在他出生的时候，僧侣们曾预言：在阿提拉死后，匈奴人将会衰落，就如同风中飘摇的稻草。但这个王子将能够拯救这个民族。人们不大相信这个预言，但在每个人的眼中，这个小王子是可爱的。

在王后身边骑马的仙女中间，我认出了埃莫盖。飞吧，我的心肝，你飞向天堂吧！她正在飞，在马车尚未加速之前，她就在马车的旁边慢慢地飞着。很快，这个梦境般的画面就消失了。

但是，看哪！尘土从参加国王婚礼的人群脚下弥漫开来。在阳光的照耀下，金色的尘雾在升腾。首先，一名留着卷曲唇髭的勇士举着旗帜从尘雾中骑马冲出来。这是一面白色大旗。上面有一只用金线绣的猎鹰在飞舞。匈奴语把猎鹰叫古鲁尔，但也叫杜鲁尔。

接下来的是一支乐队，乐队成员穿着血红色的衣服。他们的乐器有：木制管乐器、鼓、各种骨制的哨子、两个大铜锣，还有几个拴着铃铛的木棒，上面有小小的银铃。

乐手有百人之多。有一个鼓手是黑人。其他的乐手也不是扁鼻子的匈奴人。也许他们是匈奴人吧，只不过他们可能从小就接受音乐教育，因此才没有把鼻子弄扁。

对于罗马人的耳朵来说，匈奴音乐听起来是特别的，不过很容易踩上节拍。我在街上多次听过他们奏出的节日旋律，把谱子写下来对我而言并非难事。对了，就是下面这个：

在乐手们的旁边，一大群五至十岁的小奴隶在听到音乐后快乐地跳跃着，嬉笑着，尖叫着。其中一个小奴隶甚至时不时地把一个圆圈抛到空中。

在乐手们走过之后，闪着金光和银光的骑手们出现了。所有人的帽子上都别着一枝铃兰花或一枝郁金香。

民众都涌向主街道。匈奴的姑娘们和妇女们站在第一排。许多姑娘都蒙着白色面纱。在面纱之下，金项链、金吊坠、金镯子、金胸饰、额头上镶嵌的钻石依稀可见。少妇们戴的帽子上装饰着金子做的蝴蝶。这些帽子上的金子多得让人眼花缭乱！

"祝福！"快乐的欢呼声越来越近，也越来越大。

阿提拉的大白马出现了，它扬起高傲的脖子，仿佛它知道自己驮的是谁似的。小王子乔鲍骑马走在阿提拉的右边，最高指挥官走在左边。他们的身后是王子们。再往后就是娘子军。丽卡王后的镀金马车里坐着新娘子。看不见她的脸，因为她遮着厚厚的面纱。只有她头上的绿色花环表明，她是阿提拉新娶的妻子。在玫瑰叶做成的花环上，榛子大小的钻石熠熠生辉。

国王的妃子们和宫女们簇拥在马车的周围。现在，她们的脸上已经没有了面纱。在她们中间我又认出了埃莫盖。她是多么美，多么庄重啊！马由一名侍从牵着。她把面纱扔到身后，把末端塞进自己的金腰带里。

面纱对于她们是一种时尚，我也喜欢。女人们过任何节日都穿白衣。贵族妇女日常也穿白衣。

当阿提拉走到女人们的队列前面时，众多的妇女和姑娘唱起了一支匈奴歌曲。我从未听过如此多的女人同时歌唱。假如不是亲眼所见，我会以为是天裂开了一条缝，由百万天使组成的合唱团的声音从天而降。

在最高指挥官房屋前宽阔的树冠下站着匈奴首领们的女眷们和老奶奶们。一个丑陋的胖老太生气地看着我，我不知道为什么。

当阿提拉走近时，她们也朝他走去，于是他和她们就聚集在了路的中央。

最高指挥官的妻子手里端着一个碗，另一个女人手里端着一个高脚酒杯。

59

阿提拉走到她们身边,把手举到帽边向她们致意。

即使在这个时候,他依然穿一身朴素的灰色衣裳,只有他的帽子比别人的高一些而已,帽子上面有一个特别大的镶钻羽毛饰品闪闪发光。嗐,他的马具上全是闪亮的宝石、珍珠、红宝石、蓝宝石、绿宝石,就像彩虹的颜色一样。

她们把碗和高脚酒杯放到一个小银桌上,两个仆从把它们递给阿提拉。

国王吃了一口食物。我真的没有看清楚那是面包还是肉。这一口食物和一口饮料包含某种重要意义。也许她们告诉他,对于回家的人来说,家里的食物和饮料是最可口的。

每一张脸都在微笑,每一只眼睛都在闪光。只有阿提拉的脸像大理石般没有血色。这时,那群唱歌的姑娘们聚拢在阿提拉和他的妻妾们的周围。埃莫盖也在微笑。她没有看我,从房前的椴树那里她也不可能看见我。但既然她在微笑,我的心里也就充满了喜悦——我也面带微笑。

此时此刻,我喜欢上了阿提拉、匈奴人、马的味道、节日、阳光和土地。我想去亲吻每一个人,就连马儿我也想亲上一口!

阿提拉继续前行,身后是长长的婚礼队伍。每匹马的身上都绑着彩色布条,每顶帽子上都插着花儿。

查特的家人返回宫殿,从阳台上继续欣赏如潮的人群。我们留在原地,看阿提拉如何在女人们和保镖们的簇拥下回到插满旗帜的宫殿,民众如何欢呼和呼喊万岁,那么多人待在宫殿周围干什么。女人们在那儿继续唱歌。这个情景类似于成群的蜜蜂在蜂巢内外一动不动地站着,只扇动自己的翅膀。人和动物在情感上是如此一致!

后来,无数的人就混在了一起,一名又瘦又老的黑人给人们带来了极大的欢乐。他骑着一匹被涂得色彩斑斓的骡子在人群中跑来跑去,手中挥舞着一把宽阔的木剑,用各种语言尖叫着。

"他是国王的宫廷小丑,"卢斯提修斯说,"名叫策尔孔。"

当最高指挥官派查特来请我们的使者们入座时，早已过了中午时分。他本人不可能和我们坐在一起吃午宴，这并非因为他要向阿提拉汇报战事和他儿子的事故，而是因为他的妻子和家人来了。

"我也去那里吃午宴。"查特说。

难道埃莫盖也去吗？

我的心提到了嗓子眼。我朝主人望去，看他是否会让我站到他的身后。按照罗马的习俗，在婚宴上我必须得站在他的身后，他会时不时地把手伸进我的头发里擦他的手。

怜悯之神啊，要是他现在也让我站到他的身后，我该怎么办？我怎么能告诉他："主人，这一次你就放过我吧！"我不能这么说，因为在公共场合仆人就是每个主人最重要的装饰品。

普利斯库斯仿佛理解我的焦虑似的，他把我叫到身边：

"一个小时后，你用最漂亮的银盘端一盘枣儿上来。你从门里进来，站到马克西米努斯先生坐的地方。他会把盘子接过去。"

这就是说，他不要求我服侍他了！

我很快就把枣儿放在银盘里摆好。我把它们放到月桂叶上，在中间还插上了几朵小花。然后，我洗脸、梳头、抹香水膏！我把主人香喷喷的甘松油抹到头发上，就像自由人那样把头发从中间分开。我宁愿让主人骂我偷用了他的香水膏，也不愿意让他拿我的头发擦他的手指。

当沙漏里的沙子流了将近一个小时的时候，我端起小盘子上楼。

饭厅的门开着。烤肉的味道从门里散发出来。大约有二十个人坐在那里。最高指挥官的妻子坐在主座上，她是一个珠光宝气的女人，脸上长着褐斑。她的右边是马克西米努斯，左边是我的主人，其余的女人和男人混坐着。埃莫盖也在其中！

我站在门边，等待主人发现我。这期间，我也在盯着埃莫盖。她坐在一个长雀斑的姑娘旁边，这个姑娘眨着眼睛和她聊天。埃莫盖用一把装饰着珍珠母贝的餐刀切鸡腿。她神情严肃。我不知道为什么。

十

我的主人每天都把所见所闻记录下来。他将把这些汇编成一本书。这本书将会被收藏在皇帝的图书馆里。

当然,这些记录一直都出自我的手。凡是发生在我们身上的事情,我都记在小纸片上。

我的主人有时候口述,有时候不口述。将来回到家里,我们会把所有的记录阅读一遍,然后由我誊写到漂亮的白色羊皮纸上。

有一天,要记录的东西实在太多,没等主人回来,我就开始写了起来。

我的主人回来得比较晚。让他感到惊喜的是,他发现我在帐篷前的书写板上正埋头书写。

"你是个好男孩儿,"他夸奖说,"写到哪儿了?"

他从衣兜里掏出一块拳头大小的罂粟糕点。

在我还是小孩子的时候,他就惯着我,有时他会给我带回来一块糕点。一看见糕点,我总是满心欢喜。但现在,他对我的关注却使我高兴不起来——这是我人生中的第一次。因为我已经不是小孩子了!

"我写到……"我一边回答,一边因为糕点而去吻他的手,"阿提拉穿过敞开的大门大摇大摆地走向宫殿,他在门槛前停下来。他把新娘子抱起来,就像抱小孩子似的把她抱了进去。"

"你把已经写下来的内容念一遍。"

我念了一遍。

当我描写到匈奴王后身边的人物时，我几乎是用朗诵的腔调念了出来：

"那就像是一大群白色的鸽子。匈奴女人都是天使。她们中有一个人，她是那样美丽，不管她走到哪儿，大地都会因为她的美丽而颤抖。"

"这不是胡说八道吗？！"普利斯库斯对我说。

我变得结巴起来。

"删掉！好吧！"

当发现我的耳朵都变红时，他用异样的目光看着我。

"注意，我的孩子，"在沉默了一分钟后，他用更加平静的声音说道，"你正处在人生的花季。这个时候，有许多蝴蝶绕着你飞。你要提防脚下，别慌乱。"

然后，他继续与马克西米努斯交谈。

我不知道他们在谈论什么，我也不感兴趣。我的呼吸平静了下来。主人的话压在我的心头："人生的花季……你要提防脚下！"他的话没错。我不懂埃莫盖的心，她只是个女人而已，但却让我用尽了自己所有的聪明。哦，这个女人是上帝最神奇的造物！我多么想像吸入花香一样，把这个女人吸进我的肚子啊！

十一

为了把皇帝的礼物送给最高指挥官,第二天我们起了个大早。礼物得由我从铁箱里取出来。

礼物都是金器精品:五只高脚酒杯、两只大平盘和五只圆盘。高脚酒杯上有亚历山大大帝狩猎的浮雕。如果同时转动这五只高脚酒杯,狩猎就会变得栩栩如生:金色的人在金色的森林里猎取金色的野兽。

大平盘上也装饰着艺术图案:在一只大平盘上,亚当和夏娃站在一棵树底下;在另一只大平盘上,洪水泛滥。五只圆盘的边缘上是爱神们手挽着手的图案。

金银财宝就放在一个内衬是白色天鹅绒的雪松木箱里,上面盖着几片粉红色的花绢布。

当太阳升起来的时候,我和我的主人、卢斯提修斯以及三个仆人已经站在了最高指挥官的大门前,但大门还关着。昨天晚上,他们一定睡得很晚,音乐声直到午夜过后才停息下来。埃莫盖肯定跳舞了。她究竟是跟谁跳舞了呢?他们是第一次跳舞吗?

房子的所有窗户上都挂着厚厚的白色窗帘。阳光普照。但是,那个姑娘最好不要出来!

正在我们等待的时候,来了一个黑眼睛的匈奴人。此人正值壮盛之年,衣袖宽阔,佩戴着华丽武器。他朝我们走来。他像所有阔绰的匈奴人一样,脖子和胸前也戴着金链子。他的头上戴着高高的黑色布帽,旁边插着鹤的羽毛。他的两撇唇髭就像分叉的牛角。他的头上有三撮头发。他的腰间挎着一把镶嵌着绿松石的弯剑。这也是阔绰的匈奴人才有的武器。

此人长着黑眉毛，朝普利斯库斯微笑。

"Khaire!（你好！）"

"Khaire!"普利斯库斯惊讶道，"你用我国的语言问候我，你是何人？你是怎么来到这里的？你为什么变成了匈奴人？"

因为在这个城市里生活着许多民族，只是希腊人罕见而已。我们所看见的希腊人，都是奴隶。从凌乱的黑头发和破烂的衣服上都能看出是奴隶。

可这个匈奴人是有地位之人，身上的金子哗哗作响。

他停下来，微笑道：

"你为什么问这么多？"

"我之所以问，"我的主人答道，"是因为你用希腊语问候我。假如你真是匈奴人，你就会用匈奴语问候。还有你的长相，不管你给胡子打多少蜡……"

"可我是匈奴人，"那人一边回答，一边抚摸自己的两撇唇髭，"但我出生时是希腊人，这是千真万确的事。我现在的名字叫萨鲍德-格勒格①，因为在我当奴隶的时候，他们把我叫格勒格。"

他轻轻地叹息道：

"的确，我的兄弟，有的人生之路是弯曲的。我们永远也无法知道，等我们老的时候，我们会在哪儿。"

他说，他从前在伊斯特拉②做石油生意，但那里也遭到匈奴人入侵，他的财产遭洗劫。他本人被戴上了镣铐。他成了最高指挥官的囚徒，因为贵族们都会把富人攥在自己手里。为什么？有多种原因。原因之一是富人的亲戚肯定也是富人，这样就可以从他们身上索取巨额赎金。假如亲戚不

---

① 萨鲍德-格勒格，是匈文Szabad-Görög的音译。Szabad的意思是：自由的。Görög的意思是：希腊人。
② 伊斯特拉，位于亚得里亚海东北部的一个三角形半岛，今伊斯特拉岛中部和南部属于克罗地亚，北部属于斯洛文尼亚。

露面的话，把富人变成仆人也没有什么损失——他们是比农民更聪明、更细心、更灵巧的仆人。一家人是否有眼界，房屋是否舒适华丽，这取决于这家人是否拥有有教养的奴隶。

"嗯，这是肯定的，"普利斯库斯叹息道，"文明戴着镣铐被强行带到了这里。在这里，文明人是野蛮人的仆人！"

这个曾经是希腊人的匈奴人耸肩道：

"哎……假如我的亲戚不来赎我。上帝会亲自来赎我。我的主人带着我去参加与可萨人的战争。我在他的身边英勇作战，我获得的奖赏是一份巨大的战利品。我用这份战利品赎回了我自己。后来，我娶匈奴女人为妻。我也有了几个孩子。你会看见的，这些孩子是多么活泼！然后，我就和最高指挥官坐一张桌子。在此之前，他称呼我：'你这个畜生！'现在，他称呼我：'朋友！'他成了我的好朋友。我确实要说：感谢上帝，我在伊斯特拉真倒霉。"

普利斯库斯摇了摇头。

"既然你已经成了自由人，就应该有回国的自由。"

"随时都可以。"

"那你为什么还要和野蛮人待在一起呢？"

"野蛮人？哼，也只有你们才把他们叫野蛮人。这个民族比其他任何民族都要特别。因为在没有战争的时候，这里的每个人都可以不受干扰地生活在自己的房屋里、帐篷里。我想做什么就做什么。我不用纳税。我不受任何官员、司法人员或执法者的侵犯。"

"你们总是发动战争。"

"即便如此，我们的生活也不比罗马人的生活差。在你们的帝国里总是在流血。你们不是与军队作战，就是受到强盗的骚扰。假如强盗不来骚扰，官方的强盗——执法者和官员就会来骚扰。在罗马帝国，有权有势的人和富人什么都可以干。正义用钱就能买到，在无休止的诉讼中，律师和法官对当事双方进行勒索。"

普利斯库斯为罗马人进行辩护,萨鲍德-格勒格一边点头,一边挥手:

"就算你讲的都是真的。但在王公贵族是上帝的地方,民众难逃地狱般的命运,这也是真的。"

他是个轻声细语、目光和善之人。当他和我们道别时,他也把手伸向了我。

这时,一名奴隶把大门打开。他说,最高指挥官正准备出来。于是,我们就没有上楼,就在院子里等候。

当最高指挥官走出房子时,他的马已备好。我们发现,他是身材矮小的罗圈腿。大多数匈奴人都是矮小的罗圈腿。他们只在马上才显得魁梧高大。他们走起路来就像水鸟一样。

我们向他弯腰行礼。

普利斯库斯走上前去,说东罗马帝国的使者在此。他转达了皇帝的问候,并说皇帝的礼物在雪松木箱里。他同时请求对方确定双方谈话的地点和时间。

我饶有兴致地打量着这位刚刚凯旋的最高指挥官,此人眼神机警,面带微笑,但看上去是张非常聪明的面孔。

"在哪儿?哦,假如要谈的事情非常重要,甚至现在就可以马上去你的住处谈。"他直截了当地回答道,"你们前面走,我马上就到。"

于是,我心想:这些人不像我们的贵族那样讲排场。

最高指挥官看也没看一眼礼物,就打发人把礼物送给他的妻子。我们急忙往回赶,为的是让马克西米努斯有足够的时间把托加长袍穿到身上。

他肯定无法把托加长袍穿到身上——我们前脚刚到,最高指挥官后脚就到了。他友好地大喊早上好。

马克西米努斯的问候语刚到嗓子眼,最高指挥官就把他摁到椅子上,让他坐着说话,但这样他也没能说很久。当最高指挥官发现马克西米努斯还在赞美他,就打断他:

"你永远也别累着自己,你这个好人。我知道,我是谁,我是干什么的。"

然后,就像家人一样,他讲述了自己如何在东方赢得胜利。他的喜悦中也夹杂着一丝忧伤——奥劳达尔王子在一次冲突中从马背上摔了下来,一匹马踩到了他的手臂上。

马克西米努斯终于找到了恰当的语调。他用直白友善的词语说,皇帝想要持久的和平,但像现在这样来回派遣小使团是不可能达成协议的。最高指挥官先生最好亲自去一趟。锁在雪松木箱里的珍宝只是小意思,君士坦丁堡有大量的珍宝在等着最高指挥官先生。

这名匈奴高官眨了眨眼睛,然后摇头道:

"不妥。"

"但先生,"马克西米努斯继续鼓动,"使者只能空谈,而你的话却一言九鼎。假如你去我们那里,就可以敲定两个帝国结成永恒的联盟。这不仅会使两个民族受益,而且也使你的家庭受益。皇帝将永远是你的朋友,金苹果树上的苹果也将会为你的子孙掉落。"

最高指挥官摇头表示拒绝。

"不可以。因为你看,即使我去你们那里,我也只能转述阿提拉的话。假如我用自己的嘴说了什么,我就会忘记阿提拉是我的主人,也会忘记匈奴人即使是在来世也会生活在一起。"

他抬起头,用平静的眼神打量着我们。

"你们要相信我,我宁愿做阿提拉阴影下的仆人,也不愿做受罗马帝国恩泽的富人。我待在国内,对你们会有更大的用处。甚至有可能发生这样的事:假如国王要冲你们发火,我将转移他的注意力。"

然后,他仿佛对政治感到厌倦,环顾四周。

"你们想在这里露营?你们距离王宫太远了,要是下雨的话,路也不好走。"

"我们正想请教呢,"马克西米努斯回答道,"我们可以把帐篷搭在何处?"

"无处可搭。你们去我那里住吧。我的庭院能容纳得下你们的仆人。至于你们,饭厅旁边有三间宽敞的房间,住得下你们。"

但我们的使者们并没有接受这份好意,他们请求把帐篷搭在王宫旁边的大广场上。

最高指挥官悦然同意。

当他走出帐篷时,一群年轻女子骑着马从我们眼前经过。所有人的肩膀上都背着弓,侧身挂着银色的箭筒。我想,她们是去狩猎。后来,我看到城外站着一些其貌不扬的人,他们也在射箭。

他们是什么人,我不知道。有一些小伙子在陪着他们。其中一人的胳膊打着绷带。此人把帽子在空中划了一道高高的弧线,向最高指挥官致意。

"他就是奥劳达尔王子。"最高指挥官微笑道。

后来,有一小队人马跟在他们的后面跑,有男有女。他们身上的衣服飘飘荡荡。女人们蒙着面纱。我认出其中的一人是埃莫盖。她举起手向最高指挥官致意。这是多么迷人的动作啊。

就在这时,我不知道她的马受到了何种刺激:马嚼子勒疼了马嘴,或者牛虻叮咬了它的胸部,或者一时兴起而用两只脚站起来?总之,它突然直立起来,好像是想像人那样用两只脚走路似的。我吓得心惊肉跳。

我看见过这种直立起来的马,看见过骑手如何从马上摔下来,骑手的脚卡在马镫里如何被发狂的马拖着往前跑。我也看见过骑手骑在马背上,但马却前蹄着地,后蹄腾空,骑手从马头上飞出去,仰面摔死在地上。我还看见过一匹马驮着一个沉重的人直立起来,但正在前蹄腾空时,马的躯体扭动了一下,就重重地摔倒在地,而且把骑手压在身下。

埃莫盖的马直立起来,但这个姑娘依然待在马背上,就像豹子一样。她的两只脚蹬在马镫里,一只手紧紧地抓住马鬃,另一只手抓住缩短的缰绳。她扭动自己的腰,调整姿态。

"切罗!"她愤怒地扯着马嚼子喊道,"切罗!"

在令人恐惧的等待中，我的心脏停止了跳动。马在旋转，用两只后蹄挪了六步之多……我怀着恐惧的心情期待马的两只前蹄回到地上……但她拉了一下马嚼子，马再次把她往下扔，做出腾跃、跳动的动作，最后又恢复平静。埃莫盖还坐在马鞍上，好像什么也没发生过似的。

马在直立时，尘土从我们的身边升起。我看见这个姑娘掉了什么东西。

骑手们继续往前奔跑。她留了下来，停下脚步。我跑到尘土升起的地方。一根鞭子躺在那里，也许这正是她抽我脸时用的那根鞭子。

但我当时还没有想到这一点。能为她效劳我感到幸福——我捡起鞭子，朝她跑去。

"谢谢，泽塔！"她热情地说。

她摘下面纱，然后又把面纱系好。她的眼睛泛着光。她的脸也红了。她凝视着我。

她拍打了一下马，飞奔而去。

我不知道最高指挥官是何时、如何离开我们的。我的脸烫了一整天，她的声音就像音乐一样在我的耳畔回荡：

"谢谢，泽塔！"

我在琢磨她为什么要整理面纱。也许是因为她想把自己的脸展示给我？或者她是想让我看见她的手，她的右手没戴手套，这可是世界上长得最好看的女人的手啊！

十二

于是，我们就住在自己的帐篷里，但却在查特的宫殿附近。

我提到的这座宫殿就在阿提拉的宫殿对面。两座宫殿之间是被马蹄踩踏得凹凸不平的广场。

查特家的宫殿！……我是怀着多么大的兴趣审视这栋双层华丽木屋的！仿佛为了愉悦自己，野蛮人的雕刻师想把木屋雕刻成一个小鸟笼，上面的郁金香一朵挨着一朵，其间点缀着一朵朵洋甘菊。大门前有两个刷成绿色的柱子，但柱子上也布满了叶子和花朵。仿佛有人喜欢这个笼子似的，说：

"你把这个给我做成房子吧，让洋甘菊做窗户。"

早上，当我们穿好衣服后，我又开始准备礼品了。

"泽塔，你把那个天鹅颈金水罐和它的垫盘找出来，还有三大卷丝绸和一张猴子皮。你穿上正装。你给我的托加长袍洒上玫瑰水。我们去见丽卡王后。"

我高兴地动了起来。

丽卡王后是后宫之首。她的儿子叫乔鲍。她是正室妻子。其余的人只是奢侈品——鲜活的首饰。

两位使者陷入沉思，究竟是两个人一起去见王后，还是只去普利斯库斯一人？最后，他们达成一致，只去普利斯库斯一人。他是口才大师。我提醒他打听清楚一件事：罗马使者是否可以对王后行吻手礼。

于是，我就同普利斯库斯和卢斯提修斯出发了。我小心翼翼地拿着包裹在白布中的黄金礼物。其他礼物放在一个雕刻的雪松木盒中，由一名奴隶拿着。

我们边走边看。

在主宫殿前的院子里有许多人在忙碌，许多携带武器的人身着钢铁战衣，身上的金银饰品闪闪发光。但在一小群人中，我们也看见了许多郁郁寡欢、衣服粗糙的男人和女人。他们是普通百姓。在匈奴人的国家，大多数人都是像他们这样的人。夏季他们穿麻布衣，冬季他们穿兽皮。一到冬天，他们的身边就弥漫着兽皮的腥味。

这些普通百姓站在一根色彩斑斓的柱子前面。柱子侧面的上方可以看见一只铜铸的飞鹰，一只爪子握着一把宽刃斧，另一只爪子握着一台天平秤。柱子的下面放着一把空空的扶手椅。

经向路人打听，我们向一栋雕刻精美的双层小宫殿走去，小宫殿有单独的白色篱笆墙。大门由四名穿着虎皮衣的男子守护。在里面的楼梯里，有一名年长的面部臃肿的奴隶抱着双膝小憩。他先是去禀报我们来了，几分钟后他就带我们进去了。

当我们进到大厅时，迎接我们的是宜人的气味。我认为，这是薄荷和康乃馨的混合气味，但也有可能是别的气味。王后坐在大厅中央低矮的沙发上，年轻的女士们围绕在她的身边。我一下子就认出了她，尽管她穿的不是以前的衣裳，而是未加装饰的柔软的黄油色丝绸衣。她的脚上穿的还是那双凉鞋。灰色的头发在头上盘成蜗牛状，上插一根簪子，簪子的末端是一个核桃大小的金扣子。她从前可能是个美女，但现在已经枯萎——身体笔直得就像木桩。

大厅里除了沙发和侧面的小桌子，没有任何其他的家具。墙壁上挂着深樱桃色的织物。地板上铺着厚厚的羊毛地毯。地毯下面可能还有某种柔软的东西。我认为，它是另外一个厚厚的垫子，也许是用椰子纤维做成的。在王后的周围有六个女人，她们都坐在地毯上。她们不漂亮。一个长着大下巴的女人也在她们中间。六个人都在刺绣。埃莫盖也在其中。

至于我的主人那天说了什么，我无法写下来。

我的目光停留在埃莫盖身上。她也穿着纯白色衣裳，腰间系一根手指粗的白丝绳，她的装束和隐士差不多。她的脚上穿着黄色凉鞋。她的头发披散下来，就像天使一样。我又一次看见了那双迷人的眼睛和漂亮的小嘴。

她的怀里也抱着个绣绷，直径有两拃宽。只见红丝线和金线在绣布上来回穿梭。所有人都在绣着相同的图案——血色双头郁金香。她们给郁金香绣上了金边。

当我们走进去的时候，她们的脸都转向我们。所有人都在看礼物。其实也不是看礼物，而是看礼物上的装饰。她们特别喜欢装饰在水罐上的向日葵。

一个姑娘立即取出帆布，试着用红粉笔画向日葵。

埃莫盖朝她弯下身子。我也好奇地偷看她画的线条。我感兴趣的不是图案，而是埃莫盖在看什么。

那个姑娘把向日葵的中间部分画了出来，然后单独去画每一个花瓣。她把一个半圆画得大了点儿。

姑娘们都笑了。王后也朝那边看去，露出了微笑。

"如果把中间部分画成栗色，把叶子画成硫黄色，那就更漂亮了。但首先要把图案画好，谁来画？"

我心急如焚，跃跃欲试。

"假如王后殿下允许的话……"我结结巴巴地说。

在听到我这句不恰当的话后，普利斯库斯震惊地看着我。但女人们并没有生我的气。片刻过后，一块新的绣布和红粉笔就已经拿在了我的手上。我跪在地毯上，用颤抖的手点了两个圆圈。

但我的颤抖很快就消失了。我想：埃莫盖在看，我可以给她展示我所掌握的技能……

很快，向日葵形状的花就出现了，女人们鼓起掌来。

"你的手真巧，男孩儿！"王后称赞道。

她让翻译告诉普利斯库斯：

"我羡慕你有这么一个奴隶！"

血又一次涌到我的脸上。我朝我的主人望去。我期待着他向王后纠正："他不是奴隶，王后，他是自由人。"然而，我的主人却说出了下面这段话：

"我很乐意把他赠送给殿下，但他从小就在我身边长大，我宁愿把他看成是儿子，而不是奴隶。但在殿下的国家居留期间，假如殿下要命令他画画的话，请尽管吩咐吧。"

"嗯，你还会画别的吗？"王后用温暖的目光看着我。

"我会画千种东西，殿下。"我回答道。我几乎高兴得发昏。

我发现埃莫盖正在吃惊地看着我，我人生中第一次有了这样的感觉：即使让我去当富人，我也不愿意。

"好吧，"王后说，"那就免去你侍候你的主人一小时。"

普利斯库斯向王后鞠躬，与卢斯提修斯一起告辞。我留下来跪在女人们中间。

我从来没画过女人画的东西，只在皇帝的图书馆和家里画过字母。

当我们的抄写员在复制图书时，第一个字母总是一幅图画。多数情况下是花朵。抄写员先是用锡画出图案，然后按照自己的想象涂上颜料。

与我的绘画相比，匈奴人的绘画简直啥也不算！

"殿下，能允许我画一朵牵牛花吗？"

"你画什么都可以。"

于是，我就给她们画了一株弯成弧形的牵牛花，仿佛牵牛花往草上攀爬，而草却被压得弯下了腰。我画了四朵花。两朵开得就像圣杯，两朵是螺旋状的花蕾。心形的叶子越往上越小。

牵牛花博得了她们的喜爱。

"美极了!"所有人都这么说。

"居然能画得这么美?"

她们叽叽喳喳地赞美着。

但在赞美声中,我只听见埃莫盖小声说出的一个词:

"美丽。"

直到当天夜里,这个词还在我的心中回响,就像蜜蜂在花上奏乐一样。

"殿下,"我谦卑地说,"这个花应该用紫色丝线绣。叶子用绿线。"

"不要叶子,你全画成花吧。"王后说。

我为她的愿望而感到惊讶。后来,我发现匈奴人只喜欢用花做装饰,顶多在花的旁边配上两片叶子;有时是一片叶子,有时一片也没有。这就是匈奴人的风格。

于是,我就对图案进行修改。我还画了一些花,它们或者侧面对着观看者,或者背面对着观看者。在最下方,我画了一朵枯萎的花。

她们又把我画的图案拿走,在王后的周围欣赏起来。她们或坐或跪,只有埃莫盖站着。她的手搭在一个姑娘的肩膀上,俯身看我画的图案。

当时,没有人注意我,我就看她。我的眼睛贪婪地看着她。她穿着轻便的白衣裳。脖子上围一条蓝色小丝巾。这与她天鹅绒般的桃红色脸蛋正好相配。她的小耳朵红得像草莓。小鼻子既白又直,就像大理石雕刻出来的女神的鼻子。我直到这时才发现,她的左脸上靠近眼睛的地方有一颗非常小的痣。这颗痣让她变得非常迷人!

这是多么神奇的一颗痣啊!

以扫[①]为了一碗红豆汤出卖了他最神圣的权利。他可真是头蠢驴!而我却为了一颗痣把自己的性命交给了死神。可人们却说,我是个聪明人。

埃莫盖看着我。她看了有一分钟之久,仿佛是在审视我。然后,说:

"你为什么画枯萎的花?枯萎的花让人忧伤。"

[①] 以扫,《圣经》中的人物,他为了一碗红豆汤,把自己的长子权出卖给了弟弟雅各。

从她的眼中,我看见了她的灵魂,我几乎无法做出回答:

"小姐,有的花呀,它看起来枯萎了,但露珠落在上面,一见到早晨的阳光,花又复活了。"

她若有所思地看着我,然后微笑道:

"那你就把花画成活生生的花吧。"

仆人给王后送来一篮子樱桃。她从篮子里给每个姑娘都抓了一把。

这时,我画完了。

"你已经画得足够多了,孩子,"王后慈祥地说,"明天的这个时候你再来吧。你请求主人允许你来这里。"

她又把手伸进篮子里。

"把你的手掌伸开。"

她多么像母亲!她多么慈祥!但此时此刻,我既没感受到她的母爱,也没感受到她的慈祥。用一把樱桃让我高兴,她把我看成什么人了!而且是当着埃莫盖的面!……

到了外面,我把樱桃给了一个小孩子。

院子里有很多人,但都非常安静地站着,我观察到他们都朝一个方向看。于是,我也把脸转向那个方向。

这里发生了什么事?

我看见了阿提拉——他坐在有铜鹰的柱子下面。每个人都竖起耳朵看着他。

我的主人也在人群后面踮起脚尖站着。他的一侧是卢斯提修斯,另一侧是萨鲍德-格勒格。罗马的使者们也在这里。

我穿过人群走到了普利斯库斯身边。我问萨鲍德-格勒格:

"发生了什么事?"

"国王在断案。"他回答道。

这个景象让人想起古代的故事。这名匈奴人的领袖坐在一把农夫的椅子上。就连他的胡子也显得至高无上。他的面前有两位老人和两个年轻人。他们是当事双方。其中一人拿着帽子比画着在说话。地上有大约五十位老人或坐或蹲,他们的身后还站着许多看热闹的人。所有的人都是光着脑袋,只有国王的头上戴一顶卷边布帽,上面插着鹰羽。

"这里的习俗是这样的,"萨鲍德-格勒格低声解释说,"这里的人以家庭为单位,如果家里闹矛盾,就由担任一家之主的父亲或祖父处理。如果两个家庭闹纠纷,则要从左邻右舍中选出代表组成一个法庭,和老人们一起平息纠纷。如果这些人无法判明是非,或者他们的判决得不到认可,那么他们就会去找国王判案。在和平时期,国王几乎每天上午都坐在这里。他不需要顾问。他听取双方的陈述,提出一两个问题,然后就作出判决。现在出了一件大案。一个年轻的匈奴人从可萨人那里带回来一个女囚,他用她从另一个匈奴人那里换来一匹马和十个金币。然而,这个女囚第二天早上就死了;现在,那个匈奴人想把马要回去,他说,这个女囚有病。"

年迈的一家之主的话传到了我们的耳朵里:

"千真万确,陛下,这个姑娘的面色就像面条。我立马就对我的儿子说:'我不看好这个女囚,你听见了吗?你拿一匹骏马换她,你疯了吗?'我就是这么骂我的儿子的,陛下,恕我直言,我还告诉他:'有不用花钱的姑娘,你为什么非得花钱买这个姑娘呢?'"

"不必再说了。"国王说。

大家都安静了下来。

阿提拉又说道:

"绍约姆,当你用你的马和钱换这个姑娘的时候,你是否看见她面有病色?"

小伙子犹犹豫豫地回答道:

"看是看见了,陛下,但我没想到她会死。"

"谁想到了?谁想到这个姑娘会死,请讲!"

大家都不吱声。

国王又说:

"你买下了这个姑娘,你也就买下了她的疾病。奥普罗勇士继续拥有那匹马,但出于道义,他要把十个金币退还与你,否则你就遭受三重损失。"

双方默默离开。坐在地上的人中有六个人站起身来。最老的那个人走了出来。他小声咳嗽了一声,抹了抹唇髭。

"陛下,我是个毛皮匠,我的父亲、我的祖父也是毛皮匠,这个人买走我的虎皮。这张虎皮完好无缺……"

这已经是另外一个案子了。我们离开了断案现场,在院子的大门口看见了奥普罗勇士和绍约姆勇士。出于道义,奥普罗把数好的金币塞进绍约姆的手心里。

十三

第二天，使团的成员与阿提拉共进午餐。我的主人也去了。我又去了王后那里。

在大门口，我与查特家的小女仆相遇。她站在我面前，好像她和我是老相识似的，她对我说：

"请问，你是不是意大利人？"

"不。"我惊讶地回答道。

"我之所以问，"她叹息道，"是因为我是意大利人。我的妈妈是意大利人，我的名字叫吉扎。这里的人叫我吉吉亚。"

我想，这是一个丑陋的名字。

小姑娘接着说：

"我的妈妈是查特家的囚犯，她在这里生下了我。但她去年去世了。愿上帝让她安息！"

她在胸前画了一个十字，眼泪夺眶而出。

"这跟我有什么关系？"我恼怒地对她说。

她的脸红了。她用瘦瘦的、褐色的手捂住脸，惊恐地眨了眨眼。这个可怜的人就像那种穿裙子的男孩儿一样，令人很不愉快，她的身上散发着孩子的气味。

"呃，你想要干什么？"我轻声问道。

"我没事。"她忧伤地回答道。

我继续匆忙赶路，几乎是跑到了王后那里。

前一天在这里的那些女人都来了，甚至还多了三个人。

只缺埃莫盖。

我怅然若失地画着。埃莫盖会在哪儿呢？她又去狩猎了吗？她和谁在一起狩猎？

女人们又盯着我画的图案赞美起来。但对于她们的赞美，我的心已经不像前一天那样怦怦地跳动。我已经敢大胆地看她们了。我想在她们中间看见一个比埃莫盖还要美的姑娘，免得心里老想着她。但没有比她更美的姑娘，谁也没她长得美。匈奴女人没有希腊女人长得美，只有埃莫盖是唯一的美人。她就像星星中的晨星一样。我最经常看的是一个大约四十岁的圆滚滚的女人。我之所以看她，是因为她听到任何一个词都会笑得有滋有味。这个时候，她会把嘴巴噘起来。有一次，在她大笑的时候，我发现她缺了一颗门牙。

后来我才知道，她是最高指挥官的大老婆。

临近中午，小乔鲍被带了进来。他是一个眼睛闪闪发光的漂亮小孩。他肯定刚洗完澡，因为他的头发是湿漉漉的。他穿一件灰色丝绸上衣。凉鞋上的金丝绳缠绕在他的裤腿上，直至膝盖处。

每个女人都亲吻了小王子。他只亲吻了自己的母亲。他立即站到我的身边——对我画的康乃馨表现出极大的兴趣。他还盯着我的脸看。

"你是谁？"他带着幼稚的好奇心问道。

"我是希腊人，"我微笑着回答道，"我来自遥远的地方，那里是很多神话故事的发生地。"

他听得目瞪口呆。

"你见过仙女吗？"

"见过。"

"你见过长着铁鼻子的接生婆吗？"

"也见过。"

"那七头龙呢？"

"也见过。"

"是活的吗？"

"是的，但我只见过一个头的龙。"

"一个头？它口吐火焰吗？"

"是的。"

"它扔石头吗？"

"不扔。"

"那它扔什么？"

"它往主人的脑袋上扔盘子。"

乔鲍瞪大眼睛。女人们大笑。最高指挥官的妻子笑得露出了残缺不全的牙齿。

王后也露出了微笑。她抓住了儿子，亲吻他。

"去吧，你的马儿在等你呢。吃午餐的时候，不许去摸陌生人的胡子，不许玩弄他们的金链子。你坐在你父亲的身边，举止要像父亲那样稳重。"

乔鲍再次瞥了我一眼，然后就被人带走了。

最后，我也离开了。我绕着查特家的房子走了好几圈，也没瞧见那个匈奴姑娘的身影。

我朝王宫望去。那里站着许多穿不同服装的战士。有一个人戴着用野牛的头皮做的帽子，野牛的两只角也在上面。凡是看见的人几乎都害怕野牛的角会顶过来。他是一名萨尔马提亚战士，是随使团一起来的。当时，我还不了解萨尔马提亚人。

在宫殿的台阶上，两名吟游歌手显得很无聊。两个人都穿着血色丝绸衣，而且都是老人。他们拨弄琴弦，给鲁特琴调音，而且不时地朝门卫的方向张望。

从他们身上看得出，他们怀着喜庆的心情在等待着有人示意他们可以进去了。

81

时间已经到了下午，两位使者才吃完午餐走出来。

"啊，这真令人难忘！"马克西米努斯显得很兴奋。

"太神奇了！"我的主人摇着头。

"真像一场梦啊！"上尉结结巴巴地说。

他们的脸色通红，上尉走起路来摇摇晃晃。

普利斯库斯立即就让我坐下来做记录，以便趁热把午餐的经过口述给我，但马克西米努斯却总是在干扰我们。

"这个国王可真有意思！"他心中的热情在燃烧，"要是皇帝听说阿提拉用木盘子吃饭，用木杯子喝酒，他会作何感想呢？"

"这个人只是傲——傲慢，"上尉喊道，他的脚几乎站不稳，"但没关系，我喜欢士兵身上的傲——傲慢。"

"你在咕哝什么傲慢？"马克西米努斯咆哮道，"那种坐到百姓中间、为区区一匹马的官司断案的人，可不是傲慢之人。"

"他蔑视黄金！"

"你给他一麻袋黄金试试看！"

"这个野蛮人的心思太可怕了！"我的主人摇头说，"我通过笑声判断一个人。鞋匠大笑。有学问的人只是微笑。但有的人甚至见了那个宫廷小丑策尔孔也不笑，我该把这种人归入哪类呢？"

三个人说到这里，大笑起来。

上尉摇摇晃晃地钻进帐篷里去睡觉。

"哎，我不知道你把我归在哪类，"马克西米努斯说，"我快要笑死了。"

"每个人都笑得肚子疼，"普利斯库斯有礼貌地说，"那么多人，就数他严肃。我现在也想知道，是那个宫廷小丑对他来说不可笑，还是他不想笑？"

马克西米努斯若有所思地摇了摇头。

马克西米努斯没搞明白的是，他看见的是阿提拉的躯体，而普利斯库斯看见的却是阿提拉的灵魂。这一天，我第一次发现了这两个人之间的差别。

十四

第二天，天下起了雨。匈奴人把覆盖在帐篷上的兽皮翻了个个儿，把身上皮衣的毛也翻到了外面。我仿佛置身于熊的国度里。

但是，王宫周围的人却和前一天一样多。

从我们的帐篷里可以看见查特家的房子。我看见埃莫盖穿着宽敞的天鹅羽毛披风出现在大门口，然后骑到一匹低矮的灰马背上。一个短脖子男奴隶跟着马一直跑到王后的宫殿。

这时，我也迫不及待地想去那里。我洗漱，穿衣，涂抹香水。我也是骑马去的，这样泥就不会沾到我的凉鞋上。我把马拴在了一个柱子上，我轻巧地跳上木楼梯。

房间里只坐着王后和另外两个人。王后几乎是惊讶地望着我：

"你来画画？今天是阴天。既然来了，就留下来吧，万一天晴了呢。"

她坐在沙发上，大腿上放着一个普通的无釉砂锅。在地毯上，金首饰、项链、珍珠、胸针、吊坠、纽扣摆放在她的周围。至于为什么王后把这么多的珍宝放在一个普通的锅里，而不放在一个银杯或者华丽的盒子里，我就不知道了。可能是出于迷信，可能是出于习俗。这种习俗也许是古代遗留下来的。在古代，人们甚至会把珍宝藏在水里和地下。

埃莫盖坐在窗户旁边，糊在窗户上的薄牛皮在阴天就像冰面一样。

三个人正在用布擦拭、用刷子刷首饰，并给首饰抛光。

王后也是如此。她手中正拿着一条宽宽的金腰带。这是一条由黄金打成的草莓叶串成的链条。叶子的中间有珊瑚。

"你见过这么多的珍宝吗?"当我盯着看这条有艺术气息的腰带时,王后问道。

"我在我们的金匠那里看见过类似的东西,"我回答道,"但没这么漂亮。"

"我还有比这更漂亮的首饰呢,"王后说,"天似乎亮了起来。你来看看这条链子,它也许能成为刺绣的图案。"

从她们的交谈中,我了解到王后正从这些首饰中为国王的新妃子挑选礼物。新妃子在婚礼过后新月来临之时要依次拜访王后和国王的旧妃子们。王后这时会给她赠送礼物。

丽卡王后生性安静,是个忧郁之人。当她坐在那里的时候,她的头低垂着,就像枯萎的花朵。她很少开口说话,即便是在她快乐的时候,每次的笑都是温柔的微笑。我,只要有可能,就在画画时抬起头。我是在看埃莫盖,如果她在我的身后,我就看王后。

有一次,王后侧身对着我坐,我发现她的鼻子有点长。缺牙的女人鼻子短。埃莫盖的鼻子也有点长,但线条优美。当时,我心想:长鼻子的人比短鼻子的人更易于忧郁。小鼻子的人大多是快乐的。但鼻子与灵魂有什么关系呢?

确实,埃莫盖生性严肃,不苟言笑。

王后在欣赏一件镶满钻石的象牙手镯时,突然把头转向我:

"希腊女人戴什么样的手镯?"

"各式各样的都有,有就已经不错了,"我谨慎地回答道,"因为国家已经不再富有,王后殿下。"

"她们戴项链吗?"

"不怎么戴,王后殿下。我们那里的人认为,金项链是外国男子戴的东西。女人顶多在脖子上戴珍珠项链,而且是在过节的时候才戴。"

"希腊的姑娘,"埃莫盖问,"希腊的姑娘漂亮吗?她们穿的衣服和我们的一样吗？"

"希腊的姑娘都是黑眼睛，黑头发，白皮肤，"我回答道，"没有匈奴姑娘漂亮。现在，她们的衣服不好看，但从前她们穿得可漂亮了，比那更漂亮是不可能的。"

"她们穿什么？"三个女人异口同声地问。

"里面穿一件丝绸衬衫或薄麻布衬衫，还有一条白裙子，长及膝盖或者更短。"

"更短？！"

她们感到震惊。

"年轻人肯定如此。外套一定要遮盖到小腿。这是一块轻巧、宽松、细腻的羊毛布料，靠右肩上的一颗扣子维系着。夏天她们不穿裙子，她们把衬衫系到腰间，有人穿丝绸，有人穿天鹅绒，有人戴金链子。也许，她们不是系在腰上，而是靠上一点儿，这样她们的身材就显得颀长。夏天的布料也比冬天的要轻一些。"

女人们都笑了。

我也面带微笑，因为我发现她们没听明白。

"王后殿下，"我说，"那一大块羊毛布料才是真正漂亮的衣服，因为可以有一百种方式把它穿在身上。细腻的褶皱贴在女人苗条的身体上，女人的身体曲线展露无遗。衬衫在夏天只是挂在肩上而已——手臂自由了，只有手镯才是她们的装饰品。她们的脚上穿的是精致的小凉鞋。过节的时候，她们把粉红色的带子系到凉鞋上。"

"冬天她们也裸露着胳膊和脚吗？"

"冬天不。冬天只有她们的手和脸露在衣服的外面。那个时候她们不美。而在夏天，即使是丑女人穿着那块布料也是美的，假如她们的身材没有毛病的话。"

王后对站在门口的一个女人说：

"哎，你拿一条白床单进来。让我看看希腊人的穿法。"

仆人把一条轻轻的羊毛床单拿进来。我得把它穿在自己身上。我得展示在夏天如何穿，在刮风天、下雨天、晴天如何穿，在剧场里、在宴会上如何穿，在夏天如何把它的几个角在肩膀上打成结，在冬天如何在颈窝和腰间打成结。

在展示的过程中，我不得不在她们面前走来走去，她们不但笑，而且鼓掌。当然，这个掌不是为我鼓的，而是为她们想象中的希腊女人鼓的。

然后，我得把各种发型画出来。我画得不太成功，我就用埃莫盖的头发展示希腊女人如何盘发髻，如何在额头留下一个波浪卷。

当我把埃莫盖丝绸般的头发抓在手里时，我的手在颤抖，几乎不听使唤。

然后，埃莫盖走进另一个房间，站在悬挂在那里的大钢镜前端详自己。

但是，她在那里待了很长时间。于是王后就对她说：

"埃莫盖，镜子生锈了！"

她这才走出来，我们惊讶地望着她。她没穿别的，只穿一件及膝衬衫和一条白裙子。肩膀上搭一条乳白色羊毛床单，上面的褶皱衬托出了她的纤纤细腰。

我习惯在君士坦丁堡看裸露的胳膊和腿，但眼前的埃莫盖让我目眩神迷。而她的胳膊和腿尚未丰满圆润。她就像某种花一样！娇小柔弱。人们可能会认为，她如同白色的水仙花，静脉里流淌的是水。她就像水仙花那样，习惯站到阳光里成长。

她在房间里走来走去，然后停在我的面前：

"那里的姑娘就是这个样子吗？"

"哦，要是这样的话就好了！……"

"我身上还缺少什么？"

"缺一对珍珠耳环，小姐，你手里缺一把棕榈叶扇子，绿色的扇子。"

埃莫盖转向王后：

"我美吗，殿下？"

"美，我的孩子，"王后微笑道，"愿你的人生也和你自己一样美好。"

埃莫盖亲吻了王后的手，然后返回内室，重新穿上自己的衣服。她坐下来，开始绣我画的一个图案。

"你唱个歌吧，埃莫盖，"王后说，"我今天开心，就让今天圆满吧。"

埃莫盖把绣绷放到大腿上，用甜蜜温柔而且温暖的声音唱道：

田野绿了，森林生机勃勃。
春雨冲毁了道路，
冲掉了我的心上人的足迹：
在小伙子中他是最亲的人。

她用略带忧伤的微笑的嘴唇轻声歌唱，但她的眼神是悲伤的。她在沉思，仿佛她唱出来的故事是在唱的过程中才在嘴唇上形成似的。

然后，她的一个胳膊肘支在绣架上，脑袋摇来晃去：

我艰难地等待着春天逝去，
等待着春天逝去、小麦丰收。
等待着向日葵花绽放，
等待着勇士们回家。

这是一首异常悲伤的歌，起初我听不懂那些词语之间的联系。匈奴歌曲就像勉强串在一起而又断线了的珍珠一样。

埃莫盖接着唱道：

田野干枯，树叶飘零。
部队从遥远的异国归来。

我只等一个小伙子。

只有一个小伙子没回来。

他没回来,他留在了异国的土地上。

陶尔瑙勇士,你在哪里?地上还是天上?

无论是天上还是地上,我的宝贝,你为我回来吧!

你或者带我去天国,

或者让我躺在你的坟墓之中。

月夜里谁在敲门?什么在敲门?

你出来吧,我的鸽子:是我,是我!

我的白骏马,脚步安静,

就像秋风在夜里的沙沙声。

姑娘穿上节日的白衣,

把迷迭香花环戴在头上。

早晨人们发现她就这样死在路边:

她穿着红色的靴子和节日的白衣。

歌的结尾,她是哼唱出来的,她的眼睛已经湿润,头也低垂着。王后的眼眶里也噙满泪水。

"可怜的罗萨,"她说,"她就不能给自己另找一个小伙子吗?"

"有些姑娘,殿下,"埃莫盖回答道,"她们就像只开一次的花朵。我从未看见过微笑的死者。"

后来,话题转到了我身上。

"你的父母是干什么的?"王后问道,"是谁把你教得如此灵巧?"

"殿下,"我回答道,仿佛从梦中醒来似的,"我的父母都是可怜的生活在海边的人。我的父亲长着卷曲的唇髭和大眼睛,褐色皮肤。我的母亲是个瘦小的好女人——愿她在天堂得到上帝的恩赐。没有人教我画画,我只是看见别人画画,于是就尝试着画,不知不觉就学会了。"

我心里再次惊讶,像王后这样的金脚孔雀居然屈尊对像我这样可怜的满身尘土的麻雀说话。

"你是怎样到普利斯库斯先生身边的?"她接着问道,"这些人是从哪里搞到如此灵巧的奴隶的?"

"我已经不是奴隶了,王后殿下。我是自愿侍奉我的主人的。"

"自愿?"

"出于爱。"我回答道。

"但是,你为此离开了自己的父亲和母亲?"王后问道。

"不,殿下。我十多岁的时候就不得不因为赤贫而与父母亲分离。我们的税负很重。收税的活计被承包了出去。税收员不仅要收取进入国库的那笔税,而且为了中饱私囊,他们还要多收税。我父亲有一点儿土地和一头花斑小母牛。税收员在我们家里找不到任何可以搬走的东西,于是就想把这头牛牵走。我父亲是个可怜的人,膝下有六个孩子。我是最大的一个。他还能有什么办法呢?"

"你父亲就把你卖了?"

她的双手拍在了一起,目光凝视着我。

"这在我们那里并不罕见,殿下,"我冷静地回答道,"帝国几十年来一直在向匈奴人纳贡。皇帝不播种,只收割。百姓收割粮食,他收割百姓。那时,我幼小的心智还不明白什么是奴役,只有当我不得不与弟弟妹妹和母亲告别时,才感觉心里难受。"

讲到这里,我的眼睛里噙满泪水。但我继续说:

"我的母亲卧床不起,我的父亲没有把自己的意图告诉她。只在我们启程时,他才把我引到母亲身边,让我亲吻她。母亲看着父亲,从他的脸上读懂了他的意图。她哭喊道:'我不让他走!等我病好了,你把我卖了吧!'她拥抱我,把我的脸紧紧地贴在她的脸上,她就这样断了气。但她死后还紧紧地拥抱着我,以至于几乎无法把我从她的怀抱里拉出来。"

女人们怜悯地看着我。埃莫盖也是如此。我发现王后的眉头紧锁。

"你的父亲还是把你卖了?"

"我们埋葬了我的母亲,然后就上了轮船。第二天,我就脚上抹着石灰站在了奴隶市场上。"

王后的眼神变得暗淡起来。她本来双手抱着膝盖坐在那里,结果一脚把首饰锅踹开。首饰锅一直滚到了墙边。

"该死的强盗!"她尖声喊道,眼睛里燃烧着怒火,"我们什么时候能把他们手中的舵夺过来?新的秩序什么时候才能来到这个世界上?阿提拉还要等到什么时候才会把他们踩到脚下?!"

我吓得僵在原地。

王后起身走进卧室。两个女人焦虑地陪着她。

"你病了吗,殿下?"埃莫盖不安地问道。

然后,房间的门帘垂了下来。王后把站在门口的两名女仆唤进去。她们把首饰捡起来,带走了。

我只是站在那儿,就像变成石头的牧羊人一样。我不明白是怎么回事。

我究竟是应该离开,还是应该等她们出来?

只要王后不发话,或者没人说王后今天不再有任何命令,我就不能走。

莫非我说了什么疯话,她们会为此骂我?或许,我会因为让王后难过而被穿刺在木桩上?

一扇窗户是开着的。我站到那里,往下看。

雨还在淅淅沥沥地下着。沉重的雨滴在水坑里打出水泡。阿提拉的宫殿前有一大群人都湿透了,他们的帽边都被翻了下来。我还看见几个人戴着头盔,穿着鳞甲。后来我才知道他们是亚斯人,他们的鳞甲不是由铁而是由牛角制成的。

在我们的帐篷前，尼格罗正在拧一件棕色斗篷上的水。从马匹上我判断出罗马的使者们正在我们这里拜访。

门开了。埃莫盖出现了。她向我走来。

"你的讲述让王后受了很大的刺激，"她责备道，"你冒犯了王后。在你们那里，允许对王后说会让她难过的事情吗？"

她在说话，在低语，语气中透出抱怨和责怪，而我却没有注意她在讲什么，只注意她的声音，她的声音真甜美啊，时至今日，我的灵魂依然在颤抖。她朝我俯下身时是多么可爱啊！她就像春风中摇曳的白色水仙花。她那漂亮的、红红的小嘴唇在说话，在低语，她的整个脸都在说话。她那双美丽的眼睛向我敞开，就像天堂一样。

"你受了很多苦，"她说，"可怜的泽塔！你放心吧，阿提拉将会粉碎暴君，到那个时候，希腊人民将会像我们匈奴人一样幸福。"

"哦，小姐，"我陶醉地小声说，"当我看到你用遗憾的眼神看着我时，我就忘记了所有的痛苦。"

"前不久，你可不是这么说的。你恨我。"

"我到死都会为此后悔的……"

"我也后悔伤害了你。因为你是个好男孩儿，你的心灵是温柔的。你现在走吧。今天，我们不会再画图了。"

"小姐，"我焦虑而又陶醉地轻声说，"上苍是否会垂爱我，再现你伸手的那个瞬间？"

她看着我，微微地笑了，就像听到童稚趣语而微笑一样。

"如果你没有别的愿望，那么上苍将会垂爱你的。"

她伸出自己的手。

我用双手握住她的手，就像抚摸小鸟一样。我单膝跪下，温柔地亲吻她的手。

"你去吧！"她边说边把手轻轻地抽回去，"你没有完美的心智。"

她变得严肃起来。她掀开门帘返回内室。

91

十五

第二天,王后没有接待我。

而我早就穿好了衣服,期待见到埃莫盖。阳光灿烂,泥浆干成了泥团,空气中弥漫着泥土和马粪的味道,但依然能感觉到,这空气是干净的,有益于肺部健康。

一个大约十七岁的褐色皮肤的年轻人骑马跑向查特家。他的脖子上挂着一条做工精细的金链子。帽子上插着一根鹰羽。两个仆人骑马跟在他的身后。我认出他是奥劳达尔王子。他的手插进短外衣的纽扣之间。

他进了查特家,过了一会儿,他带着埃莫盖和一个长雀斑的姑娘返回。我站在帐篷前,向埃莫盖深深地弯下腰。我不知道,她是否接受了我的问候。那匹小灰马在泥泞中把腿抬得老高,我什么也没看见,只短暂地看见她蹬在镀金马镫里的细细的红凉鞋。

她和王子并排骑行,他们可能正在进行愉快的交谈,因为三个人都笑了。

他们在丽卡王后的宫殿前停留片刻,就某事询问卫兵。卫兵摘下帽子,鞠了三躬。然后他们继续前进,消失在阿提拉的房子之间。

从来没有刀刺进过我的胸口,但这一刻我的胸口仿佛插了一把刀子似的。

下午,我们去拜访罗马的使者们。使者们和使者们交谈,仆人们和仆人们交谈。我没和任何人说话——我不可以站到使者们的中间去,但又自认为比仆人高了一等。我只是坐到帐篷的一根柱子旁边，对一切都视而不见。

我的主人出来后问：

"你怎么了？"

"没怎么。"我惊讶地回答道。

"你的脸色不好，"他说，"你一定是吃坏了肚子。这些该死的匈奴食物……好倒是好，但它们只适合匈奴人的胃。"

第二天早上，丽卡王后的管家阿达姆来到我们的住处，他是位夸德血统的老人。他来邀请使者们吃午餐。午餐地点不设在王后的宫殿里，而是设在阿达姆的家里。使者们带着些许的兴奋回来了。普利斯库斯说，许多匈奴贵族和他们共进午餐，他们时而举起酒杯祝福王后，时而举起酒杯祝福彼此。这个时候，必须得喝酒。在阿提拉的午宴上也是如此。两位使者喜欢这个奇特的匈奴习俗，但也受到了一点儿伤害。

普利斯库斯开始口述日记，但他仅说：匈奴王后是个可爱的女人，普尔喀丽亚皇后可以向她学习。

五分钟过后，他让我把有关皇后的话语擦掉，然后说，关于这次午餐，我想怎么写都行。

我对这个命令感到吃惊。

此时，我们的使者们已经强烈地敦促最高指挥官做出答复。每个人都想回家。只有我不想回家。

终于有一天，最高指挥官和一位叫贝尔吉的人来拜访我们。贝尔吉曾经两次拜见我们的皇帝。阿提拉的答复函就在他的手上。使者们怀着好奇心查看信件上的印章。

印章上有特殊的标记。其中的一个标记像乌鸦腿。我们想，这些是有魔力的标记。后来我才知道，在匈奴字母中 L 的写法就像乌鸦腿。印章上有阿提拉的名字。

所以，明天黎明时分，我们就将启程。

我怀着沉重的心情帮助仆人搬东西。我请求普利斯库斯给我一刻钟的时间,让我去见王后一面,但他没有让我去。

"你去不恰当,她会认为你是去要礼物的。"

这一点我倒没有想到。

下午,匈奴人给我们牵来了大约三十匹骏马,还带来了各种武器。这些是阿提拉和相识的匈奴达官贵族们给使者们赠送的礼物。

但是,我们的使者们只接受了三匹骏马:马克西米努斯接受了贝尔吉赠送的一匹棕马,我的主人接受了两匹青马,它们分别由查特和阿提拉赠送。他们把其余的马都送了回去。

当我们拆除帐篷的帆布并将其卷成卷时,使者们去进行例行的告别拜访。他们向王后、阿达姆、最高指挥官、查特、艾德肯、奥里斯特斯一一告别。我的主人还探望了萨鲍德-格勒格。

王后没有接待他们。她头痛。

傍晚,两个仆人牵着两匹马出现在我们的住处。一个仆人给我带来一个小小的丝绸钱包。

我认识这个仆人。他通常站在大门口,帽子上缝着三颗银星。

"这是王后殿下送给你的,"他说,"里面有两枚旧金币和六枚小金币。她说,一枚旧金币是你的,她让你把另一枚送给你的父亲。六枚小金币是你的六个兄弟姐妹的。"(她忘了我们一共六人。)

眼泪几乎从我的眼中流了出来。我望着普利斯库斯,看我是否可以收下这份礼物。他用眼睛示意我可以收下。

"请告诉王后殿下,"我感激地低声说,"我到死都会尊敬她,没有什么比再次跪在她的面前能给我带来更多的快乐。"

使者们没有接受王后送来的马匹。他们说,他们不配得到它们。他们还说,心中充满感激的记忆,已经知足了。

然后,我躲到驮着帐篷的马车后面,打开钱包。里面有两枚埃及大金币和六枚尤利乌斯·恺撒时代的罗马小金币。

使者们凝神注视着金币。两个旧金币有小孩子的手掌那么大。

"你听着,"我的主人快乐地说,"现在,请你接受我做你的仆人吧,因为你比我更富有。"

当然,这八枚金币让我产生了新的想法。我下定决心,一旦返回祖国,我就打听父亲的情况,如果他还在那里受穷,我就会给他买两只母牛、很多衣服和各种礼物。我将用剩下的钱给他买土地和房子。我们要庆祝一番,让村子里的人永远传扬下去。

这期间,我时不时向外张望,我希望能看见那个匈奴姑娘。一想到她,我就对自己的财富高兴不起来。我想变成狮鹫,猛扑向她,就像鹰捉鸽子一样抓住她,升上云端,把她带到我自己的国家。

但是,人是多么可怕的爬在地上的蠕虫啊!

太阳西下,天空无云。城市里充斥着从牧场归来的牛的哞哞叫声,空气中尘土弥漫。

使者们依然坐到帐篷前,吃着由冷烤肉和奶酪构成的晚餐。这时,我的心情已经变得沉重起来。

我怎样才能进入查特家呢?……假如我穿过他们的院子,也许我就能看见她……我只想再见她一面!再见她一面!

大门尚未关闭。骑马的人进进出出。在最高指挥官的宫殿旁边,有十五个人扎堆交谈。我听不见这些匈奴人在谈论什么。

在查特家的房屋周围也有几个人在走动。看门的奴隶膀圆腰粗,手握长矛,打着哈欠,伸着懒腰。另一个奴隶正在割大门周围的杂草。一名奴隶男孩儿端着一口带盖锅从厨房里跑到大街上,身后留下一道长蛇般的烟雾。

所有的人都盯着看。因为在城里,一家人不会向另一家人借火——到处都是奴隶,他们中的一个人即使在夜间也要守护着火种,不让它熄灭。所以,大家都盯着看。我早就溜进了篱笆门。也许我能在房屋的另一侧看见她呢!晚上是安静的。也许,在房屋的另一侧,他们稍后会在火把旁边吃晚餐。哪怕能再次看见她的影子都行，就最后一次了！……

我绕着房屋走。后面也有一个门，这里的房屋柱子也和前面的一样，都刷着颜料。门口坐着一个手持长矛的体毛重的匈奴人。他看着我。

"查特老爷在家吗？"我拘谨地问。

"不在。"他傲慢地回答道。

"但家里人在吧？"

"在。"

"查特夫人也在吗？"

"她也在。"

"小姐也在吗？埃莫小姐也在吗？"

"她也在。"

"因为我丢失了一枚银纽扣，是在我们拜访这里时丢失的。我的主人骂我。"

"这是你的错。"

我假装在寻找。我绕着房屋走了一圈。又瘦又小的女奴吉吉亚从一楼的一个窗户探出头来：

"嘿！泽塔叔叔。"

"是你，吉吉亚？"

我几乎如释重负。

"我丢了一个东西，吉吉亚，只是一枚纽扣。"

"纽扣？明天早上我找吧，找到后我就送到你的帐篷里去。现在我得哄舒卡尔卡睡觉。"

这时，我看见她怀里有一个小男孩儿。

"到了早上，我就已经不在这里了，"我说，"我们要走了。"

"要走？"

她睁大眼睛凝视着我。

屋子里有人喊她的名字。

"哎呀,"她惊叫道,"他们喊我呢。"

她把孩子放下。孩子已经睡着了。她跑出房间。

我在那里听了一会儿,然后又返回门卫身边。那后面还有一个小花园,楼上有雕刻精美的门廊。但我在那里没看见任何人。在楼下的厨房里,有一个女仆在唱歌,盘子哗啦作响。

我不敢往楼上看,我只看草坪,好像在寻觅什么东西似的。

太阳已经坠落到远处的白杨树后面,并向白杨树投下最后的光芒。花园里的花开得红艳艳的,一只绿色甲壳虫在我的头顶上嗡嗡地盘旋着。

正在我垂头丧气地站在那里的时候,一枝玫瑰花落在我的面前。

我心里一惊,抬头往上看。我在楼上的窗口只看见一只晃动的手。

我把玫瑰花捡起来,心里充满期待。玫瑰花是新鲜的,它的茎是热的。

没有人出现。

大门已关闭。一名奴隶吹响号角。骑手们催促着马儿往外走。

天黑了下来。

从阿提拉的宫殿里出来八个火把。八个火把由八个步行的仆人举着。阿提拉骑着一匹白马走在他们中间。

火把手们在丽卡王后的宫殿前停下来。

阿提拉下马,走进宫殿。

火把手们熄灭火把,只剩下一个火把在燃烧。仆人们借着火把的亮光返回家中。

十六

拂晓时分,我们启程。天边还没有红。牧牛人和牧猪人的号角已经惊醒了这座帐篷之城。我们把最后几根帐篷桩从地里拔出来装上马车。使者们骑到马背上。我也是。

我的眼睛还盯着那栋木房子。

那些洋甘菊窗户上挂着深红色的帘子。一块窗帘也没有拉开。

但是,那枝玫瑰花紧紧地贴在我的心口。

难道这是她扔给我的吗?我左思右想,觉得玫瑰花是她扔给我的。但我内心却有一个声音说:也许是偶然掉下来的?也许只是一个小孩或者一个女仆抛下来的?

但万一是她呢!

我不住地向后张望。至少我想从远处看见她,我想挥动帽子向她告别。

但是,帐篷已经挡住了那栋木房子。哞哞叫的牛和哼哼叫的猪从四面八方跑到路上。鞭子发出噼啪声,号角发出呜呜声。太阳把金光射向天空,世界变成了白天。

我再也看不见放大成房子的鸟笼子和往外飞的白色小鸟。永别了,永别了!……

十七

要是能给我们的脑袋里也安装一个闸门就好了。这样就可以把思想的溪流往外排泄上几个星期——我们暂时就可以停止思考了。

可是,我却在思考着一件事:萨鲍德-格勒格也是奴隶,而且是比我更穷的奴隶。我有八枚金币,除此之外,我还有一百金币。可萨鲍德-格勒格连一个铜币都没有。他年纪比我还要大,比我还要笨拙,比我还要无知。但他去了战场作战。他获得了自由,也获得了财富,还娶了匈奴女人为妻,匈奴女人!……

此时此刻,要是把这道闸门关上就好了!

自从踏上回家的路途以来,我食不甘味,夜不能寐。但是,我如何才能折回去呢?如何才能与我的主人分离呢?我能否告诉他我要回去找一个姑娘,而这个姑娘肯定是为阿提拉的一个儿子准备的?

我想:让我的那一百金币就留在普利斯库斯在君士坦丁堡的袋子里吧——我将要逃回去。

我想:我偷偷地从主人的钱中取出一百金币。我几乎是惊恐地否定了这个主意。

后来,我想:我躺到路边,落在后面,然后回去找丽卡王后。我请求服侍她。因为她知道,我是自由人。

但是,万一她忘记了那次谈话呢?万一她不接受我呢!因为在最后的几天里,她没有接待我!万一她想到我是逃回来的,她会派人把我送回主人身边!

每天晚上,我要是醒着的话,我会望着月光流眼泪。假如我进入梦乡的话,我会在战斗中浴血奋战,我杀死了不少人。我撕开他们的胸膛,喝他们的血。或者他们杀死我,喝我的血。对我来说,人杀人的战斗是可怕的想法。即便是我的鼻子流血了,那也是挺可怕的一件事。但是,令人欣喜的图景是,我可以成为像萨鲍德-格勒格一样的绅士!……而且战斗也不可能有想象中的那么危险——战士们不必捉对厮杀……

我们早就离开了伊斯特河,这条河的名字在别的语言里叫多瑙河。这时,我们听到了喊声:

"拜占庭人!"

原来是维吉拉斯一行人来了。他和埃斯拉斯带来了大约三十名逃犯。他们正返回去见阿提拉。距离中午尚早,于是我们就停下来进行短暂交谈。我们的使者们把阿提拉对皇帝的答复告诉了维吉拉斯。维吉拉斯说,阿提拉的震怒在朝廷引起了令人极度恐惧的混乱。

后来,我们就分别了:他们向北行,我们向南行。

中午,我不得不把书写工具拿出来。一路上,我们看见三个人被穿刺在木桩上。我只是远远地看见了他们。普利斯库斯让我把这个写下来,我还写了一些其他的琐事。夏日炎炎,使者们午餐后躺下休息。

我们在树林里休息,没有支帐篷,在一棵橡树的阴凉下我们吃了午餐。我坐在附近一棵树的阴凉下,面前是纸和墨水瓶。我朝主人望去。他仰卧着睡觉,头枕在手臂上。三个奴隶安静地给他扇扇子。

我从纸夹里取出一张干净的纸,在上面写了一封信:

尊敬的查特先生:

先生,在旅途中我一直在想:你是多么正直、友善的人啊,我该如何回报你的善良?你送给了我一匹漂亮的骏马,皇帝也可能会因此而羡慕我。所以,我想把一个奴隶送给你,阿提拉可能会因为他而羡慕你。他还要再干半年才能变成自由人，就让这半年的时间属于你吧。

这个奴隶可是个宝。他的记忆就像蜡一样。你可以在他面前说一百个不同的数字，他全都能说出来。你可以在他面前说一百个外国名字，他全都能记在脑子里。他会说希腊语、拉丁语和匈奴语。他精通历史、哲学、地理、语法、修辞和书法。他的名字叫泰欧菲尔，但我叫他泽塔，他习惯使用这个名字。请你收下我的这个礼物吧。

尊敬你的人：
雄辩家
普利斯库斯

主人的印章在小野营书桌里。我在信上盖上印章，把信藏到我的怀里。

使者们睡得很香。奴隶们也在小憩。

我还写了一封信：

雄辩家普利斯库斯、我的主人、我的父亲：

不管我是多么地爱戴你，我的主人，我都得离开你了。我无法告诉你为什么，但我请求你不要指责我忘恩负义。因为在任何时候，我一想起你那颗善良的心，就满眼是泪。我尊崇你的名字。

你曾赠予我一百索利多金币。我从你的钱包里拿走九十九个金币。请你不要为此生气。还有一个金币是马的价钱，就是我迄今骑的那匹马，没有它，我寸步难行。

上帝与你同在！祝愿你生活幸福！

至死都爱你的谦卑的仆人：
泽塔

我把这封信锁进书桌的抽屉里，把抽屉的钥匙藏在主人的托加长袍里。他回到家后会找见的。

当我走近仆人们时,我没有必要苦着一张脸。我告诉他们,我的钱丢了。

"肯定是喝酒的时候从我的衣兜里滑出来的,"我告诉仆人们,"但我不知道是早上还是中午。"

我发现他们幸灾乐祸。他们一直嫉妒我。我不怨恨他们。

"请告诉我的主人,"我在马背上说,"要是到了晚上我还没回来,让他别担心。我会找个地方睡觉,明天或者后天我就会追上你们。"

我骑着马小跑起来。

过了路的拐弯处,我用马刺踢马的腹部:

"以你最快的速度奔跑吧!……"

两个小时后,我就追上了维吉拉斯他们。我告诉他,我的主人有要事,故而差遣我回来送一封信。我还告诉他,我的主人请求他在路上视我为他的仆人,尽管我已经不是奴隶了。

维吉拉斯带着他的儿子一起旅行,为的是让他见见世面。他是一个又瘦又无知的男孩儿:他的童年是在病床上度过的;他说话结巴,但却是个正直、认真的小伙子。

我的到来让维吉拉斯感到惊讶。他盘问了我好长时间,想知道我的主人有什么事情要找查特。当他发现我一问三不知时,就若有所思地返回陪同逃犯的军官身边。

我走到了前面,可脑袋却像蚁鹫一样往后张望。我的脸上火辣辣的。我的心像肉冻一样颤抖。哦,可不是嘛,我又是偷盗,又是欺骗,我犯下了罪孽!我从来不相信我会变得如此卑劣!

十八

八月的一个夜晚,我们抵达多瑙河边,这是阿提拉的国家的边界。

太阳已经快下山了,维吉拉斯问埃斯拉斯,在此岸搭帐篷是不是更好一些。

因为在彼岸,侵犯边界者和逃犯经常会被处死,尸体会被挂在树上,以示警告。这个场景不适合晚上观看。

埃斯拉斯心想,维吉拉斯是害怕匈奴边防人员不称职。

"绝对不是,"他回答道,"边防人员一看见我,大气都不敢喘。我们干脆过河好了。过了河,我们距离目的地又近了一步。"

他拿起号角,像匈奴人那样吹了起来。

但过了一刻钟之后,对岸的渡船才出发。开渡船的是两个光着脑袋的匈奴人,他们快速地收拉绳索,把渡船开过来。

"真是活见鬼!"埃斯拉斯骂道,"你们应该待在渡口才对!渡船的主人在哪儿?"

"今天有处决,"年轻的匈奴人辩解道,"我们去看热闹了。"

"这有什么好看的?"埃斯拉斯喃喃地说,"你们应该在这里坚守岗位!"

"我们看的可是罗马十字架刑罚,"匈奴人辩解道,"这可不是每天都能看得见的。而且处死的不是一个人,而是两个人。"

他向手掌吐了一口唾沫,又说:

"罗马人真懂行。他们不愧是有文化的人，对刑罚也是如此精通！是吧，科瓦奇？"

"可不是吗！"另一个人点头道，"来世也会被人谈论的……"

我们默默地站在马的旁边。远处的河水金光闪闪。伊斯特河也许是世界上最大的河流。每当我看到如此多的淡水时，我总是无比惊讶。可此时，我的心情却是沉重的。

我们上了岸。那里已经有十到十五个匈奴人在等着我们。所有的人都穿着衬衫和裤子。渡船的主人也走了过来，他问埃斯拉斯有何吩咐。

"你们快去烤一只羊，"埃斯拉斯吩咐道，"要快。"

埃斯拉斯总是在吃，总是在喝，还爱争吵。不过，这个蓄着浓密唇髭的人倒是个很好的人。

仆人们在一个不长草的圆形场地把帐篷支起来。那里的地上有现成的洞，地也被踩得很瓷实。两个商人模样的人也在此露营。他们正要返回君士坦丁堡。

当我朝东看时，我惊呆了：在一个光秃秃的山丘上，竖着两个十字架，上面有两个赤身裸体的人泛着白光。

我提醒维吉拉斯。他也是不寒而栗。

"你快进帐篷！"他对儿子喊道，"别往那边看！"

这两个十字架让埃斯拉斯也很难受。

"他们犯了什么罪？"他郁闷地问道。

"嘿，这些坏人企图逃跑，"渡船的主人回答道，"逃跑的人太多啦，我们应付不过来。假如一个星期之内没有人前来认领，我们肯定不留活口。迄今，我们只是把坏人扔进河里，我说过，这对他们管用吗？需要有一个更醒目的警示样本：我们把他们钉到十字架上，目的是让那些还想逃跑的人瞧瞧，他们的下场是什么。"

"这两个人是什么情况？"

"这两个狗东西是一个星期前来这里的。他们想让我们把他们送到对岸去。从他们的脸上立即就看出来他们是奴隶。我问:'自由证书在哪里?'这两个罗马人惊恐万分。他们结结巴巴地说,他们弄丢了。当然,我们需要做的就是直接逮捕他们。我们盘问他们是哪里人,他们的主人是谁。昨晚,有一个骑马的小伙子为他们而来,他让我们不必把他们留下来,但也别把这些坏人活着放走。嗯,我说过,他们是罗马人,我们就用罗马人的方式在这个山丘上把他们树立为典型,以儆效尤——谁逃跑,这就是下场。我立即找木匠给他们做了木桩,早上把年长者钉了上去,下午把年幼者钉了上去。"

其中一个人已经一动不动了,但另一个人还不时地抬起头,呻吟不止。

我们和维吉拉斯走过去,问他是否有话要带给家里人。

但是,他的身体状况已经不允许他回答问题,汗从他的额头上往下流,眼泪从眼睛里往下流,唾液从嘴里往下流,就像狂犬一样。有时他发出咕噜声,但却带着可怕的鼻音,我只在最坏的梦里才听到过这样的声音。他不住地抬起头,咕噜道:

"水,水!"

大约二十名骑马的匈奴人饶有兴致地看着他。有时,他们会对他说:

"你早就想要了吧?"

在他们的前面,女人们和孩子们目不转睛地看着。一个女人坐在那里给婴儿喂奶。但是,这个野蛮人是麻木的。她就像玩鸟的小孩子,不知道小鸟在遭受痛苦。这对她只是奇观和乐趣而已。其他人也坐着。他们感兴趣的是这个人如何死。他们没有别的感受。

"你们没长人心吗?"维吉拉斯厌恶地问他们。

"先生,"一个匈奴人回答道,"这是一个水罐。我刚给他端来的。"

"那你再给他端一罐水吧。"

在十字架上受难的这个奴隶可能和我的年纪差不多。另一个人已经死了。无法看见他的脸,因为他的脑袋耷拉着,朝前垂下的长长的白发遮住了他的脸。

这个不幸的年轻人还活着。他被钉上去可能还不到半个小时的光景，因为他的手还在滴血，而脚下也聚集了一大滩血。

但他不是因为伤口而恸哭，而是因为背痛、口渴。

"哎哟，我的背！"他时不时地咕噜道，"水！"

木桩的后面还靠着刽子手的梯子。那个匈奴人已经返回。他爬上梯子，把水罐送到受难者的嘴边。

那些匈奴人兴致勃勃地看着那个年轻人是怎样喝水的。

当他的口渴得到缓解后，他看见了我们，并从我们的衣服上认出我们是罗马的臣民。

"你们怜悯怜悯我吧！"他呻吟道，"请你们把我刺穿吧！"

我再也不忍心听下去了，于是返回帐篷，但我不断地感觉到似乎有冰冷的水在我的血管里流淌。过了一会儿，维吉拉斯也回来了。他问埃斯拉斯可否刺穿这个可怜的人。

埃斯拉斯认真地摇头道：

"不。他生是罗马人，死就应该像罗马人那样死。我们要知道，只有在死亡之后，你们才能去刺穿被处决者。"

我们下到多瑙河里去洗浴，因为天太热了，连路上的尘土都是滚烫的。

当我们返回时，太阳已经在傍晚的水汽中晃动。远处岸边的柳林已是一片昏暗。

渡船夫们在那边围着火聚精会神地看着。

"嗨！"我轻声对一个戴尖帽的匈奴小伙子说，"我可怜这个被钉在十字架上的囚犯。我给你一大笔钱，你愿意去刺穿他的心脏吗？"

"可以，"他眯着眼睛回答道，"你给多少？"

"一枚金币。"

匈奴人把金币在石头上磕了磕，然后就消失了。

在夜的寂静中，我们听见呻吟声还持续了一会儿。后来，突然就静了下来。在夜里，只能听见放牧的马儿的声音，它们把草踩得嘎吱作响。

十九

我和士兵们一起露天睡觉。

天上有云。月亮也不亮,所以我们很早就躺下了。

但我睡不着。今天我还不是奴隶;今天我还可以出于某种原因返回去。但是,一旦我们离开这个河岸,而且我也为自己的所作所为感到后悔的话,会有什么事发生到我的头上呢?那时,不管是维吉拉斯还是埃斯拉斯都不在这里,没有人能够证明我不是逃跑的奴隶。假如我当了查特的奴隶,我会逃离他吗?我回来时怎样才能越过边境?因为阿提拉的边防部队就像人链一样守卫着帝国,也许在其他的地方,也是用罗马的方式对待罗马的逃犯?

世界末日的恐怖景象折磨着我。我的额头大汗淋漓。

但是,一想到那个姑娘,夜晚就变成了粉红色,围绕在我身边的恶魔也变成了咕咕叫的鸽子。历史上有过这样的例子,贵妇变成了奴隶的囚犯。不能用人的法则去禁锢人心。心灵的法则有其特殊性。

我把那枝玫瑰花用纸包好藏到胸口。它已枯萎,但香味依旧。

"你的灵魂就是这个味道,埃莫盖。你通过这枝玫瑰花把你的灵魂交给了我。"

二十

我们又沿着那条我曾经走过的路线前往阿提拉的城市。只不过当时我们沿途是用钱换取食物。埃斯拉斯却连一个铜钱也不让我们花。

"只要有我在,"他说,"每个人都是我的客人。"

啊,他可是个真正的绅士!

后来,我们才知道,在去觐见阿提拉的人员中,没有人花的费用比这次更多。

我们抵达蒂萨河的一个拐弯处,这里正是我和埃莫盖争吵的地方。我在这个地方走了一圈,想找到那块面纱。但是,我没有找到。或许是让风吹走了,或许是让哪个牧羊人捡走了。当时,原野上的草是绿油油的,草中混杂着各种花。但在夏天的酷热中,一切都枯萎了。当时,所到之处,庄稼都挺立着。而现在,我们在黄色的残梗中间已经行走了好几个星期。在有的地方,人们还在收割。在所有的地方都是囚徒在收割。匈奴人不干活。

在回君士坦丁堡的途中,我也找过那块面纱。当时也没有找见。我多么想用这块面纱把玫瑰花包裹起来啊。

在我和埃莫盖相遇的地方,一棵矮小的老柳树孤零零地站着。我心想:如果我把我的金币埋在树根下,不好吗?谁知道会有什么事情发生在我的头上呢?而这个地方我总是会找到的。又有谁会在地下找东西呢?

我环顾四周。同伴们已经往前走了。我们身后的路上又没来任何人。

远处只有一群白花花的羊，更远处是马群。自从我们踏上平原以来，马群无处不在——在世界任何地方都看不见如此多的马。

一个人影也没有。

我把马拴到柳树上，用我的剑挖了一个两拃深的洞穴。

差两个金币就是一百索利多金币。我从王后给的钱中拿出两个金币添进去。我把这些钱连同皮钱袋一起塞进洞穴之中。我把一个大土块放在上面踩踏，然后把地面弄平整，不让任何人的眼睛发现蛛丝马迹。

这个想法是我一生中第一个幸运的想法。在经历了日后的大时代之后，从这里挖出来的钱帮助我回到了君士坦丁堡。在那里，我写下了这些文字，还用这笔钱在海边建造了我的幸福的小房屋。

二十一

我们抵达阿提拉的城市时正是中午。阳光炙热。即使是在阴凉的地方,狗也伸着舌头。

在城市的边缘,埃斯拉斯让我们停下来,他派了一名骑手前去向阿提拉禀报我们到了。

我在这里与大家告别,但埃斯拉斯朝我大喝道:

"你一步也别离开!"

这时,他脸色通红。两只眼珠因愤怒而往外鼓。

让人感到奇怪的是,这个和蔼、友善的人一下子像变了个人!我们都冷静地看着他。此人是喝醉了,还是发疯了?

不到一个小时,一队匈奴骑兵就朝我们飞奔而来。从他们帽子上闪光的银星我们得知,他们是国王的保镖。

他们问候了埃斯拉斯。从他们脸上的表情可以看出,他们在等待埃斯拉斯的命令。

"你们十个人下马!"埃斯拉斯命令道。

保镖们下马,他的手指向我们:

"把这三个人都捆绑起来!"

我身体里的血液凝固了。维吉拉斯也是脸色苍白。

"我对这样的伤害表示抗议!"他大喊道,"我是皇帝的使者!谁伤害我,谁就是伤害皇帝!"

"把他们捆绑起来！"埃斯拉斯重复了一遍。

士兵们把我们——维吉拉斯、他的儿子和我——捆绑了起来。

我们的那名押送逃犯的军官对埃斯拉斯发起反击：

"你们怎么敢这样对待我们的使者！在这里他代表皇帝。你不是两次出使了我们国家吗？"

一路上，埃斯拉斯一直与这名军人一起喝酒，也与他交了朋友。对于这名军人的问题，他不屑地回答道：

"我对我的所作所为负责。"

"先生！"我不满地大喊道，"你不知道我不属于维吉拉斯先生吗？"

因为此时我已经猜测到了，这个长着狐狸脸的维吉拉斯给我使了绊子。

但埃斯拉斯没有回答我的问题。

"搜他们的身！"当我们的双手被反剪至背后时，他说。

维吉拉斯首先遭到搜身。他们在他衬衫下的皮带里发现了七十个金币。在他儿子的身上也搜出了那么多钱。他们从我身上搜走了女王给的钱包和写给查特的信。

在这之后，他们把维吉拉斯的几个箱子也给打开了。在马车中间的一个普通松木箱子里，他们找到一个小铁箍箱，大小只有婴儿的棺材那么大。但这个铁箍箱却非常重，需要两个人才能把它抬出来。

其他的箱子里装的是食物：大米、小麦、鱼干和水果干。有两个箱子装的是衣服。

埃斯拉斯指着铁箍箱。

"它的钥匙在什么地方？"

"在我的脖子上挂着。"维吉拉斯咕噜道。

他的脸色因苍白和愤怒而变成了青色。他的胸口里像装了个风箱，呼哧呼哧地响。

"走着瞧，"他咆哮道，"你会为此感到后悔的！罗马帝国热爱和平，但并不能因此断定它就比匈奴弱。"

罗马军官背对着埃斯拉斯。他转身,轻蔑地看着埃斯拉斯的靴子。

"我在这里等到晚上,让人和牲畜休息一下,"他强硬地说,"然后我将立即启程回国。我将禀报皇帝,如果我们与野蛮人交朋友,我们的手里必须拿着棍子。"

这可是侮辱性的语言。我以为埃斯拉斯会冲上去攻击对方。这名瘦腿军官之于这个大块头的匈奴人,就像猴子之于大象。但是,这个匈奴人不仅没有蹂躏他,反而还友好地回应了他。

"我要求你跟我来!"他说,"我是官员,也是诚实的人。我不会把你的剑夺走。但我会强迫你跟我们走,而且要让你确信:我们不是野蛮人,你们才是野蛮人。"

他示意保镖们出发。

我们的军官犹豫地站着。但随后埃斯拉斯骑到马上,示意他也这样做时,他只好翻身上马,随埃斯拉斯一起出发。

我们默默地穿过城市的主街道。我们后面的马车拉着铁箍箱和从我们身上没收的两磅重的金币。埃斯拉斯不说话。我们的军官只是在生闷气。

二十二

大约十一点钟(匈奴人的时间下午三点钟),我们抵达阿提拉的宫殿。

在途中,我当然要抬头眺望查特家的窗户和丽卡王后的宫殿。令我欣慰的是,我没有被一个熟人看到。

他们径直把我们带入宫殿。

我们进入一个大厅,大厅的一侧朝东敞开。大厅仅由六根细细的柱子支撑着。

大厅里只有一把宝座模样的棕色椅子。

墙壁上没有任何装饰,只有深红色的东方挂毯。

当我们进来时,阿提拉在柱子下面站着。他穿着和普通匈奴人一样的白衬衣,但他的衬衣更宽松,且由细帆布制成。然而,在衬衣的外面,他穿了一件长及大腿的酸樱桃色无袖丝绸外套。他头戴一顶帽檐卷起的白布帽。他的剑挂在腰间的黑丝绳上。他的周围有:衣着考究的艾德肯、喘息声大的查特、另一个查特即眼神机警的最高指挥官、贝尔吉、欧尔戈瓦尼、脑袋像牛头的马乔、卡松、乌波尔、沃乔尔等一众贵族,还有一个矮个子、长胡须和尖耳朵的老人,他是阿达里克国王。这是我第一次见他。大概有五名保镖也站在那里,其中有一名犯困的年轻文书。

埃斯拉斯走上前去。他摘下帽子鞠躬。

"陛下!"他说,"维吉拉斯到了。我们搜了他的身。这些金子就是从他身上找到的。"

他那张长着浓密唇髭的脸得意洋洋地转向仆人们。

此时，仆人们已经把箱子放下并打开。金币全都装在一个大皮袋子里。当袋子被打开后，金币就从箱子里哗哗地流到了地板上。

"箱子里有一百磅黄金，或者说大约八百索利多金币。这是他的腰带。里面也是金币。有一磅重。他儿子身上也有这么多。"

然后，他指向我。

"我把这个奴隶也带来了。他是普利斯库斯的奴隶。他在路上加入我们。他身上有六枚金币，还有这封盖了章的信。信是写给查特的，但我想：我们不妨来看看这封信里写的是什么。"

他把信放到金币堆成的小山上。

阿提拉双臂交叉，望着维吉拉斯。

"这么多金币是干什么用的？你为什么要带这些金币来？"他阴冷地问道。

"陛下！"维吉拉斯结结巴巴地说，"这样的旅程需要有许多仆人和许多牲畜。有时要买马，有时要买牛。然后，嗯，还要买食物……我还想赎回几名奴隶……"

他卡壳了。他的脸色苍白。额头冒汗。

阿提拉脸色大变。他怒目圆睁，吓得我大气都不敢出。

"从实招来！"他大喊一声。

甚至连大厅里的柱子都在颤抖。

看得出，阿提拉在强迫自己镇定下来。他继续问道：

"一路上你没有为食物花过钱。即使你的牲畜都死光了，这笔钱的千分之一也足够你补充新的牲畜。你一定记得，我严厉禁止赎回罗马奴隶。"

他恼火地把剑摔到地板上：

"你说吧，你为什么要带来这一百磅金子？"

"陛下！"维吉拉斯抽噎道，"我不能说……"

"不能？我们走着瞧！"

他朝保镖们望去：

"如果你不立即招供，我就当着你的面，把你的儿子剁成碎块。"

五名保镖把剑拔出来。剑出鞘时发出冰冷的金属声……安静极了……他们在等待进一步命令……这真让人透不过气来。我感觉我身体里的血液都凝固了，就像小溪里的水在冬天结成了冰。这里有什么不可告人的秘密？！我卷入了多么可怕的事情之中啊？！

"爸爸！"男孩儿尖叫道。

他跪在了父亲的面前。

"爸爸！"

"陛下！"维吉拉斯也呜咽着跪下来，"我全招……只要不杀我的儿子……不杀我的儿子……"

"那你就说吧。但是，只要你说一句谎话，剑就会砍进你儿子的身体。"

阿提拉示意维吉拉斯坐到椅子上。保镖们把他带到椅子旁边。他坐下。阿提拉把胳膊肘支在椅子的扶手上，等待他招供。

"陛下！"维吉拉斯开始哆嗦，"这些金子是杀人酬金……是暗杀陛下的赏金……"

他的脸色是只有站在绞刑架下的人才可能有的脸色。

"你从头讲起！"阿提拉冷冷地命令道。

维吉拉斯咽下一口唾液。他痛苦地转动着眼珠子，仿佛是有人在把他往死里掐一样。但他还是坦白了：

"当艾德肯先生和奥里斯特斯先生出使我们国家的时候……我老实交代，老实交代——与奥里斯特斯先生一起……皇帝把他们托付给克里萨菲乌斯先生，让他们住好吃好。他是保镖队长，权势极大，也是皇帝的宠臣。他立即把使者们作为自己的客人来对待。他带他们去市里观光，去看大海，看拜占庭的老城墙、黄金大门、墓地、赛马场、索菲亚大教堂、君士坦丁斑岩柱、灯塔。该看的都看了。当时的翻译官就是我。"

115

阿提拉朝艾德肯望去。他用眼睛问他，维吉拉斯是否说了真话。

艾德肯微笑着对他点头。

维吉拉斯瞠目结舌，呼吸困难，就像一条被打捞上岸的鱼。他心情沉重地继续说道：

"我将把一切真相和盘托出。只要不杀我的儿子就行，国王陛下！"

"你说吧！"

"艾德肯先生惊叹不已，他尤其对宫殿和艺术珍品惊叹不已。

"'这些房子真漂亮，'他说，'你们住在一个地方没有白住，连房屋建造的工艺都懂。'

"克里萨菲乌斯回应道：'每只蜗牛的房子都不一样，蜗牛用唾液建成什么样就是什么样。'

"'我不明白，'艾德肯先生回答道，'无论我变成多么亢奋的蜗牛，我都无法用唾液在自己身体的周围建成这样的宫殿。'

"'怎么不能呢？'克里萨菲乌斯笑道，'如果你特别想拥有这样的宫殿，匈奴朋友，你也可以拥有这样的宫殿，它有大理石台阶和金色的屋顶。旁边就是你的柏树园。你的花园下面就是大海。'"

当维吉拉斯这样讲述时，他就像一个说话的死人。我只是在等待着他将要招供出的是多么可怕的事情。

"'你别跟我开玩笑！'艾德肯先生说，'这样的宫殿如梦如幻。但我怎样才能得到这样的宫殿呢？'

"克里萨菲乌斯露出微笑，他用希腊语告诉我，我和艾德肯先生走慢一点儿，并让我鼓动艾德肯先生：如果真的渴望得到一座漂亮的大理石宫殿，中午就去他那里吃午餐，但要一个人去，务必一个人去。于是，艾德肯先生中午就去了。我陪同他到了客厅。艾德肯先生在那里更加惊讶不已。他用手抚摸门帘、椅子和沙发上的织物，凝视着一幅幅画作和蛇形桌腿。他把每样东西都看完后才最终落座。克里萨菲乌斯对他说：'作为阿提拉的手下，你的办公室是什么样的？'

"'我们没有办公室,'艾德肯回答道,'我只是我的主人的亲信。和你在这里一样,我也是向保镖队发号施令。'

"'你能随时接近阿提拉吗?'

"'是的。'

"'他夜里睡觉的时候也能吗?'

"'任何时候。'

"'这么说,夜里也能?'

"'夜里也能。'"

艾德肯露出微笑。这时,阿提拉向他望去,说:

"这只狐狸的记性可真好啊!"

阿提拉向后靠到扶手椅子上。他把剑放在两腿之间。

维吉拉斯继续道:

"克里萨菲乌斯转移了话题。他说,我们先吃午餐吧。于是,我们就吃午餐,只有我们三个人。午餐后,克里萨菲乌斯对艾德肯先生说:'嗯,我以我的信仰和名誉做担保,如果您想要,任何一个宫殿都是你的。而且,你还可以拥有你现在梦想不到的珍宝。但是,在我讲话之前,你要发誓如果你不接受我所说的话,你也要保守秘密。你在一生中绝不告诉任何人。因为这可能会成为一个大麻烦。'

"艾德肯先生伸出手,我们三个人发誓要保守秘密。但是,国王陛下,我没有别的办法。我是仆人。我的年薪是四十索利多金币。我必须得翻译他们说的话。我只是工具,不是人。我没有主动做任何反对你的事情。"

他继续坦白。秘密几乎已经显露了出来。阿提拉神情严峻。我感觉我的胸口上像压了一座铅山似的。

维吉拉斯继续道:

"克里萨菲乌斯在发誓后说:'假如你能在夜里接近阿提拉,有没有可能让阿提拉早点去见他的祖先而又不露出破绽呢?'

"'也就是说,让我把他杀掉。'艾德肯先生平静地回答道。"

阿提拉轻蔑地闭上眼睛。贵族们已是怒不可遏。

"你继续往下讲！"阿提拉命令道。

维吉拉斯继续招供。恐惧中的他流出的不是汗，几乎是血。

"'我可没有这么说，'克里萨菲乌斯说，'我只是说，天上挂满了星星，但总有一颗会坠落。阿提拉之星也可能会坠落。尤其是，如果有人能巧妙地让其坠落的话……'

"'我们干脆把话挑明了吧！'艾德肯先生说，'你们这些希腊人，鬼知道你们说的是什么鸟语。你的开价明明白白：我杀死阿提拉，你们把宫殿和相应的珍宝交给我。但是，皇帝对此怎么说呢？'

"'皇帝？'克里萨菲乌斯直截了当地回答道，'皇帝听我的。'"

阿提拉把剑摔向地板。

"你们这些恶棍！"长着牛眼、皮肤黝黑的贵族乌尔贡大喊道。

他已经把剑抽出了一半。然而，阿提拉的目光把他的胳膊固定在了那里。

大厅里沉寂了大约有一分钟。一匹马的嘶鸣声从外面传来。我感到了死亡的气息。维吉拉斯脸色苍白地继续道：

"艾德肯先生思索一番后这样说：'这不是小事。你们准备出多少钱？'

"'正如我所说，'克里萨菲乌斯回答道，'你可以在这座城市里任意挑选一座宫殿，只要不是皇宫就行。除此之外，哪一座都行。如果你喜欢的话，选我们现在待的这个宫殿也行。原封不动，地毯、家具和所有的摆设都是你的。你也将拥有足够多的钱，以后我们将把向阿提拉缴纳的贡赋都给你，这意味着你将得到与一年贡赋等值的黄金，也就是六千磅黄金。这笔财富足够了吧？'

"'足够了，'艾德肯先生点头道，'但我在刺杀之前就需要钱，我得贿赂保镖。'

"'这个我们知道，'克里萨菲乌斯露出微笑，'这笔费用单独计算。我们该给多少钱？'

"'五十磅金子足矣。'艾德肯先生说。"

我认为,我快要晕倒了。等维吉拉斯讲完了,会有什么事情发生在我们头上?因为阿提拉这个可怕的人会把他能捉住的所有罗马人都钉到十字架上。首先,他会把在这座城市里能找见的罗马人集中在一起。

我朝他望去。

他像冥界之王哈迪斯的雕像一样一动不动地坐着,脸色阴沉,一声不吭。此时此刻,会有什么样的风暴正在这个人的内心肆虐啊!

维吉拉斯必须讲话。这个可怜之人的每句话都是在制作将要把自己钉上去的十字架。我们命悬一线。

"克里萨菲乌斯站起身来,"维吉拉斯用阴沉的声音继续说,"他想立即就把五十磅金子给对方。然而,艾德肯先生拒绝了:'我们不必着急,因为我的同伴们会嗅出我身上有大量的金子,我们回去后,阿提拉会详细询问我们是否得到了恰当的接待,我们从谁收了多少礼物。假如我把这么多金子都说成是礼物,这势必会引起怀疑。'"

"的确如此。"艾德肯先生朝他点头道。

这个艾德肯是个英俊的下巴上没留胡须的匈奴人。他一脸诚实,小眼睛闪烁着睿智的光芒。他属于国王的亲信之列。即使别人为了获取阿提拉的一根头发而把国家和王冠给他,他也会如实告诉阿提拉。

大人物的贴身仆人是个特殊的群体。他们生活在大人物的身边,就像草生长在树的根部一样。树就是它们的生命。对它们来说,不存在别的生活。它们知道,一旦树倒下了,它们的根也会随之折断。

维吉拉斯继续道:

"'不如这样吧,'艾德肯先生说,'我空着手回国,让这名翻译官跟我来吧。(翻译官就是我。)我将会告诉他,何时以及如何把五十磅金子送给我。'

"克里萨菲乌斯对艾德肯先生的聪明智慧惊叹不已。

"'你的话真睿智,'他说,'你的想法很好。我现在就去面见皇帝,告诉他我们找到了自己人。今晚，我邀请你和你的同伴们共进晚餐。我将找机会把皇帝的旨意转达给你。'"

"的确如此。"艾德肯点点头，捻捻唇髭。

"至于我，国王陛下！"维吉拉斯继续道，"没有人问过我的意见。我只不过是一条狗而已，陛下，一会儿被推搡到这边，一会儿被推搡到那边。我不能说不，因为我听命于他人，年薪只有四十索利多金币。"

"你继续往下讲！"阿提拉阴着脸说。

于是，维吉拉斯继续道：

"克里萨菲乌斯去面见皇帝。他在那里从下午一直待到晚上。皇帝把首席顾问马基亚洛斯先生也叫去了。他们谈了什么？没谈什么？我不在场。克里萨菲乌斯只在当晚设宴款待匈奴的使者们时，才把我叫去当翻译。晚宴后我们坐到了外面的花园里，使者们则在观赏大海和海对岸金光闪闪的克里索波利斯修道院。桌子旁边就只留下我们三个人。这时，克里萨菲乌斯转向艾德肯先生，说道：'无论如何，皇帝都对你承诺要做的事情感到高兴，他将给你赏金，这个我已经告诉你了。除此之外，他甚至还准备赐给你宫廷头衔，比阿提拉给你的头衔还要高。但是，皇帝认为，维吉拉斯的等级不足以陪同你，因此将派马克西米努斯陪同你。他是贵族，一表人才。所以，他将是使者，维吉拉斯只是翻译官。但是，马克西米努斯并不知晓这个秘密，也不允许他知道。'"

"是这样的吧，先生？"维吉拉斯带着哭腔问艾德肯。

"的确如此。"艾德肯带着轻蔑的笑容点头道。

维吉拉斯松了一口气：

"感谢老天爷，你证明了我的无辜。于是，马克西米努斯、普利斯库斯和我就来了。当我们第一次与你谈话的时候，陛下，艾德肯先生出现在了我们的帐篷里。他把我叫到一边，说：'巧合也在帮我们。你返回君士坦丁堡，把其余的逃犯带回来。当你和他们一起回来时，你就可以把用于贿赂保镖的钱带来，而且不会引起怀疑。'所以，我必须为逃犯而返回去，现在我带回了三十个人，因为这是你的命令，国王陛下。我必须把钱带来，因为这是他们的命令。但我带来的是一百磅而不是五十磅，因为他们说，艾德肯先生花钱大方的话会更好一些，别让事情因此卡壳。"

这下可完了。

我终于明白了维吉拉斯狡猾、诡秘的行为和阿提拉瞥见他站在马克西米努斯身边时的暴怒。当时，阿提拉已经知道了这桩丑事。现在已经清楚了他为什么迫切要求抓回那些藏匿在国外的逃犯，这些逃犯都是一钱不值的垃圾人，况且他们中几乎没有匈奴人。他之所以提此要求，就是为了给维吉拉斯返回君士坦丁堡以及随后的单独归来找到一个理由。

此时，我才恍然大悟：为什么埃斯拉斯禁止我们花自己的钱？为什么他主动招待我们吃喝？这是一个陷阱，目的是使篡改那一百磅金子的用途成为不可能。

这个愚蠢之人居然带着自己的儿子来看匈奴王如何被埋葬的壮观场面。

瞧，我们把匈奴人称为愚蠢的野蛮人。可是，这个愚蠢的野蛮人却用一张专门对付他的网捕获了思维缜密的文明人。

现在，该轮到我了。

天与地在我的面前都暗淡了下来。这时，阿提拉的眼睛看着信，说：

"我们来看看，这是一封什么样的信！"

我担心这个可怕的人斥骂我！此时的他像狮子般收缩着爪子。他要是看着某个人，而且紧盯不放，那么这个人就别想逃走。

"信是普利斯库斯写给查特先生的。"维吉拉斯说。

"这个仆人在半路上加入了我们。"埃斯拉斯说。

他把信递给阿提拉。

阿提拉没有接。他对查特打了个手势：

"信是给你的。"

"也许我们可以在这里读一下，"查特说，"我不知道普利斯库斯有何事要给我写信。"

"那就读吧!"阿提拉予以准许。

他朝文书望去。

文书是个瘦瘦的脸上长着雀斑的人。匈奴人叫他卢斯狄,卢斯狄是卢斯提修斯的缩写。随着时间的推移,我和他过从甚密。

他打开信,直接用匈奴语读了起来。

阿提拉和其他人都仔细地听着。

甚至连我的肝脏都在瑟瑟发抖。

"不可思议!"卢斯狄读完信时,查特笑了。

他打量了我一番。然后,他转向阿提拉:

"你需要这个奴隶吗,陛下?信里说,他是个有学问的人。"

阿提拉没有回答。他侧身靠在扶手椅上。两只手握住剑柄,冷冷地望着维吉拉斯。

维吉拉斯几乎被他的目光压垮。他感觉到,此时此刻,他的生与死就在阿提拉的一念之间。

他的儿子还在那里跪着,感觉到危险之后,他挪到了父亲的脚下。他像杨树叶子般颤抖着。

在这个窘迫的时刻,维吉拉斯就像快要淹死的人从水中露出头来大喊道:

"陛下,请不要伤害这个无辜的男孩儿!不要伤害这个男孩儿!可怜的他是无辜的!"

眼泪从他的脸上流下来。他跌倒在地,痛哭起来。

"这是多么卑贱的人种啊!"最高指挥官说,"我将赶走我所有的罗马仆人!"

"把他们统统杀掉!"乌尔贡大喊道。

"不,恰恰相反!"阿提拉说,"让他们永远当仆人吧。让卑贱的人种给高贵的人种当仆人再恰当不过了。"

阿提拉的每句话都是法律。匈奴人不再解放希腊和罗马的奴隶。我的命运由此盖上了黑色印戳。

阿提拉站起来，转向他周围的人：

"这笔钱是刺杀我的酬金，"他平静地说，"今天就把它分给那些阵亡将士的遗孀吧。埃斯拉斯，你去一趟君士坦丁堡。奥里斯特斯和这个男孩儿随你一起去。"

他指向维吉拉斯的儿子。

然后，他对埃斯拉斯继续道：

"你把这个装有一百磅金子的皮袋挂在你的脖子上，然后站到皇帝的面前。你这样对他说：'你们认识这个吗？'就在他们震惊之时，你盯着皇帝的眼睛，以我的名义说出下面这段话：'狄奥多西二世有一个高贵的父亲，阿提拉也是如此。阿提拉保留了自己的高贵，而狄奥多西二世却丧失了自己的高贵，因为他变成了阿提拉的贡赋支付者，并由此变成了他的奴隶。但这个奴隶并不诚实，他图谋暗杀他的主人！'"

他站起身来。

其他的人也跟着动起来。

"这个男孩儿呢？"埃斯拉斯指着维吉拉斯的儿子问道。

"这个男孩儿要为他的父亲带来五十磅金子的赎金。在那之前，他的父亲要戴着手铐蹲在监狱里。"

"我们什么也不跟皇帝要吗？"

"为什么不呢？"阿提拉阴着脸说，"我要克里萨菲乌斯的脑袋。"

二十三

阿提拉出去了。

保镖们解开我们的绳索。维吉拉斯和儿子瘫倒在地。他们放声痛哭。

我不知道何去何从。查特跟着阿提拉进入宫殿的内室。那里可不是我能去的地方。

埃斯拉斯还站在那里。他在等着装金子的箱子或袋子。他朝仓库的方向张望。

"先生！"我对他说,"我的金币……现在,你已经知道了,我的金币和那笔有罪的钱无关。"

"你的金币？"他转过身来,"你不是奴隶吗？"

我明白了：奴隶是没有钱的。凡是属于奴隶的东西,都属于其主人。不管是钱、孩子和动物,都属于主人。

"正因为如此,我才想把钱要回来,"我强硬地回答道,"因为我是查特老爷的奴隶,我有义务提出抗议,不要把属于他的钱和其他的钱混在一起。"

他把我的话掂量了一番,然后示意我可以拿走我的钱袋。

我走出宫殿。我心想：我应该在大门口等待查特。

但此时,我就像被人打得半死一样！

我四处张望,发现最高指挥官的房子前有一口井。我想洗把脸。我的头发、脸和脖子上覆盖了一层灰尘。我用水槽里的水把自己洗干净。我还喝了水。水被太阳晒得温温的，绿色的苔藓在水中游动，但我还是喝了。

我在大门口等了一个多小时，终于把查特等了出来。他骑在马背上，因为匈奴人恨不得上阁楼也骑着马。

他一到大门口，我连忙上前鞠躬。

"你跟我来吧！"他友好地说。

到了家里，他从马上下来，若有所思地打量着我。

"你叫什么名字？"

"你只管叫我泽塔吧，主人。"我忧郁地回答道。

"泽塔，泽塔，奇怪的名字。你的父母亲还活着吗？"

"我的父亲也许还活着。"

"你的父亲是干什么的？"

"他是个可怜的农民。"

他摇了摇头。

"我到底该把你怎么办呢？"

一位老奴和其他奴隶一起站在房子的前面。大脑袋、大脸盘、白头发、白胡须——他只刮掉了下巴上的胡子。他手里拿着一串钥匙。

"丘科瑙！"查特对他说，"这个奴隶是别人赠送给我的礼物。没有人会来把他赎走，也不可能赎走。他能派上什么用场呢？"

"你会干什么？"老人用低沉的声音问道。

他把我从头到脚看了一遍，就像看马一样。

"给主人的信里写了，"我不安地回答道，"我懂历史、地理、哲学、语法、修辞学……"

我看着他，想知道是否需要我继续说下去。

老人也看着我，就像看一头昏昏欲睡的大象。

"你会给马整理毛发吗？"

"主人，"我就像被人打了一顿似的转向查特，"我难道不可以给你的两个漂亮小孩当家庭教师吗？因为我看到你有两个可爱的儿子，但他们身边却从来没有教仆。"

查特若有所思，用眼睛的余光打量着我。

"嗯，我们走着瞧吧！"他说。

他转向老人：

"你们给他弄点吃的，然后让他休息，因为他远道而来。"

我的确累了，脸色也一定是苍白的。

老奴一声不吭地抬腿就走，我紧随其后。他把我领进厨房。那里的人给了我一种奶酪和面包。我用怀疑的目光看着这个奶酪，这是马奶酪，我想我是不会吃的。我向厨娘望去，她是个长着唇髭的脾气不好的女人。我不敢和她说话。我吃了一口面包，然后喝了很多水。

女仆们好奇地打量着我。一个皮肤黝黑的姑娘正在擦洗铜餐具。她突然抬起头，问：

"你懂匈奴语吗？"

"我懂。"我有气无力地回答道。

"你从哪里来？"

"君士坦丁堡。"

"将来会有人来把你赎走吗？"

"不会。"

所有的人都好奇地看着我，默不作声。一个女人在角落里用意大利语小声和同伴说话：

"英俊的男孩儿。可惜他的脖子有点长。"

老丘科瑙返回厨房，领我去了马厩。这是一幢很大的木建筑，看得出有许多马和牛在这里过冬。但此时只有两匹马闲站在槽旁边。

马厩的一侧有许多稻草床。角落里还有大约十个上下铺稻草床。墙壁上挂着许多破烂不堪的棉衣，上面沾着蜘蛛网。马厩里的味道非常可怕，有许多苍蝇乱飞。

看到这个令人恶心的地方，我吓坏了。这就是我未来的住处吗？在君士坦丁堡的家里，我住在主人干净的小门廊里，睡在铺着床单的床上。窗口摆着花。墙上挂的是君士坦丁大帝和狄奥多西大帝的肖像画。那里的空气干净而且有大海的味道。窗户上挂着网状窗帘，苍蝇飞不进去。

"我不能睡在这儿，"我对老人说，"请允许我待在外面。如果能给我一条毯子的话，我就睡在外面。"

"毯子？嗯，难道没它不行吗？"

他给我取了一条粗糙的马毛毯。我在干草垛下的阴凉处把毯子铺开。我躺了上去。

假如查特不让我当他的孩子们的教仆，而是让我去当牧马人，我该如何是好？

傍晚，老人来找我。他看到我没有睡觉。

他手里拿着一大片黑面包和奶酪。

"你吃点吧！"他仁慈地说，"你休息好了吗？"

"晚上再说吧，"我回答道，"晚上，我不能睡在这里吗？因为我从来没养过马。我也从未在马厩里睡过觉。我更喜欢在外面……"

"嗯，可以。"他亲切地咕哝道。

他坐到我的身边。他从兜里掏出一个木雕盐瓶，开始吃起来。

"你是哪里人？"他问。

我把能告诉的都告诉了他。

然后，我问：

"查特家怎么样，丘科瑙叔叔？也许，我问这个问题是可以原谅的。"

"哎，"他耸耸肩，"怎么说呢？不管在哪儿，奴隶的面包都是苦的。"

"我还是想问，这家人是如何对待奴隶的？"

"每个人的情况都不一样。这就要看他的功劳了。"

"主人和夫人，谁更好一些？"

"哎，主人肯定严厉。夫人是个勤俭的人。我还是宁愿在这里服役，而不去别的地方。"

127

"那么,小姐呢?"

他耸了一下肩。

"我们不用管小姐。她还是个孩子。"

我们沉默了一会儿。我凝视着大地,他咀嚼着奶酪。他是出生在匈奴帝国的萨尔马提亚人。年轻时是查特家的牧马人,年老后成为家内奴隶。

我又开口说:

"他们给我们足够多的饭吃吗?"

"嗯……给。谁想长胖的话也能长胖。但是,能长多胖并不取决于我们。"

"我必须得在这里吃马肉吗?"

"不会强迫你吃。"

"但是,那个奶酪是马奶酪,对不对?"

"不对,只是牛奶做的。"

大约二十头猪冲进大门,朝猪圈的方向跑去。

女仆们给它们抬来大桶大桶的泔水。

老人起身。他收起小刀和盐瓶,朝那边走去。

二十四

清晨，疯狂的嘈杂声把我惊醒，这声音只有在野蛮人的城市里才能听到。号角声、鞭子声、猪叫声、牛叫声、人叫声此起彼伏。

这里的人天亮起床。城市动了起来。骑手们骑着马跑出来。他们在井边饮马。妇女们蓬头垢面地追赶着猪。女仆们在宫殿前伸展着腰肢。麻雀在有露水的树上叽叽喳喳叫个不停。在城市的上空，燕子绕着小圈儿捕捉苍蝇。

干草垛是不错的卧榻。其他的仆人也睡在那里，几只蚊子并没有打扰我们的睡眠。

我清理掉身上的干草，尽可能把凉鞋上的灰尘拍掉。让我感到失望的是，鞋的侧面裂开了。奴隶在夏天全是光着脚走路。像我这么漂亮的凉鞋在这里是看不见的。要是穿坏了的话，难道我必须得光着脚走到埃莫盖的面前吗？

我洗漱完毕。虽然没有梳子，我把头发也尽可能地整理好。然后，我就站到大门口。我心想：如果主人起床了，他会打发人来叫我的。

果不其然，一个小时后，仆人来叫我：

"嘿，希腊人！你进去见主人吧。"

一家人坐在楼上的门廊里。桌子上摆放着牛奶、黄油、腊肉、烧酒。埃莫盖坐在两个孩子的身边。吉吉亚和一个长着鹰钩鼻、穿着丝绸外套的老女奴也在那里。

所有这些都是我进去时瞥见的。我弯腰鞠躬,留在门旁。眼睛朝下看,奴隶在主人的面前就应该这样。

"你手里拿着什么?"查特问道。

"我的钱。"

我走上前去,把钱递给他。

"金币,"他凝视着金币,"你这么富有吗!?"

"普利斯库斯允许我知道这个词:我的。我知道,这里的习俗是不同的。"

"爸爸,"埃莫盖热烈地说,"这个钱是丽卡王后送给这个希腊人的。"

"我很遗憾,"查特回答道,"奴隶有钱不是好事。"

"凡是属于奴隶的东西都属于主人。"她的妈妈说。

我从埃莫盖的脸上看出他父亲的贪婪让她难受。

我退回到门口。

"我把你说的话琢磨了一番,"主人开口说话了,"嗯,罗马人给孩子请家庭教师这个习俗挺奇怪的。"

根据礼节,我应该回答"是"或者"不"。但是,面对吃马肉而且把可怜的奴隶的钱包据为己有的野蛮人,我有讲礼节的必要吗?!

"只有通过教育,人才能变成人,"我抬起眼睛回答道,"两个小孩看起来很聪明。"

"但是,我们能把他们教成什么样呢?"

"首先是学习字母,主人。字母是打开精神宝库的钥匙。"

"'精神宝库'?什么是'精神宝库'?"

"心灵的富足,老爷。千百年来,成千上万的人的思想、知识、智慧或者记忆都被收集在书籍中。"

"这就是说,你想教他们读书。"

"如果你下达命令的话,我就教他们写字和读书,老爷。"

"你可真是个傻瓜,小伙子!难道你看不见我是富人吗?我想要几个文书,就雇几个文书。哼,我或者我的儿子为什么非得会写字呢?"

他带着恼怒和一副真理在握的架势说出这番话,我不敢反对。

"嗯,我可以教他们算术……"

"这是什么玩意儿?"

"这是关于计数的科学,主人。"

"嗯,这能干什么用?我从来没数过我的家畜,但要是缺少一匹马或者一头牛的话,我也能看得出来。小动物时多时少。我们数它们干什么?清点数目是管家应该做的事情!嗯,你还想教什么?"

"地理、历史、哲学……"我急切地颤抖着说,"你命令我教什么,我就教什么,主人。"

"你别跟我说希腊语。你说匈奴语吧。"

"地理是关于地球的知识,主人。聪明人应该了解各个国家、山脉、水域;哪个民族住在什么地方,城市是什么样的;矿山、主教区、山口、城堡在什么地方;什么地方时兴什么样的手工艺品;等等。"

"这倒是门好的学科,"他若有所思地点头道,"但这也不适合孩子。这只适合国王。国王把他的子民带往他想去的地方。最主要的是,要让人们生活在有草而且靠近河流的地方。嗯,你还推荐什么学科?"

"历史。主人,它讲的是:谁生活在我们之前?他们是什么样的人?他们的国王和首领是谁?他们经历了什么样的斗争?他们如何强盛起来?他们如何衰落?他们如何通过自己的不幸而变得更聪明?"

查特摇头。

"这是游方艺人和吟游歌手做的事情,"他说,"我的儿子们还没到要学习这个的地步。假如人们正巧想听这类东西,他们就会把游方艺人和吟游歌手请来,让他们讲述。嗯,还有什么?"

天已经热了起来。

"哲学,或者说智慧的科学,"我忧伤地说,"是关于希腊七贤的生平和学说。尤其是亚里士多德、爱比克泰德、柏拉图和苏格拉底。"

查特挥了一下手：

"让希腊的魔鬼把他们带走吧！我没有学过书本知识，但我依然是个聪明人。我的儿子们也不会逊色的。"

我不敢说更多的话。没让我从事家务劳动，这对我是一种不幸，我因此几乎瘫倒在地。

屋子里弥漫着牛奶的香味。埃莫盖看都不看我一眼。我很悲伤。

查特举起一只银杯，一饮而尽。他喝的一定是烧酒。

"嗯，"查特说，"至于如何使用你，我们再看吧。你暂时要做的事情是，跟在我的身边。你去吧！"

我松了一口气。还好，没有让我去当马夫！查特依然认为我与众不同。

"你可以走了。"他说。

我弯腰鞠躬，退了出来，仿佛得了皇帝的恩准似的。

在走廊上，女仆中的一个长着鹰钩鼻的老姑娘追上我。她推了我一下，轻蔑地看着我。

"没教养的傻瓜！"

我惊诧地问：

"为什么？"

"你进去时，没有问候。出来时，也没有问候。让我惊讶的是，主人居然没打你一巴掌。"

二十五

一刻钟后,查特走了出来。这时,他的马已套好马鞍站在那里。

"愿上帝保佑你早上有好运气,"仆人们低头道,"愿夜晚的平安变成你的健康!"

查特环顾四周。

"还需要一匹马。福什特在家吗?"

"不在,主人,"马夫回答道,"我把它放在马群里了,因为……"

"那就把老巴尔干牵来。"

"要马鞍吗?"

"不要。"

马夫把这匹马牵出来。既没有马鞍,也没有马毯,更没有马镫。查特示意我骑上去。他先走。我紧随其后。

我们骑马徜徉在长长的街道上。所到之处,都有人向他问候。他只把手举向帽边。

有一次,他朝后喊道:

"泽塔!"

他放慢马的脚步。

我赶紧追了上去。

"你随你的主人去过皇宫吗?"

"去过很多次,主人,几乎每天都去。"

"你讲讲皇宫里的人吧,他们是什么样的人?"

"据我所知,主人,你出使过那里。三年前,你去了那里,当时你们向皇帝征收六千磅黄金。"

"没错。但是,那里的每一句话都是谎言,孩子,每一个动作都是虚伪的。每个人都像穿节日盛装似的装出一副诚实的样子。我想听听他们平常是什么样子。你说说吧。"

我告诉他,狄奥多西二世是个懦弱、无助之人。实际上是他的姐姐在执政,但他的姐姐依靠的是几个顾问的智慧。我看见过她和他们交谈的情景。

在交谈的间歇,我把我自己的事情也告诉了他。

"主人,请允许我说一些不属于我们谈话范畴的事情。当我从你那里出来后,主人,你的女仆提醒我说,我没有问候你。因此,我请求你的原谅,主人。我不了解这里的风俗习惯。在我们那里,奴隶是不能说话的,除非主人问他。"

"没关系。"他宽厚地挥了挥手。

我们抵达马场。他在那里挑选了一匹低矮的灰白色马。这就是福什特。我今后就得骑它了。因为查特不可能允许仆人骑的马比他的马高。

二十六

回到家门口,查特停下来,把帽子交给我。

"你拿进去吧!"他低声说,"你跟我妻子要一顶宫廷帽。"

于是,我骑着马进去,下马后跑上楼。

在走廊上,埃莫盖迎面走来。她的打扮像是要去做客——白衣服、红凉鞋、头上有面纱。她手里拿着马棒。

一看见我,她就几乎冲过来,瞪着愤怒的眼睛,低声问:

"你怎么回事?你为什么回来?"

她的衣服散发的香味扑面而来,在丽卡王后的宫殿里我就熟悉了这个味道。

她鼓着眼珠子对我怒目而视,就像一只发怒的猫。

我只是在喘气。我不知道该如何回答。

她抓住我的胳膊,几乎是把我推进一个房门半开的房间里。

这是更衣室。四周的墙壁上挂满裘皮。房间的中央是一张桌子和一把椅子。有三套罗马铠甲挂在一根柱子上。

"你为什么回来?"她愤怒地重复道。

她弯腰靠近我,鼻子几乎碰上我的鼻子,似乎想从我的眼睛里看到答案。我的心像磨坊一样轰鸣。我坚定地回答:

"我想回来。"

"你想回来?这是你自己的想法?"

"是的。"

"但为什么呢？你是自由人。我父亲说，普利斯库斯把你赠送给了他。你为什么要当奴隶？"

"我自己把自己变成了奴隶。告诉你吧，小姐，是我逃离了普利斯库斯。那封信是我以他的名义写的。我做的所有这一切，都是为了回来。"

这个姑娘直勾勾地、严厉地看着我：

"我不懂你。你为什么要这么做？"

"只为了搞清一件事，"我把手伸进胸口，回答说，"这枝玫瑰花是不是你扔给我的？"

她皱着眉头，凝视着玫瑰花。

然后，她的眼睛又冷冰冰地看我的脸：

"不是我扔的。"

她急匆匆地走出房间。

我踉踉跄跄地走了出去。我的脑海里一片混乱。

二十七

在接下来的几天里,敏感的我遭遇到了更大的压力。

仆人们对我十分冷淡。他们对院子里的囚犯走马灯似的轮换已经习以为常。他们感兴趣的顶多是我的出身是否高贵、我是否等待赎身。

当知道我的父亲赤脚走路、没有人会替我赎身时,他们都蔑视我。我听到了这样的话语:

"你的手是公子哥的手。哼,在这里它会变厚的。"

另一个人说:

"这会让他的头发变香。科比,你早上可得留意点你的杏仁奶洗发水啊。"

上面提到的科比是挑水人和火种看护人。他要把水从院子里的拉水车上挑到厨房里交给厨娘。

第三个人说:

"你在家里没睡过丝绸床,是吧?在这里你必须习惯它。"

他们大笑。

"伙伴们,"我恳求他们,"任何时候,只要我能让你们快乐,我就高兴。你们开我的玩笑只要不带恶意、别太邪恶就行。我是主人的仆人,但假如你们对我有耐心,我也将成为你们的仆人。"

他们沉默了一分钟。挑水人首先开口说话(他的唇髭总是做好了开玩笑的准备)。

"你说话文绉绉的,就像学生一样。也许你也懂如尼文①?"

"这个人什么都懂,"鹰钩鼻的姑娘说,"他告诉了主人他都会什么,真是个奇迹,可他却不会问候别人。"

听到这里,他们又取笑了我一番。

但是,当他们看到查特把我带在身边时,粗鲁的玩笑就变成了对我的痛恨。有好几天,没有一个人理我。假如我问候他们,他们就一声不吭。假如我走向他们,他们就转过身去。

有一次吃午餐,我坐到他们中间,厨娘拉宝惊讶地说:

"你为什么到这里来?我听说今天你将和主人一起吃午餐呢!"

"主人的桌子周围是狗待的地方。"看门人乌祖拉说。

"他懂得奉承,"面容凹陷、皮肤黝黑的可萨人考拉奇接着说,"他在主人面前鞠躬,就像是罗马元老院的元老一样。"

我没有吱声。我心想:我干脆就不和他们说话了,没文化的人跟狗没什么两样——它们的眼里容不下陌生人,直到习惯为止。

但我对这个厨娘却不能流露出蔑视的神情——是她给我的盘子里盛饭。所以,不管她对我发多么大的火,我总是给她说一两句好话。无论她给我盛多少饭,我都表示感谢。

然后,明枪暗箭就朝她袭去。

"你把好吃的都给他了,拉宝阿姨,"乌祖拉大喊道,"因为他会用漂亮的词语感谢你!明天,他就会亲吻你的手。"

"他将娶拉宝当老婆!"科比喊道。

众人大笑。拉宝已经上了年纪,长着唇髭,声音像男人,至少一百五十公斤。科比的话让众人大笑了好几天。

当然,拉宝投向我的目光就更加愠怒了。她盛给我的饭,确实不值得感谢。

但我还是感谢了她。

---

① 如尼文,一种古代北欧文字。

"他们爱说什么就说什么吧！"我说，"我感谢的不是饭，而是她的劳动。饭是主人给的，拉宝和我打交道属于身不由己。不管她接不接受，我都感谢她。"

男士们可能也会读到我的这一行行悲伤的文字，也许他们会惊讶于我没有离开他们，或者我没有采取其他的方式帮助自己。但是啊，没经历过贫穷的人，不会知道吃饭不仅是习惯，而且也是不可抗拒的事情。饥荒中的人连树皮都吃，连水坑里的水都喝。《圣经》中的浪子和猪一起争抢槽里的食物，这并不让我感到惊讶。

以我今天的心智，我肯定知道，我本应和他们一起开自己的玩笑。如果他们开我的玩笑，我本应给这个玩笑再增添一点儿笑料，这样他们射出的所有箭就会在我的面前坠落。但在当时，我的心都要碎了，我只能像遭到棍打的蛇一样扭动。一切都让我伤心，就连一句蠢话都会让我难受。

我只好一言不发地走开。我坐到门槛上，坐到跛子科比的身边。他是仆人中最后一个我不能生他气的人。在他看来，开玩笑并无恶意，仅仅是为了寻开心而已。

查特家没有狗，因为曾经有一只狗咬伤了一个孩子，查特当时就杀掉了家里所有的狗。家禽就养在厨房的前面。一只脚有残疾的黑母鸡引起我的注意。在它还是小鸡的时候，有人踩到了它的脚上，这只可怜的鸡从此落下残疾。当然，因为它的颜色，它并没有被杀掉，也没有成为烤串。这里的人习惯把黑色的鸡送给萨满。当然，由于它是跛脚，萨满也不会要它。

我说过，当我坐在门槛上吃饭的时候，我的目光落在那只长着羽毛的可怜的小动物身上。它丑陋而悲伤。它几乎一直处于恐惧之中，眼睛睁得圆圆的。它的羽冠没有血色。它之所以引起我的注意，是因为我发现所有的母鸡都在啄它。如果从厨房里往外扔点东西，饥饿也驱使它跑到其他鸡的中间去，结果不是这只鸡啄它，就是那只鸡啄它。有时，它会痛得尖叫。

真是令人触目惊心。它总是形单影只，总是悲伤，总是若有所思。其他的母鸡都分散在马厩的周围快活地刨食。只有它孤零零地留在厨房的附近。只有当有人接近时，它才扑棱几下翅膀。这个时候，它会惊恐地一瘸一拐地走远。它害怕任何一个人。

我想：这是多么地奇怪啊，在动物中也有仇恨，也有被驱逐的、孤独沉默的受害者。

我掰下几块面包扔给它。

开始的时候，我每扔一次，它都扑棱几下翅膀。从它的眼睛里能看得出，它以为我在扔石头。几天后，它的恐惧消失，它越来越勇敢地接近我。

从它的眼睛里已经能看见一点儿自信。它已经知道，从我这里只能得到好的东西。

当其他的仆人在屋里一边说话一边吃饭时，我却同这只母鸡在聊天。

"过来吧，你这个长着羽毛的小魔鬼，别怕。吃吧！嘿，接住！"

不到一个星期，这只母鸡就敢从我的手里吃东西了。它已经和我非常熟了，我一坐到门槛上，它就一瘸一拐地径直朝我走来。它站到我的身边。我一说话，它就以咯咯咯作答。它机灵而且毫无畏惧地看着我。到了后来，它就钻进我的怀里，让我抚摸它，而鸟类是不喜欢人抚摸它们的。

此后，这只母鸡就越发喜欢我了，以至于每天早晨我都能在我的身边找到它。它卧在我的床下，等着我醒来。

二十八

夏天过去了。

帐篷之城变了样。每顶帐篷的旁边都是干草垛和秸秆垛。人们把拴马的栅栏建在秸秆垛之间。侧面全是篱笆，目的是不让北风和东风吹到马的身上。帐篷的位置也确保马免受风的侵袭。

帐篷上也有了更多的皮革。所到之处，帐篷的门口全都挂上了马皮或牛皮。白天把它们挂在一侧，晚上再放下来。

人也发生了变化。人们在宽松的衬衫和裤子之上穿上了毛茸茸的皮衣。狼皮、熊皮、鹿皮、羊羔皮，全都带着毛。轻便的布帽被高顶裘皮帽取代。普通人的帽子用羔羊毛皮做成，富人的帽子用狐狸和海狸毛皮做成。阿提拉的帽子用狮子的鬃毛做成。最高指挥官和其他贵族戴的是熊皮帽。我的主人戴的也是熊皮帽。

只有奴隶们依然是光着脑袋。

我还一直是查特的随从。我已习惯在马厩里睡觉。适应过程是艰难的，有时我也因此流泪，但随着天气转冷，动物的温暖缓解了我的处境。

我每天都看见埃莫盖。她看也不看我一眼。只是有时候，在没有旁人的情况下，她才对我说一两句话，既轻蔑又冷淡，但她还是说话了。

有一次，她问我，是否对我的命运感到满意。

"小姐，"我叹息道，"我是这个地球上最幸运的不幸者。"

她本应接着问我：为什么说自己是幸运的人，为什么说自己是不幸的人？但她只耸了一下肩：

"你的悲哀还在后头。"

"只要能看见你，"我回答道，"我就一点儿也不后悔。"

"你知道吗？"她用威胁的口气说，"你在拿自己的性命开玩笑，而且毫无意义。"

"对你没有意义，对我却是一切。"

她瞪着愤怒的眼睛转身离去。

有一次，她把胳膊肘支在朝向花园的窗户上。这是灰蒙蒙的秋天的夜晚。月亮刚刚升起来。

我走过去，向她打招呼：

"你的奴隶祝你晚上愉快！"

她看着我。面部表情平静。我停留了一分钟，没准她会说点什么，但她什么也没说。我不得不走开，因为我担心仆人们会看见小姐跟我谈话。

有一次，我悲伤地坐在门前。我沉浸在自己的思绪之中，以至于没有注意到什么人从我的身边经过。

当她已经站在那里，衣服的香味扑鼻而来时，我才抬头看见她。她身穿野猫皮长袍，头戴野猫皮帽。

她在等她的马。

我起身，给她鞠躬。

她说：

"你身体还好吧？"

"谢谢，"我恭维道，"我是会呼吸的死人。"

我们没有说更多的话。

而我呢，只要有可能，就总是找借口进入她住的房屋。我不停地讨好孩子们，一会儿给他们做玩具，一会儿把鲜花或者水果送进去。但其他的奴隶也在讨好他们，而女人们更能理解小孩子的语言。这里的女奴有十名之多。

我可以和查特交谈，因为他之所以把我带在他身边，就是想让别人像欣赏打磨过的石头那样欣赏我。我是他的奴隶，所以我的学问就是他的学问。

他带着我就像戴着他的项链和戒指一样。他觉得我有价值，但却不知道如何将其变成黄金。

于是，我就变成了他的一只可爱的狗。奴隶们看到他没有把我一脚踢开，于是就对我另眼相待。如果他们有什么诉求，就委托于我，我能将他们的愿望巧妙地编织进我的谈话之中。但在我自己的事情上，我却是既愚蠢又不幸。我给他举例说，饭厅里的挂毯悬挂顺序有问题，应该让我擦拭他的珍宝和武器，但我的努力都是徒然。他问了我的想法，然后让我教会某一个仆人去做。

看得出，他视我为非常合适的随从，并且对所有的学科都感兴趣。无论他走到哪里，我都必须光着脑袋、骑着裸马陪着他。我必须跟他说话，说什么都行。

他是一个难以想象的无知之人。有时，我以为他明白了，结果他问的问题几乎能让我笑破肚皮。

他的无知使得我有时会伪造科学定理和从未发生过的历史，描述不存在的国家和民族。

所有这些他都信以为真。长着狗脑袋的人、无头人、一条腿的人对他来说都是可信的。

但正是这种持续不断的精神上的至高无上的感觉维系着我的生命。否则，悲伤早就要了我的命。

让我感到特别悲伤的是，我的衣服变得破旧不堪。

与其说我害怕寒冷，不如说我害怕看见埃莫盖。

在院子里干活的奴隶——他们自称外部奴隶——都是光着脑袋，衣衫褴褛。他们的衣服只能靠腰间的皮带拴在一起。他们只是偶尔洗脸梳头，头发和胡须总是蓬松杂乱。

我自己会时不时地把衣服洗干净，如果衣服破了的话，我会把它缝补好。我每天都洗脸梳头。但我还一直穿着罗马风格的衣服，凉鞋早就穿得不成样了，我一看见自己的脚就脸红。

在埃莫盖面前，我感到羞愧。一看见她走过来，我就躲起来，或者把背对着她。我非常想看见她，可我还是避开她，不让她看见我。

当第一场雪飘落时，我骑马走在主人的旁边，瑟瑟发抖。我的手是青的，鼻子是红的。他能感觉到，每一个字都是我逼迫自己说出来的。

"你魔鬼附身啦！"他冲我喊道，"你为什么哆嗦？你为什么发抖？你为什么不向丘科瑙要衣服？这么冷的天，你会冻死的！"

"啊，主人！"我忧伤地回答道，"老丘科瑙把那么破的衣服分给我，我担心一穿到身上，就会有人说你的闲话。"

查特生气地一把握住剑：

"谁敢说我的坏话？没有人会让奴隶穿丝绸衣服的！"

尽管如此，但回到家后，查特还是把我叫到楼上，他把自己的衣服拿出来，从中挑选适合我穿的衣服。

我早就渴望拥有一件匈奴人的衣服。我想成为匈奴人！如果我是匈奴人的话，我就离埃莫盖更近了一步。再者，我也喜欢匈奴人的服饰：白衬衫、裤子、插羽毛的帽子，骑马走天下。我只是不喜欢秋装。人穿上秋装后看起来就像动物一样，确切地说，就像骑在马背上的熊。

在不停的喘息和咒骂声中，查特挑选出了一件狐狸皮裤子、一件狼皮长袍和一双小牛皮靴。

他的妻子跟他吵了起来。

"你疯了吗？"她说，"你要把这么好的衣服给这个奴隶？"

"住嘴！"查特用我在贵族圈子中很难听到的声音咆哮道。

他的妻子匆匆离去。

这些衣服真的很华丽。长袍上的腰带是狮爪形的金链条。当然，查特把这个东西拆了下来，给了我一条小皮带，但它依然是件漂亮的长袍，只有侧面能看到虫子咬的小洞。裤子没有多大毛病，只是后面稍微有点磨损而已，但长袍能遮住这个地方。

"主人，"我虚伪地表达了感激之情，"我不配拥有这些，也许你有较差一点儿的衣服。"

"我没有比这更差的衣服，"他咕哝道，"我也可以给你帽子，但那样的话，你看起来就会像绅士，所以我就不给了。如果你嫌脑袋冷的话，你就像其他人那样包一个头巾吧。"

因为这身衣服，我的感激是发自肺腑的。要是埃莫盖看见该有多好啊！——这是我最大的快乐。

但我很快就从天上掉到了地上！当我试穿衣服时，才发现查特的身材比我宽很多，也比我高很多。衣服所有的地方都太宽了。我穿上长袍后就像两脚站立的熊。我把皮带系到腰上。

当我走出更衣室时，女仆们都大笑起来。查特自己也开怀大笑。他把家里的人都喊了出来。他的妻子也笑了。埃莫盖要是没笑的话，该有多好啊！

我强颜欢笑，但眼睛里却充满泪水。我真想扔掉这身动物毛皮，逃到没人的地方。但我对边境上的十字架却记忆犹新。

"主人，"有一次，我趁他心情不错对他说，"营地里有那么多皮货商，不能让他们把这个衣服改小吗？"

"你想到哪儿去了？"他打断我的话，"你以为我每年都会给你不同的衣服穿吗？你会长高，会变粗壮。你到死都得穿着这身衣服，希腊人。"

在严冬到来之后，我才明白为什么匈奴人爱穿毛茸茸的衣服。他们可以把带毛的一面翻到里面穿，这一定不是为了别的原因。

帐篷里的火一直燃烧着，但也只是用来煮饭和烤肉。人们冬季也在户外聚集。马身上盖着毯子。如果天气特别冷，人们就戴上手套，把帽檐拉下来盖住耳朵。穿上裘皮衣走路，冬天就不会显得那么冷。

冬天，女人们穿的衣服也变了样。贵族妇女头上的面纱也消失了。她们也戴裘皮帽。她们的靴子用柔软的兔皮或猫皮做成，长及膝盖以上。长袍和男人的一样，但更长、更精致。

我的头发已经长及肩膀。在干冷的日子里，我并未感觉到有多冷，但下雪时，头上就会结冰。

把裘皮衣的毛翻到里面穿既舒服又暖和。

几乎每个星期都有使团来拜见阿提拉。有时，也有国王来访。当然，他们不是像罗马皇帝那样的住在大理石宫殿里的国王，而是面色油腻的野蛮人国王，他们住在帐篷里，身上背的半袋子金币哗啦作响。他们没有文化，但有尊严。他们不知道什么是软弱，也不寻求软弱。他们自己承认阿提拉是他们的上级。

当来访的国王抵达后，王宫里会举行隆重的晚宴。多数情况下，快到清晨的时候，我和另外一个人会把我的主人接回家。匈奴人喝酒很疯狂。据说，有时，阿提拉本人也很开心。

也有婚宴举行，有时一天有六场之多。人们在音乐的伴奏下跳舞，喝酒。有一次，仆人们说，埃莫盖要出嫁了，娶她的人将是奥劳达尔王子。但后来却没有了下文。王子娶了一个普通匈奴人家的女儿。我见过这个姑娘。她没有埃莫盖漂亮。

那些日子不堪回首。

二十九

假如我的主人去参加阿提拉的午宴，我就不会站在宫殿前等他。我知道，日落之前他是不会回家的。而假如他去参加最高指挥官的午宴，那么我只需在午夜之前去接他即可。这样，一整个下午，我都会待在厨房里。

在厨房的一个角落里，有一个宽大的炉子，用于给铜鎏铁锅和铜釜加热，炉子倒是没几拃高。冬天炉子里烧大块的木头。每天下午，坐在那里的热乎乎的石头上看着炉火是一件惬意的事情。

在漫长的冬夜里，有时我们会有十个人围坐在炉火边，包括从原野上把牲畜赶回家的牧马人、牧牛人、匈奴人中的自由奴隶、我、丘科瑞和老管家。我们看着炉火。对于匈奴人来说，这是一种虔诚的消遣。在夏天的夜晚，他们在原野上点燃篝火，睡眼惺忪地凝视着篝火。

有一次，我一个人坐在厨房里。那天，女人们洗完衣服，去阁楼上晾晒。时近黄昏，外面下起了雨夹雪。

吉吉亚推门走进厨房，一双会笑的黑眼睛朝我闪烁着光芒。

"泽塔叔叔，"她小声说，"我很高兴在这里找到你。"

她坐到我的身边，把手伸到火焰的上方。

"我们见面太少了，"她继续道，"我想多跟你聊聊。因为我的妈妈也是罗马的臣民，你能想到我已经十四岁了吗？"

我没想到。我也不感兴趣。

这个姑娘看上去连十三岁都没到。她身上没有任何女孩儿的特征——

她就像穿着裙子的男孩儿，脸颊干瘦，一副郁郁寡欢的样子。但只要一看见我，她总是面带微笑，跟我打招呼。我不喜欢她。假如这个世界上没有她，也许查特一家会把小孩交给我照看！

"因为我们是以阿提拉被选为大公之年作为纪年的开始，"她接着说，"埃莫盖就是在这一年出生的。我两年后出生。你看看这件可爱的外衣，里衬是鼬鼠的毛皮，几乎没有磨破，小姐今天把它送给了我。"

她起身，从仆人的水罐里喝了几口水。然后又坐下来，这次她坐得离我更近了，而且还把脸转向了我。她穿着埃莫盖上周还在穿的外衣，但她的小腿裸露，冻得发红。

"孩子们正在睡觉，"她愉快地说，"小姐在宫殿里。今天她们跳舞。"

我不记得她还说了什么。她的目光不停地在我身上游弋。有一次，她坐到离我很近的地方，身子向我靠过来，仿佛是想把头靠到我的肩膀上。

"滚开！"我对她咆哮道。

她惊恐地站起来，不知所措地拍了拍衣服上的灰尘。然后，悲伤地看着我，叹息了一声。

她羞愧地离开了厨房。

三十

十二月的一天上午，几名身穿希腊长袍的骑马人走进我们的院子。我认出其中一人是维吉拉斯的在病床上长大的儿子，另一人是贵族诺姆斯，他与皇帝过从甚密。

当时，查特还在睡觉。我在大门的屋檐下蹲着。大片的雪花飘飘洒洒。

当看见希腊人时，我惊得浑身冒汗。圣洁的上帝啊，假如普利斯库斯现在走进来，我可怎么办啊？！……羞耻感会让我无地自容！

随他们一起来的还有三名仆人和一名翻译官。我一眼就认出了他们。

"主人在家吗？"翻译官用匈奴语问道。

"在家。"我也用匈奴语回答。

让我惊讶的是，他没有认出我来。

一名仆人向主人禀报后，他们上了楼。他们带来一小箱礼物，面见查特大约用了一刻钟的工夫。

我在大门口心急如焚，几近眩晕。

最后，我用希腊语跟一名仆人搭讪：

"你们来的人多吗？"

"不少。"他惊讶地回答道。

"来了什么大人物？"

"阿那托琉斯先生、诺姆斯先生、一名文书和一名翻译官。"

"马克西米努斯先生没有来吗?"

"没有。"

"普利斯库斯先生呢?"

"他也没来。"

我松了一口气。同时,把腰直了起来。我用讯问的声音接着问:

"那么,克里萨菲乌斯的脑袋呢?"

"克里萨菲乌斯的脑袋?"

"对,他的脑袋。他的脑袋在什么地方?"

"还能在哪儿?在他的脖子上啊。"

"这可就麻烦了。"

"哪里有金子,哪里就没有麻烦。我们带来了。我们带来了三箱金子。这也许能抵得上一个人的脑袋。"

然后,他们询问我是谁。然而,他们在君士坦丁堡是经常能看见我的。

我不知道,是不是我的服装改变了我,或者我的唇髭和胡须最近几个月长得太浓密了。我消除了他们的好奇心:

"我现在没时间,我的故事说来话长。以后有时间再说吧。"

他们前脚刚走,我的主人就叫我赶紧去趟王宫,让文书君士坦提乌斯立即过来一趟。

我看见他的桌子上放着一封信,而且封蜡印章还没有拆开。

哦,一种不祥的预感让我感到害怕。

"主人,"我自告奋勇道,"假如你愿意的话,我来读信……"

"不,"他冷淡地回答道,"这是普利斯库斯的来信。也许里面的内容与你有关。"

我转身走了。我和文书一同返回。

"先生,"我在路上恳求他,"假如信中牵涉到我,你就跳过去不读,我求求你啦。我们都是人……"

"糟糕，糟糕，"他摇了摇头，"你的主人也会让别人读这封信的。我不能欺骗他。"

哎哟，我狼狈极了。

"你也留在这里，"我的主人用脑袋示意我，"没准信里会有一些地方，需要你做出解释。"

他把信撕开，交给君士坦提乌斯。

"你读吧。"

这个君士坦提乌斯是罗马血统的人。他是个瘦小的皮肤黝黑的小伙子。他像蛇一样聪明，像乌龟一样冷血。他是埃提乌斯赠送给阿提拉的礼物。

他把信从头至尾看了一遍，直接用匈奴语读希腊文信件。

尊敬的先生：

我祝你一切都好。我之所以写这封信打搅你，是因为我亲爱的仆人泽塔离开了我，去了你们那里。直至今日也没有回来。

从这个男孩儿小时候起，我就养育并教育他。我对他的目标是，在皇宫里给他找一份差事，这是他应得的，因为他的脑子非常好使，他的品格无与伦比。

但这个男孩儿的脑子受到了某种事情的干扰。他逃离了我，现在正在阿提拉的国家的某个地方流浪。

我请求你找到他，让他随同这些使者回国。如果他是被某人捉住并正在遭受奴役之苦，请告诉我：他在谁的手里？我花多少钱才能为他赎身？如果赎金不多的话，我将会竭尽我的所能。

使者们给你带去一个镀金的银花瓶。这是我的小礼物。请收下。

你忠实的仆人：

雄辩家

普利斯库斯

查特瞪着圆圆的眼睛看着我。他的妻子在窗户旁边观赏花瓶。埃莫盖把信听完后，转身去了另一个房间。

"我不明白，"查特咆哮道，"我不明白，你再读一遍，文书。"

文书又开始从头读："尊敬的先生……"

"我不明白！"查特怒气冲天，眉头紧蹙。他的胸膛里似乎有风暴被关在里面，通过他的鼻孔吹出来。

"普利斯库斯本人没有把你赠送给我？因为他还写了信！嗨，孩子他妈，你把那封信找出来！一张薄薄的小黄纸。在隔壁房间的横梁下面。"

妇人也用疑惑的目光看着我，迈着沉重的步子急匆匆地去找信。我听见了隔壁房间地板轻微的嘎吱声。哎呀，我的天哪，我进退两难！

"主人，"我说话的声音仿佛是身上压了一块大石头，"我早就应该向你坦白。那封信不是普利斯库斯写的，不是他写的，是我写的。"

查特盯着我：

"你写的？"

"是我。"

"这么说，那封信是假的？"

"我不否认。"

我忘记了我是在跟野蛮人、没有受过教育的人在说话。

查特一下子变成了一只咆哮的野兽。他不等我解释。他只看到我居然敢欺骗他。他操起一把椅子。

"恶棍！"他叫喊的声音大得使木房屋颤抖，"嘿，你这个连狗都不如的恶棍！……"

他把椅子举过头顶。

我只能举起胳膊进行自卫。然而，椅子砸我的力度太可怕了，我的胳膊"咔嚓"一声就断了。椅子也断了。查特的手中只剩下椅子腿。

他用椅子腿砸我的脑袋，我一下子失去了知觉，倒在地毯上。

三十一

苏醒之后,我发现我在厨娘的房间里。

我的周围站满了女人。其中一人蹲在床腿旁不停地哭泣。

我认出她是吉吉亚。

其他女人的脸上也有泪水。她们以为我死了。

但当我的眼睛动时,她们也动了起来。

"他活着!"拉宝尖叫道,"你们把水端过来!"

她把我身上的长袍脱下来,把我的头放到她的怀里。她们给我清洗伤口。

至于我的伤口有多大,我身上发生了什么事情,我不知道。我只看见滴入桶里的水就像红葡萄酒一样。

后来,一位萨满走进房间。比奥尔萨满是个长着黄眉毛的好人。他带来树皮、泥土和韧皮纤维。他把我的胳膊裹进树皮里,在周遭涂抹上泥土,最后用韧皮纤维包扎起来。看起来真神奇。

吉吉亚在流泪。

"你就别咧着嘴哭啦!"萨满说,"他没死,你不必哭。"

他把我的头发剃掉,用某种黏糊糊的东西把我的脑袋包起来。

他出去了,他安慰女仆们的声音穿过木板墙传进来:

"哼,这个人被打得太惨了。如果他能再次站起来,那就奇迹了。"

他的咕哝声带着鼻音。在他的声音中,我总能感到一丝轻蔑。后来,我才真正了解了这个人,他是个非常诚实的人。

我就像石头一样毫无知觉,这到底是伤口造成的还是笼罩在我灵魂上的黑暗造成的?

拉宝去别处睡觉。仆人们轮流照顾我。

仆人们……在这里我必须停下来。那些仆人都是囚犯,只有在牧马人、牧牛人、牧猪人中间才能找到一两个匈奴人,他们要么手上有残疾,要么因为其他原因不适合作战。那两个看门人也是匈奴人,一个是肚大腰圆的乌祖拉,另一个是身材硕大但说话却带着孩子气的劳丹。

我和他们没怎么说过话。即使是在他们习惯了我之后,我也不大跟他们说话。对于我来说,人是从识字开始的。谁没读过柏拉图或者至少维吉尔,谁在我的前面就与动物无异。

哼,这些人肯定没听说过谁是柏拉图,更没听说过谁是维吉尔。他们是长着人脸的动物。他们的所思所想仅局限于他们相互间的日常事务。我鄙视他们。我也鄙视我的主人。

埃莫盖是唯一一个我不忍心离开的人。

我无数次对自己说:

"这个人也是动物,与其他人无异,她只是天生丽质而已。但是,我见识过很多美女,即使用大理石雕刻出的女人把女人所有的美都集于一身,那我也看见过比它还要美的女人。"

我苦思冥想了许多次,这张面孔上到底有什么东西让我如此痴迷。想想她的面部结构,无非就是肌肉、皮肤、皮肤——别的什么也没有。凡是第一次看见她的人,目光都不会停留在她的身上。但只要一听见她的声音,她那特别的、悦耳的声音就会把你的心俘获。刹那间,她的脸蛋和她这个人就会变美。从此以后,只要听见她的声音,就会觉得她美妙无比。她的眉毛是那样地漂亮,她的线条是那样地优美,她的眼睛是那样地清澈如鉴,如同梦幻一般。可眉毛又是什么呢?只不过是毛发而已……她仿佛并非降生于这个尘世,而是来自某一个更美好的世界。就算她不精通科学又何妨！瞧，鸽子也不识字，但依旧可爱。如果我们捉住了鸽子，我们不可能不停下来去亲吻它。

但是，我看别人的时候，就如同牧羊人看他的驴、羊和狗一样。

这个时候，我才发现：人是多么地不了解人啊！

所有的女人们都对我感兴趣，好像我们是兄弟姐妹似的。我的一个眼神就足以让她们知道，我什么时候想喝水，什么时候想吃饭，什么时候想静一静。

我也想到了一点：也许这些人依然把我看了成绅士，她们不得不崇拜我的学识。

不，我是受难者，她们看见的我只是一个受难者。

我不知道头上的瘀伤有多大，但是可能很大，因为我的头抬不起来。我的身上好像压着一座不可估量的大山。我的身体里好像流淌着一条像多瑙河那么大的着火的河流！我好像在滚烫的巨浪中颠簸，汹涌的巨浪朝我涌来，把我抬起来，又摔下去，然后又抬起来。

我不知道我这样躺了多久。有一天，这种巨大的颠簸突然消失了。我睁开眼睛。房间里没有其他人，只有科比。当时，他刚把水放进屋里。他转身时发现我在看他。他对我说：

"哎呀，谢天谢地！"

"科比，"我低声说，"长羽毛的小魔鬼……还活着吗？"

"活着，怎么能不活呢？"

"你们喂它吗？"

"喂，怎么能不喂呢？"

"你把它抱进来，我求求你。"

即使是今天，我也感到奇怪，我首先想到的是那只母鸡。当我看到它的时候，我高兴极了，好像我们是兄弟姐妹似的。我对它说：

"魔鬼！魔鬼！"

这只母鸡被抱进来时显得非常害怕，但它一听到我的声音就立即安静了下来。它蹲到我身边看我——先是半边脸对着我,用右眼睛看我,然后又用左眼睛看我,禽类就习惯这样看人。它快活地咕咕直叫。看得出它认出了我。我们交谈了起来,就像我健康时一样。

我问它:

"你能吃饱吗?老朋友?那些邪恶的母鸡啄你吗?你还在我的床底下睡觉吗?"

它用母鸡的语言回答了我的所有问题:

"咯咯咯……"

这些天我睡得很多。即使我醒来一个小时,然后又会像婴儿一样再次睡过去。

有一次,当我醒来时,我感觉额头上有一种舒服的凉爽感。我睁开眼睛,发现埃莫盖坐在我的身边,那种舒服感来自她的手。

吉吉亚站在她的身边。她们轻声交谈。窗户上的薄牛皮被阳光照成了黄色。房间里是明亮的。

然而,当她看见我的眼睛睁开时,她就把手抽走,然后起身。

"你别走!"我小声说,"你留下来,美梦!"

她犹豫地看着我,然后转向吉吉亚。

"你快去吧,"她说,"你端满满一碗新鲜的水来!"

她坐回到椅子上。

"你好些了吗?"她好心地问,"我们担心你会死掉。"

"只要一看见你,我就什么病都没了。我感觉我现在好像是在五月份,你就像是一朵盛开的水仙花,你是变成女孩儿的水仙花。我听你说话的声音,就像是听见天使在歌唱。"

她若有所思地看着我,然后把眼睛闭上了一分钟。

"我爸爸也很难过。你知道,他是个暴脾气。你为什么说信是你伪造的?有时,你比萨满都聪明;有时,你却是那种不会端牛奶杯的小孩儿。"

"我没学过撒谎。"

"这就是问题所在。撒谎是为了保护我们自己。我们需要它。男人用武器武装自己,女人和奴隶用谎言武装自己。谎言就是我们的盾牌。你本应该说,当你的主人把你赠送给我爸爸时,他喝醉了。当他清醒时,你已经走远了。"

她沉默不语,然后悄声说:

"我会让人给你送葡萄酒来。你喝掉,早日康复。然后,你要给我做出承诺:返回你的祖国。我爸爸会放你走,不要赎金,他已经告诉了普利斯库斯。"

"我不回去。"

"你不回去?"

"不。不管在这里受多少苦,我都不后悔。看不见你,我就活不下去。"

我的眼泪扑簌簌地落下来。

她愁眉不展地盯着我。

"看来,你是疯了!你不知道……"

"但我知道。"

"假如将来你的眼神不经意间出卖了你,一旦被人发现,过不了一个小时,我爸爸就会把你杀死。"

"这个我也知道。"

"我没有赋予你权力,让你对任何事情都充满信心……"

"你没有赋予我权力,但你也不能禁止。我是个奴隶——只要你们想,你们就可以把我穿刺在木桩上,你们就可以把我钉到十字架上。但没有任何权力能禁止我做梦。"

她盯着我。眼睛湿润了。

"假如我恳求你离开,假如我恳求你呢?"

"你为何要恳求?任何时候,我都不会成为你的负担。哪怕我只看见你的影子,我也是幸福的。如果你的衣服挂在钉子上,我会偷偷地把它抚平。如果你的杯子里有喝剩的水,我会把它喝掉。对我来说,这个水就像异教徒之神的琼浆玉液一样甘甜。我知道,我知道,你永远不会成为我的人。你只告诉我一件事情,那枝玫瑰花是你扔给我的吗?"

她变得严肃起来。她摇了摇头。

但我却继续恳求她。

"你为什么否认?真话不会强迫你做任何事情,但却让我感到快乐。"

她摇头:

"不是我扔的。"

吉吉亚进来了。她把湿巾敷在我的额头上。

当她把湿巾敷在我的额头上时,埃莫盖已走出了房间。

三十二

吉吉亚在我身边坐的时间最久。她坐在我的床边,看我想要什么。不管我想不想听,她都在说话,叽叽喳喳的。当不得不离开时,她就抚摸我的手:

"再见!"

接着,她还要再坐几分钟。

我病了,她几乎是高兴的。

有一天,我对她说:

"我不知道是怎么了,吉吉亚,我非常口渴。你给我的水里放一把雪吧。"

她瞪大眼睛:

"放雪?我上哪儿给你弄雪去?"

"难道外面没有吗?"

"外面?苹果树正在开花呢。"

我躺了如此长的时间!

但是,我迫不及待地想走出去。

世界已经变绿了。在院子里,正在孵蛋的母鸡发出咯咯声,幼鹅在吃草。天空是蓝色的。燕子的嘴里衔着泥。在草垛旁边,蒲公英正开着黄花。

我让吉吉亚带我去新长出的草坪上。长羽毛的魔鬼也陪着我,它快活地叫着：

"咕咕咕……"

每个生病的人都渴望阳光，阳光的治愈力为何如此神奇？当我躺在幸福的阳光里时，我感觉我就像雪花，太阳好像在吸吮着我，我变得越来越小，越来越小，经过甜蜜的分裂，我融入永恒的宇宙。

那天，比奥尔萨满最后一次来看望我。他把树皮从我的胳膊上拆下来，满意地抚摸着我的疤痕。

"哼！"他骄傲地仰起脖子，"基督教牧师会这个吗？"

"善良的比奥尔，"我感激地回答道，"请允许我这只病手的第一个动作是一个感恩的握手。我知道，我是奴隶，你是绅士，我的这个愿望不合适，但我们都是人啊。"

"好的，好的，"他轻轻地握住我的手微笑着，"你是一个聪明的好男孩儿。我听说你能写会读。假如你获得了自由，你就来找我吧。我会把你培养成一个能呼风唤雨的萨满。"

"假如我获得了自由，"我回答道，"我将会把我拿到手的第一枚金币送给你。"

"我将会把女儿嫁给你。"他说。

他把我手上的土洗净。他再次检查我的头，然后抚摸我的脸。

"你就躺着晒太阳吧！"这是他给我的最后一个建议，"太阳的光芒通过上帝之手洒向大地。因此，它能治愈疾病。以后，只要你生病了，就让人来叫我。我为谁祈祷，谁就一定会痊愈，如果上帝也愿意的话。我的父亲也曾是著名的医生。阿提拉现在还在用他的杯子喝酒呢。他不会受到任何伤害。"

"善良的比奥尔，你给我讲讲匈奴人的信仰吧，你们的上帝是什么样的？"

"什么样的？如果你的眼睛受得了，你就看吧！"

"在哪儿？"

"在太阳里。你可以在太阳里看到。他的头发是金子,胡须是金子,眼睛是钻石,一直到脚尖,一切都是闪烁着光芒的金子。他早晨起床,睁眼看他的世界,晚上休息。这时,恶魔会穿着黑袍出来。他的头发像焦油,胡须像煤炭,眼睛像猫的眼睛般发绿。但他的眼睛很少从黑黑的眉毛下面发出亮光。"

我有气无力地听着他的解释,后来就睡着了。

后来,我尝试走路。当然,我只能在院子里蹒跚。查特夫人给了我两件夏天穿的亚麻衣服。我对此感到无比高兴。我把已经长得很长的唇髭搓成尖状,坐到宫殿的前面。我想看见又一个美好的日子的到来。

然而,我看见的却是查特,他正从窗户往外看:

"是你吗,希腊人?"

"是我,主人。"

"你上来吧!"

"哎哟!"我想,"我真不该露面。假如他再次动怒的话,估计比奥尔萨满也无法再救我一命了!"

不出所料,查特对我的态度是严厉的。

"我们继续谈吧!"他说,"你为什么要拿那封信息弄我?"

他的妻子和岳父也坐在房间里。埃莫盖从另一个房间里出来,靠在门框上。

她焦急地望着我。

"主人,"我忧伤地回答道,"请你息怒,我并不像看起来那么龌龊。我跟随我的主人来到这里后,我就喜欢上了匈奴人的生活。一天,我们遇见了萨鲍德-格勒格,他穿着精致的匈奴服装来到我们面前,他看上去既快乐又幸福。他说,他曾是奴隶,但跟随主人去了战场,他表现得非常英勇。而现在,这个曾经的奴隶已经与他的主人坐在了同一张桌子上。"

"这倒是真的,"查特和蔼地回答道,"难道你的脑子在琢磨这件事情?"

161

"是的。"

埃莫盖一脸高兴的样子。她的目光像温暖的阳光洒在了我的脸上。

然而,查特又一次眨着疑惑的眼睛:

"但普利斯库斯让你获得了自由,而且是把你当绅士培养的!"

"我不信任朝廷,主人。那里是女人掌权。这里是男人掌权。当我看见你的时候,主人,我从你的脸上看出你是个好人,主人。于是,我就想来给你当奴隶,一旦战争爆发,我就与你并肩战斗。"

查特看着我,在房间里来回踱步。

"你是个疯子,但又是个好人!"他摇着头说,"你理应立即声明这一点,而不是把自己伪装起来。现在,我已经不会把你归还给普利斯库斯了。你本应直截了当地把这一点说出来。"

"当时,我害怕你让我打道回府,主人。"

"那好吧。你继续当奴隶,因为是你自己想当奴隶。况且外国的自由人也不能住在我们这里。但是,由于你既不是买来的奴隶,也不是抓来的奴隶,首先我要把你的钱还给你。夫人,"他对妻子说,"把这个男孩儿的钱包还给他吧。"

"就留在你那里吧,主人,"我回答道,"我不想买任何东西,我也不需要任何东西,我只需要你们的仁慈和善良。顶多你给我一枚金币即可,我想把它送给比奥尔萨满……"

"给他萝卜就行了,不用给金子!"妇人喊道,"这是肯定的!因为治病,他得到了一只牛犊。这对他来说就足够了。"

这个妇人是埃莫盖的继母。相比阿提拉,查特也许更怕她。

从这天起,每天早晨我都出去和十四五岁的孩子一起射箭,扔长矛,学习骑马作战。

当然,我只做我的那只健康的手臂能做的练习。那里有教员,他们展示了从制作弓弦到在马背上转身的所有技艺。尤其是我必须要识别号角发出的各种信号。每一个动作、每一个战斗行动都有自己的信号。匈奴人从小就听这些信号，所以他们识别起来就容易，但对我来说一切都是新的。我不得不做笔记，在家里也学习。

当然，第一天我就惭愧地认识到我必须向马儿们学习。哪一个号角声是冲锋？哪一个号角声是转弯？哪一个号角声是站住？如此等等，马是怎么知道的？当然，它们最能理解的是叫它们吃燕麦的吆喝声。

然而，最难的还是骑马作战。我以前骑马骑得很好，在君士坦丁堡布满垃圾的街道上，多数情况下我们都是骑马而行。但在匈奴人那里，必须要做的疯狂的冲锋总是对我构成威胁，我担心我的脖子会折断。

冲锋时，我们总是以密集队形开始，继而队伍像扇子一样打开。在多数情况下，一片白桦林会被当成敌人，这些树正是为此目的而栽种到那里的。在树林里，我们必须把箭射出去，听到号角声后，我们突然转身往回跑。

有作战经验的教员单独给我解释说，在真正的战斗中，指挥马匹是首要的学问。当敌人在奔跑的匈奴骑兵后面冒险追击时，其队形就会拉长。这时，匈奴骑兵突然转身，向敌人射出新一轮箭，然后迎面冲向被箭干扰的敌人。当快到他们跟前时，就向他们投掷长矛，这就是战士要掌握的主要技能。剩下的就是大胆使用剑、镐、戟、套马绳和狼牙棒。

三十三

一个下雨天,我们没有训练,我就去看望比奥尔萨满。

萨满们的帐篷搭在阿提拉的宫殿后面。每顶帐篷上竖着一根木杆,上面插着马的头盖骨,这标志着僧侣就住在这里。每顶帐篷的门前都有一个小巧的四方形石头祭坛,上面的小火苗冒着烟。令人愉快的烤肉的香味弥漫在帐篷之间。哦,当然,做祭品的动物全都属于僧侣。如果被其他人吃掉,祭品就会失效。

"小孩儿,大学问家比奥尔萨满住在哪顶帐篷里?"

"在那边,有一只白山羊正在那里蹦蹦跳跳。"

"谢谢,小伙伴。"

"我不当奴隶的伙伴。"

在最高的帐篷里住着又老又瞎的卡冒。他早在巴兰比尔[①]时期就开始僧侣生涯,是个有智慧的人。凡遇重要的事情,总能在贵族中间看见他的身影。稀疏的白胡须垂到胸口,他的唇髭又细又长,左侧伸出去有一拃长,而右侧却耷拉了下来。因为他习惯支着左肘思考问题。据传说,这位僧侣能洞察未来。但是,他绝不能把一切都说出来,因为他透露多少句关于未来的话语,他在这个世界上就得折寿多少天。

他的帐篷上覆盖着清一色的白马皮。尽管所有萨满的帐篷都一样,但唯独他的帐篷宽敞。帐篷前还有遮阳伞。

---

① 巴兰比尔,匈奴王,公元375—400年在位。

在帐篷前有许多孩子正在玩耍。所有的孩子都是他的孙子。这个盲人一天到晚都微笑着听他们快活的嘈杂声。

僧侣们的帐篷搭建在一个长满草的圆形广场周围。每顶帐篷每天要做的事情就是接待访客。至于接待什么样的访客,这要看哪位僧侣会做什么了。每位僧侣都有某种特长。

老卡冒是主教,与亡灵沟通主要由他承担,他还能降服风暴,能保佑军队。他用手摸一下就能使受绞刑者死而复生。他用魔杖向天空画个圈,暴风雨就会平静下来,也会消失,当然,假如这也是神的旨意的话。

老伊达尔是祭司。大脑袋,宽肩膀,七十岁。他的声音似响雷,他的目光威力巨大,能把敌人的箭拦在空中,然后这些箭会在不造成伤亡的情况下落到地上,假如这也是神的旨意的话。

年轻的佐博卡尼是主祷告者和歌唱者。他的声音如号角般响亮,他的歌声具有深入骨髓的魔力。人们说,他有一篇祷告词,能让敌人的武器失效,能把钢变成铅,假如这也是神的旨意的话。

博卡尔萨满(肥胖、快乐的金发男人)是火祭司和百姓的文书。如果需要往什么地方写信,他就把那些愚蠢的匈奴文字刻上去。当然,人们要给他付很多钱。关于火,我倒是没有听到任何神奇的事情。人们说,他敢把烧红的石头握在手心,但这算不上什么了不起的技艺。在我们那里,街头魔术师连烧红的铁块也敢玩。

捷尔海萨满能治愈魔鬼附身。在普通匈奴人的葬礼上,他是挽歌的演唱者。在婚礼上,他是运气的祈求者。在献祭时,主祭司在祷告,而他则把动物的舌头割下来,放在勺子里拿着。

布乔萨满能治疗眼疾。在献祭时,他砍下动物的头,将其挂在一根柱子上,以吓唬恶魔。

比奥尔萨满是骨头黏合高手。在献祭时,他取走动物的血液,将其倒入祭坛下方的洞穴之中喂魔鬼。

沙尔曼德成功地治愈了疑难杂症。他是神圣的舞者、给武器施魔法

165

者、敌人的诅咒者。假如他把水滴弹到婴儿身上，这个婴儿就不会被魔鬼附身。

道莫诺格为妇女的分娩祈祷，尤其是为出征异域的军人之箭祈福。他给情人们提出建议。他一挥手就能把旋风驱散。他能把诅咒返还到诅咒者身上。

维托什萨满是一位虔诚的驼背老头，他用巫术给马和其他动物看病，并给它们开药。他有一种药，一旦涂抹到马的嘴上，马在战斗中就能将敌人从马上撕扯下来，并予以踩踏。

其他的人也会某种赖以生存的技艺。我想，他们的大部分收入还是来自出售护身符。没有匈奴人脖子上不佩戴某种饰品的，当然是佩戴在长袍的里面。即使是今天出生的小孩子，洗澡后大人也会给他们的小手上系上红绳，以免受到恶魔的伤害。

当然，我只是嘲笑这个宗教而已。嘲笑，是年轻人的天性。然而，每一艘船，不管它是大是小，不管它是蓝是绿，不管它是划桨船还是帆船，都以同一颗星作为指引。这颗星的名字，我们叫上帝。匈奴人叫神。

比奥尔萨满在家。他正和主祷告者佐博卡尼坐在帐篷前宽阔的伞下。他们的前面有一张小桌子，上面摆着一只葫芦和两只银杯。

我恭恭敬敬地站在距离他们五步远的地方，等待着他们对我说话。

"你是泽塔吗？"比奥尔萨满高兴地问我。

"是我，先生，"我恭维道，"我来你这里，想再次表达我的感激之情。"

"嗯，好！但你别站在雨里。你往里站！嘿，孩子们！"他朝帐篷里喊道，"你们拿一个枕头出来！"

我回绝道，我不值得获得如此的待遇，但我不得不坐下来。

佐博卡尼也和蔼地看着我，尽管他是个了不起的僧侣，也是个富人——他有大约十五个奴隶。

"我听说过你，"他伸出手说，"普利斯库斯派你来这里，你是个有文化的人。当然，你是个基督徒，和所有希腊人一样。"

"我是基督徒，"我回答道，"我属于那种基督徒，我们怀着基督之心看待其他宗教的信徒。"

"什么意思？"

"基督的主要戒律是，我们要用我们的爱包容每个人。"

"他是伟大而神圣的人，"佐博卡尼点头道，"我听说过他，因为他我有好几次睡不着觉。但人们不可能像他期望的那样生活。"

佐博卡尼是个清瘦、两撇唇髭往下耷拉的人。他大约三十五岁，爱幻想，行动迟缓。他是老卡冒的儿子。

"这么说，"我说，"传教士已经来过这里了？"

"总是会有一两个传教士跟着回国的部队来这里的，"佐博卡尼回答道，"他们陪着囚犯。然后，他们就尝试在匈奴人中间传教，但收获不大。匈奴人一听到'你别去战斗了'，就离开他们，说：'这不适合我们。'"

比奥尔面露微笑。

"他们从来没有使任何一个匈奴人的信仰发生改变。只有外国的奴隶受洗成为基督徒。"

"尊敬的先生们，"我谦卑地问道，"我是否可以知道你们对战争的看法？"

一名匈奴妇女找上门来。她的背上有一个八岁男孩儿。她来找比奥尔萨满。一头母牛踩伤了孩子的脚。

人们从帐篷里搬出一个长凳，让小患者躺在上面。他并不怎么呻吟。我的经验告诉我，骨折的第一天是感觉不到疼痛的。

佐博卡尼回答了我的问题：

"我们如何看待战争？战争是需要的，老弟。假如不需要的话，就不会有战争。"

"先生，你的意思是，恶有存在的必要？"

这名僧侣耸了一下肩：

"什么是恶？恶是善之母。世界上所有的善都源于恶。假如要我们相信基督信仰，我们就得把所有武器都扔进蒂萨河。假如我们今天扔掉武器，明天匈奴人就会被消灭。而消灭匈奴人的将是你们基督徒。所以，对于匈奴人来说，这个世界上的事情确实没有善恶之分。"

"但我们设想一下，"我回答道，"每个民族都接受基督信仰。"

"不可能！"

"不可能吗？请原谅，先生，我之所以这么说，并不是为了跟你作对，而是为了找到真理。"

"那你就大胆地找吧。"

"我只是想说，假如一些人可以不打架，那为什么各民族之间就不可以这样呢？每个民族都是由一大群人组成的。"

"但人类今天尚处于幼儿期。你在哪里见过不打架的孩子？世上的万物都在争斗。强者战胜弱者。生活就是一场搏斗。"

"但我们不是动物。"

他闭上眼睛，微笑着用鼻子哼道：

"我们不是动物。嗯，我们不是动物。嗯，但假如动物是人呢？"

"人？"

"人，以不同的身体形态生活的人。"

"我不明白，先生，请原谅。"

"在你成为人之前，你曾是草，是花，是树，是苍蝇，是甲虫，是狼，是马，是狮子，是一切。"

"这是肯定的吗？"

"一切事情皆有前因，这是不是肯定的？"

"这是肯定的。"

"前因也有其前因？"

"这也是肯定的。"

"一定是这样的。你是否觉得自己一会儿是这个动物，一会儿是另一种动物？"

"我不觉得,先生。"

"你是否认识那样的人,他们就像蜘蛛一样,既是捕食者也是织网者?"

"认识。"

"你是否认识那样的人,他们像仓鼠一样积蓄食物,像狮子一样嗜血,像兔子一样怯懦,像马一样任劳任怨,或者像蛇一样鬼鬼祟祟?如果这不是前世习性的遗留,还能是什么?"

"灵魂的这种流浪有什么好处呢,先生?"

"好处就是,灵魂能聚集很多力量和很多好的品质。在这方面,人的一生是不够的。"

"假如我们曾经也是人呢?"

"我们肯定又一次达到更完美的状态。绝不像基督徒所相信的那样,我们坐进一个漂亮、明亮、干净的地方,聆听天使的音乐、唱歌、祈祷,在圣洁的闲散中度过永恒。人的灵魂的本性并非如此。造物主也没闲着,造物主在不断地创造。这就是生活。人死后也不能闲着,必须创造和奋斗,只不过是在不同的地方而已。我们的心智将越来越成熟,我们的心将越来越好,我们的行为和追求将更加崇高。"

"但我记不起来我曾经是什么,比如在我还是蟋蟀的时候,我积累了什么样的经验。"

"哼,你为什么会记得?你感兴趣你两岁时为什么哭,为什么笑,你玩的是什么玩具,你是如何思考问题的吗?即使感兴趣,也只是一个瞬间。"

"先生,我不止一次听过你的布道。你布道时也讲这些吗?"

这位萨满耸了一下肩:

"人们是不会懂的。因为你也不懂,况且你还是个博学之人。几千年过后,人们自然会懂。今天,人们尚且需要肉眼看得见的魔力和标记。你们的心灵的眼睛尚未开启。"

我们不得不中断谈话,因为比奥尔萨满把一顶有魔力的帽子戴在了头上,对着那孩子虔诚地唱起一本黑皮书里的歌。

三十四

一个夏日，有消息说，狄奥多西二世驾崩，普尔喀丽亚登上了皇位。

阿提拉没有等来普尔喀丽亚的使者。大腹便便的埃斯拉斯不得不再次骑上马，前往马尔马拉海。这次，他们把面容最阴郁的人挑选出来当使团成员，如豪尔多、凯西特和长着公牛头的马乔。就连带去的仆人们也是一个个面容丑陋，让东罗马帝国的马儿们见了也会惊得停下脚步。

阿提拉的口信只有这么多：

"假如这个使团带不回来克里萨菲乌斯的首级，我将亲自去取他的首级！"

在同一时间，克里萨菲乌斯可能也在做着奇怪的梦。

迄今，东罗马帝国总是送来金子，而不是克里萨菲乌斯的首级。匈奴人到处都在谈论，说我们将启程前往君士坦丁堡。人们聚在一起交谈。

贵族们从中午到午夜都围在阿提拉的身边。君士坦丁堡的大地图被摊开在王宫大厅的一张桌子上，所有的宫殿都画在上面。海水呈绿色，轮船点缀其间。皇宫上画着金色的皇冠。

艾德肯、查特、贝尔吉、奥里斯特斯对地图上的建筑物逐一进行介绍。

两年后我才看到这张地图，我惊讶于它的完美。

在城市的周围，到处都是年轻人的叫喊声，他们从早到晚都在训练射箭、跑步和搏斗。

查特免除了我的一切劳役，目的是让我去田野，加入到学员们之中。

查特允许我这么做的目的是什么？我至今也不知道。也许，这个冷酷的人依然有一颗好心肠，我的自信心满足了他的虚荣心。阿提拉的身边有十个位高权重之人围着他转，他们都是来自异国，而且是从奴隶中脱颖而出的。也许，查特也想把我培养成一名绅士。也许，他的想法是：假如我变成了绅士，在未来我就能为他或者他的孩子们做更多的事情。

每天我都是很晚才回家。此时，埃莫盖已经在卧室里了，而我却拖着疲倦不堪的身子狼吞虎咽般吃晚餐。我睡觉时感觉四肢像灌了铅似的。

有好几个星期，我都没看见埃莫盖。

使团终于回来了。三天前，我们就听说了使团此行的成果。但使团的归来还是引起了人们的兴趣。王宫的塔楼上响起号角声，骑手们飞奔而来，耀武扬威地喊道：

"首级已到！带刺客的首级进宫！"

刺客的首级被带进王宫。在进城之前，人们把这颗首级从蜂蜜中取出来，洗干净。最后，这颗首级被插在矛尖上送到阿提拉的面前。

三十五

查特每天都在阿提拉那里吃午餐。起初我以为他们大吃大喝。我想，对这样的野蛮民族而言，吃喝就是其主要的享受。

在这方面，我想错了。

那些午餐只有在过节或者阿提拉款待国王或使者时才是喧闹的。在平常的时候，午餐时他们总是商讨问题。

这样一来，国王就把匈奴的贵族们团结在了一个家庭式的圈子里。每个人都发表自己的意见，然后他们就分歧进行讨论。老人的话总是分量重一些，最后由阿提拉讲话。

午餐后，他们或早或迟地散去，各忙各的去了。阿提拉要么去看望自己的妻妾们，要么去观看年轻人的军事训练，要么接见使者。使者们来自世界各地。

十月的一个下雨天，傍晚时分，我坐在一个铁匠铺子的前面。铁匠正在铺子的一个角落里干活。他主要是给马钉掌，锻造箭头。

现在，他正在给箭杆上烫标记。标记只是家徽而已：一只手握着两把剑和太阳。我也是用那些箭射击。在训练之后，匈奴的男孩儿们把射出的箭收集起来，按照标记重新分配。

我的箭用松木制成。主人的箭用海边的芦苇制成。铁匠也给大男孩儿制作箭，当然，用的是分量轻的蒂萨河芦苇。

铁匠非常灵巧地安装箭羽，我正看得入迷，宫里的仆人卡扎欣喜若狂地跑进来：

"泽塔！泽塔！即刻进宫！去见阿提拉！"

我非常震惊。

"快！快！"

于是，我匆忙离去。我换了衣服，气喘吁吁地直奔王宫。

为什么叫我去？是福还是祸？我有些头晕目眩。哎哟，要是普利斯库斯来了可怎么办啊！……

我被人领了进去。

我看到的景象让我眩目：大厅里弥漫着葡萄酒的味道，一张桌子摆在里面，大约五十个人围坐在阿提拉的身边。国王的右侧是国王的舅舅鲍尔曹，左侧是奥劳达尔。眼神机警的最高指挥官查特也坐在那里，他的旁边是蓄着蓬松而漂亮的唇髭的艾德肯。多罗格、马乔、卡松、沃乔尔、乌波尔、巴兰、毛道拉斯、长着猫眼的乌尔贡、热格德、乔莫尔丹、独臂老人鲍劳科尼（查特的岳父）、绍洛、贡乔格、豪尔吉道也坐在那里，他们都是贵族。桌子上铺着白桌布。仆人们点燃大厅柱子上的蜂蜡火把。一个叫考莫乔的匈奴人在讲话，他长着圆圆的脑袋、粗粗的脖子。他朝着阿提拉的方向站着讲话。他调皮地眨着眼睛。桌子周围的那些红扑扑的脸在笑。

卡扎让我站在门的旁边。我们得等待考莫乔把话讲完。我的主人也示意我等一会儿。就在这时，考莫乔结束了自己的讲话。他举起酒杯说：

"现在，我向你祝福，国王。我不能干别的，你又要当新郎官了，我只能祝福你了。不祝贺是不可能的，你有了未婚妻，我现在不得不表示祝贺。"

他的话引来一阵大笑。老人们笑得前仰后合。年迈的鲍劳科尼拍打着桌子：

"说得太对了！"

阿提拉也露出了微笑。

这是我第一次看见他微笑，这对我来说是奇特的。当绿苹果变红的时候，仿佛不是同一个苹果；当不苟言笑的人微笑的时候，仿佛不是同一个人。但只有他的眼睛在微笑，这是一双可怕的黑眼睛，就连山峰都会被吓得颤抖。

几分钟后，此起彼伏的大笑声才消失。此时，我的主人示意我走上前去。

他起身，把我领到阿提拉的面前。

"你看，陛下，"他说，"这就是我提到的那个奴隶。即使你击打他的脑袋，他也不会说谎。"

我的心脏几乎停止了跳动。即使你击打他的脑袋……这叫什么话？

大家都安静了下来。所有的目光都注视着我。

我不知道这里的习俗是什么。我弯腰鞠躬，然后跪到地上。我想，对奴隶来说，也许这样是恰当的。

"你起来吧！"阿提拉对我说，"你认识瓦伦提尼安三世皇帝的妹妹霍诺利亚公主吗？"

大厅里鸦雀无声，只有柱子上的火把发出噼啪声。

"我只见过她一次，"我犹犹豫豫地回答，"当时，她被关押在君士坦丁堡。"

"她还活着吗？"

"当我来这里的时候，她还活着。只是那个时候她已被带往拉文纳。在那里她也被关押着。"

"为什么要关押她？"

"国王陛下，之所以关押，是因为十六年前她给你送了一枚订婚戒指。"

阿提拉的眼睛里荡漾着满足。他环顾周遭的男人们。只听得这些人发出低语声和躁动声。然后又安静了下来。火把发出噼啪的声音。

"这位女士是个什么样的人？"阿提拉继续问道。

"据说，她疯了。"

听到我的话，大厅里爆发出笑声。这笑声猛烈得如同维苏威火山。我向查特望去，想知道大家为什么笑。查特打手势告诉我，我说得很好。但他也在大笑。奥劳达尔王子笑的时候露出一口白牙。大家狂笑不止，就像疯了一样。

阿提拉睁着明亮的眼睛坐着。

他继续提问：

"公主的脸蛋长什么样？"

一片寂静。传来几声尖笑声。每个人都双唇紧抿。只有他们的眼睛睁得圆圆的，无比快乐地望着我。

我的上帝啊，他居然问这种问题？我该如何回答？但我必须马上回答。

"我只记得她长了个长鼻子，如同狄奥多西大帝的每一个后代，她的面部干枯。"

大厅里爆发出笑声。头发浓密的多罗格在椅子里笑得前仰后合。我看见阿提拉的舅舅鲍尔曹笑得脸上老泪纵横，肚子上的赘肉在椅子上晃来晃去。

阿提拉也向后靠在椅背上，眨着眼睛微笑着。

只有我就像傻瓜一样严肃地站在那里。从混乱的声音中，我试图竖起耳朵听出人们发笑的原因，但徒劳无功——五十个人同时在说话和大笑。

最后，阿提拉举起手指，大厅里又变得安静起来。

"男孩儿！"他再次不苟言笑地说，"你告诉我，罗马帝国的人对我是什么看法，他们谈论我时都说些什么？"

这个问题几乎是友善的，但却依然让我发抖。我不知道该说些什么，我缺乏指导性的想法。在极度快乐的氛围中，我一个人孤零零地站在那里不知所措。但是，我不能让阿提拉久等。

"国王陛下，皇宫里的人认为，你是一只奇特的狮子，必须给你喂金子，否则你就会把这个世界撕碎。"

"我问的不是皇宫的人。那只是一个黑帮而已,他们了解我。你说说吧,一般而言,在那个庞大的帝国,普通人是怎么谈论我的?"

我瞥了一眼我的主人。我发现他正在看我,他快活极了,眼睛睁得像金铃铛那么大。他点了点头,就像出于淘气而鼓动狗发动进攻一样,让我大胆地说话。

于是,我鲁莽且开诚布公地说:

"他们没说什么好话,陛下。"

"具体一点儿。"

"他们对你的看法是,国王陛下,对不起,这不是我的看法,但因为你命令我说真话……"

"你尽管讲真话。"

"国王陛下,他们对你的看法是,你和每个匈奴人一样,都是巫婆生下的怪物。他们还说,你是秃子。你的鼻子像猪鼻子。你的耳朵下垂,就像狗耳朵。还有,你不会说话,只会咕哝,就像……"

大厅里响起暴风骤雨般的大笑声。我还以为房子倒塌了呢。就连我自己也几乎无法保持严肃。

人们笑得东倒西歪。脸色青紫的埃斯拉斯大喊大叫。贝尔吉笑得快要岔气了,仿佛有一个塞子卡在了他的喉咙里。最高指挥官的眼泪流成了小河。我的主人一边大喊一边拍打桌子。艾德肯的灵魂一定紧紧地抓着他,否则就会从他的嘴里吐出来。就连站在国王身后的仆人们也是满脸出汗,摇来晃去。斟酒者托莫尔捂着嘴,不敢出声大笑,只好在奥劳达尔身后痛苦地原地打转。但其他的人都是无拘无束地开怀大笑。我一生中从未见过也从未听过这样的笑、这样的狂笑、这样的尖笑、这样的叫喊。有一位贵族从椅子上掉了下来,他笑到抽筋,痛苦地在地上打滚。就连年迈的鲍劳科尼也是大汗淋淋,面部发红,他的身体在摇晃,手在空中抖动。

我只看着阿提拉。他的脸上再次出现微妙的笑容。当他像冥神普鲁托①般严肃的时候，他的脸色变得阴暗而恐怖；当他的眼中散发出快乐的光芒时，他的脸色是令人愉快的。

我担心自己可能会成为和宫廷小丑策尔孔一样的人，尽管我的身份是奴隶，但我不认为这是一件幸运的事情。就在此时，阿提拉示意我可以走了。

当天，我的主人傍晚时分才回到家里。

我在门口等他，他也许会说点什么的。我自惭形秽，也许我的坦率变成了那些野蛮人的笑料？他们为什么笑得如此疯狂？明天早晨，我就去找卡扎，让他指点指点我。否则，惭愧将永远让我的脸发烫。

查特骑在马上，脸上泛着光芒。这光芒源自他快乐的心情和汗水。他嘴上的笑意还没有散去。

他翻身下马，拍打了一下我的肩膀：

"嗨，男孩儿，你表现不错！今晚，你和我共进晚餐。你是奴隶，但你将和我共进晚餐！"

查特家的奴隶中还没有人享受过这样的仁慈。

在饭桌上，查特对他的妻子讲述了我在阿提拉的面前表现得如何勇敢。

"连日来，我们一直在思考如何找罗马帝国的麻烦，"他说，"假如他们不交出克里萨菲乌斯的首级的话，我们早就动身了，但那些懦夫把他的首级交了出来！阿提拉正为没有理由动武而感到恼火。他终于想起来了，十五年前有一个疯狂的公主给他送过订婚戒指。他让人找这枚戒指，居然找到了。他把卢斯狄叫来。他们从以前的文件中得知这位公主的名字叫霍诺利亚。嗯，她现在是基督徒，阿提拉是异教徒。关于阿提拉，有传言说他吃生肉，像猪一样哼唧，长得像魔鬼。为了这个新娘，阿提拉明天就派人去罗马。"

我一下子全都明白了。这是多么狡猾、可怕的民族啊！一股寒意钻进

---

① 普鲁托，罗马神话中的冥王，阴间的主宰。

了我的骨头。

"今天，我们玩得史无前例地开心，"查特接着说，"那个老狐狸艾德肯一脸正经地提出一个问题：'但是，国王陛下，我们该怎么办，假如他们把新娘交出来的话？把新娘交出来！……'"

他又大笑起来。

他的妻子也笑了。我瞥了一眼埃莫盖，她在微笑。查特逐字逐句地、一字不落地把我回答阿提拉的话重复了一遍。他还说我站在阿提拉的面前是如何从容和勇敢。

"这个希腊人有绅士的派头。"

我安静地坐在桌子的尽头，当然，我低垂着眼睛。只是出于礼节，我才把几口饭放进口中。

当查特夸奖我的时候，我感觉到埃莫盖的目光落在我的脸上。

三十六

第三天，五人使团启程前往拉文纳，去觐见西罗马皇帝瓦伦提尼安三世。使团团长是艾德肯。秃头毛道拉斯、考莫乔、马乔、拜代格和乌波尔随同前往。

使者们带去一封信。查特利用和我一起骑马外出的机会把信的内容告诉了我。

我向瓦伦提尼安三世皇帝致意。

我愤慨地获悉，你把我的未婚妻、你的妹妹霍诺利亚囚禁了起来。

你不知道十五年前她送给我一枚戒指吗？我不能容忍你们把我的未婚妻关在监狱里。甚至，我要求你们放她来找我。与此同时，你们也要交出父亲的遗产。

这笔遗产包括君士坦提乌斯三世留下的遗产的一半和罗马帝国的一半。

阿提拉

正当这封信被带往拉文纳时，两个特殊的使团来觐见阿提拉。

一个使团由两名肤色黝黑的巨人组成。他们的耳朵上戴着耳环，帽子上插着鸵鸟羽毛。他们穿着贴身皮衣，但手臂裸露。他们长着黑眼睛，面容英俊，但腿却粗得像柱子。

他们是汪达尔人，来自非洲。盖萨里克国王派他们送来一箱子金餐具。

另一个使团由十名金发人组成。他们长着蓝眼睛，穿着黄色山羊皮衣，帽子用红色的天鹅绒做成。他们的武器由银钢合金制成，胸前的金扣闪闪发光。他们是来自内卡河畔的法兰克人。匈奴妇女成群结队地骑着马来到他们的帐篷前，为的就是看他们白白的脸蛋，从而可以谈论他们长长的黄头发。

这些法兰克人由一位流亡的王子率领。他是一个活泼、英俊的小伙子，帽子上插着长长的鹰羽，以至于进门时磕碰到了门框上。他很快就和奥劳达尔交上了朋友，从此两个人形影不离。

这两个使团此行的目的都是请求阿提拉出兵帮助他们。

汪达尔人曾经生活在喀尔巴阡山脉的森林之中，但随着时间的推移，他们的人数激增，导致欧洲人满为患。他们越过伊比利亚的山峰，占领了迦太基，现在他们的国家在非洲海岸。

汪达尔国王向阿提拉建议，明年春天他们从两个方向同时向罗马帝国发动进攻。他横渡大海，从南部进攻，阿提拉则从北部进攻。他们的会面地点是罗马。

"我为什么要等到春天呢？"根据查特的讲述，阿提拉耸肩回答道，"今年夏天，罗马帝国的欧洲部分就将归我所有。"

他正在等待罗马的答复。答复也到了。随答复一起到的还有许多珍宝：珍珠、金子、天鹅绒和丝绸。来自西罗马皇宫的答复说，霍诺利亚已经出嫁了。

鉴于此，阿提拉决定对西罗马帝国发动进攻。他把骑手派往世界各地，纠集兵力。

此时的生活也发生了变化。

不管走到哪里，我都能看到人们在擦拭和修理武器、磨剑、铸造狼牙棒、编织弓弦、制作鳞甲战袍、给头盔缝里衬、给马鞍装饰皮革、打造营地帐篷。成千的磨剑匠！成千的弓箭匠和皮带匠！到处都是锤子敲打铁砧的声音。

妇女们夏天就熏制了非常多的牛肉、猪肉和羊肉，把肉捣碎做成肉松。她们把擀好的面条晒干，再把干面条装入袋子。

在帐篷前的空地上，男人们在投掷长矛。他们堆一个小土丘，拍打结实，从二三十步远的地方向其投掷长矛。

大批的年轻人在田野上训练。队列拉得很长，前不见头，后不见尾。

号角吹出各种信号。一声长长的向下拐弯的号角声意味着撤退。两声长长的向上拐弯的号角声意味着在疾驰的马背上转身射箭。

这个我死活也学不会。然而，匈奴人从小就训练在疾驰的马背上转身、趴在马背上，这样向后射箭，而且射得很远。他们还能躺在马背上。

不像罗马帝国的军队，匈奴的军队中没有军官，而只有首领和骑着快马将其命令传递下去的传令兵。

部队依据家族和氏族而建。他们自己选举头领和旗手。旗帜只是一支长矛而已，上面拴着彩色布条或者帽子、芦苇丛、剑、马尾、水牛头、月亮等徽章。

秋天，北方的阿兰人就已经来了。他们来时举着长矛，就像是芦苇丛一样。他们的国王身材矮壮，目光发亮。他是个小老头，但却是个刚烈之人。不过，他的子民并不矮壮，多数人是大高个、长脖子、弯弓眉。他们的到来伴随着巨大的嗡嗡声。

几日后，努埃尔人也来了。在之后的几天里，他们的队伍陆续抵达。他们是只穿狼皮的人。尖利的号角声就是他们的音乐。匈奴人说，他们能变成真正的狼。紧接着到来的是野蛮的贝洛顿人的庞大部队。他们的胡须长及胸部。他们用弹弓射击，而不用弓箭，当然，他们射出去的是锋利的石块。他们来时吹着口哨，唱着歌。

当第一场雪降落时，脸上涂着颜料的盖隆人来了，他们带来了非常多的马。所有人的装备都是镰刀，背上披一件人皮做的披肩。他们的脸上用红色和黄色涂料画了圆圈。我们不禁惊讶地问道：假如脸上的图案发生变化，他们如何认识彼此？

巴斯特恩人也坐着轰隆隆的马车来了，他们来自亚洲。女人们也随之而来，但只来了年轻的女子。她们也是全副武装。她们头戴高耸的头盔，左手持芦苇盾牌。她们的剑用铜制成，既宽又重。她们的箭头有毒。我在她们中间看见一个特别美丽的小媳妇。一只虎崽子蹲在她旁边的马车座位上。

前一年被匈奴征服的可萨人也来了，他们在路上奔波了两天。他们所用的弓的长度是其身高的一点五倍。他们是仰面躺在地上，用脚拉弓射箭。其实，他们是漂亮的棕色人种，但额头短。他们的箭上不安装羽毛。他们的马鞍上挂着带钉的木头狼牙棒。

长着鹰眼的鲁吉人骑着前胸宽阔的马来了，他们中有许多长着红头发的人。他们还把自己的长外套染成红色。他们使用双刃斧作战，能用它击中二三十步远的目标。目标就是敌人的马匹的脑袋。假如马倒下了，他们就用长矛攻击骑手。

斯克里克人来了，这是一个白脸、瘦瘦的、大骨架的人种。他们的马鞍上也挂着宽刃手斧，弓是反曲弓。他们没有带女人来。

图西灵人是步行来的。他们使用圆盾牌和短剑。到了第二天，我还能感觉到他们身后留下的洋葱味。只有他们的剑是漂亮的——那是擦得铮亮的红铜剑。据说，只有当匈奴骑兵与敌人混战时，他们才加入战斗。

赫鲁利人也来了。他们是世界上最快的骑兵。他们对任何人都没有怜悯之心，自己也从来不会求饶。他们的旗帜上只有一个骷髅。

一小队夸德人从西边来了。他们是身材高大、眉毛浓密的弓箭手。他们的弓的力量非常强大，射出去的箭可以击穿木板。他们的毛皮长袍也许不是裁缝做的——其味道令人生畏。

在他们之后到来的是大鼻子、蓝眼睛的士瓦本人。他们的肩上扛一块铜板，上面是一个带钉子的连枷，用它可以把马打翻在地。他们只来了几千人。据说，其余的人明年春天才会启程。

之后来的是各种小民族、消失的或散落的种族的残余，其中就包括汪达尔部落。谁也不知道他们何时脱离自己的民族并被历史的风暴卷入非洲。一个又高又壮的女人岔开双腿站在一辆马车上。她盯着看那些宫殿。她的外套敞开着，胸前那两座赤裸裸的小山露了出来，并随着车子的震动而晃动。一把宽刃斧垂挂在她的腰间。

人源源不断地到来，有的从右边来，有的从左边来，有的从南边来，有的从东边来，有的从北边来，有的从西边来。有骑兵，有步兵，有巨大的独轮车，有嘎吱作响的马车，有奔腾的骏马，长长的队列看不到尽头。然后又是骑兵、步兵、马车。几乎所有的人都带来了自己的神像，有石头的，有木头的，有铜的，有金的，但个个都是凶神恶煞。无论富有还是贫穷，所有人都充满了虔诚。他们穿过城市，穿过早先抵达这里的军队的营地，在刚刚抵达的部队旁边安营扎寨。

一天又一天过去了，一个星期又一个星期过去了，无数的部队从早到晚连绵不断地蜂拥而至。时而有号角声响起，时而有口哨声响起，时而有沉闷的隆隆声、沙沙声、马蹄声、鼓声响起。首领会去向阿提拉报到，接受命令，然后继续前行。

圣诞节的时候，东哥特人来了。他们是擅长行走的民族。他们的靴子高过膝盖。他们不戴头盔，戴动物的头皮，上面有鬃毛和角。他们的剑既长又直。他们的三个大公埃莱梅尔、托德梅尔和伊达梅尔是亲兄弟。这是一个非常庞大的民族。半个欧洲曾经都属于他们，从伏尔加河到波罗的海都是他们的放牧之地。然而，匈奴军队来了。巴拉比尔把这个庞大而强大的民族一分为二。其中的一半逃向高卢，他们被称为西哥特人。另一半臣服于匈奴人，他们被称为东哥特人。

四天后，他们的人才全部抵达。

紧接着来的是格皮德人，他们的队伍长得看不见尾。他们的国王阿达里克几乎总是住在阿提拉的宫殿里。有人把他叫阿达里克，有人把他叫阿拉达尔——他都无所谓,因为他既不会读书也不会写字。

他们也是擅长行走的民族,身上泛着铜光和金光。他们唱着歌穿城而过。

萨尔马提亚人来了。他们是男人穿裙子的民族。他们和匈奴人说同一种语言。他们身材矮小,脖子短。矛用动物的角制成。全副武装的妇女随他们一起到来,唱着欢快的歌谣。这些女人长着豹子一样的肌肉、猫一样的眼睛。她们的盾牌由鹤背上的皮制成,头盔由木头制成。萨尔马提亚人喝马血,就如同我们喝葡萄酒一样。与其他人一样,他们身上也散发着兽皮的味道。

萨尔马提亚人的亲戚罗克索拉尼人来了。他们也是骑马射箭的民族。他们的马鞍上有一个拴在绳子或皮带上的人类头骨。他们用它喝酒。他们还带来了家人,因为他们的帐篷支在哪里,家就在哪里。面带笑容的女人们从覆盖着兽皮的马车里往外张望。他们的孩子骑马走在马车的旁边。

七天后,他们的人马才全部抵达。

此后,来的是住得最近的亚斯人,他们是阿兰人的分支。他们已不是独立的民族,因为早已融入匈奴人之中,只有衣服有别于匈奴人——在战场上,他们身穿用骨片雕刻的鳞甲,马也是从头到脚覆盖着鳞甲。他们把鳞片缝在粗糙的帆布上,人穿上后仿佛变成了人鱼。但他们是漂亮的人种,长着棕色的、弯弯的眉毛和长长的脖子。所有的人都是高个子。在全世界各民族中,他们的射箭技术首屈一指。

最后涌来的是匈奴人——黑匈奴和白匈奴。后者也被称为匈乌戈尔人,其中有一半人自称马扎尔人,因为名叫马扎尔的家族在他们中繁衍的人最多。我这才发现,白匈奴之所以叫白匈奴,不仅是因为他们的衣服是白的,而且因为他们的脸也比黑匈奴的脸白。他们的头发呈栗色,有的人几乎是金发。黑匈奴人的头发像碳一样黑。查特的第一任妻子肯定是白匈奴人,因为埃莫盖的头发也是栗色的。啊,我的美人,你那栗色的漂亮头发在哪里?……

这些匈乌戈尔人来的时候都佩戴着两把剑。右侧是单刃剑，左侧是双刃剑。在马扎尔人中，有的人手里拿的是亮闪闪的牧羊人长斧而非长矛，这是比长矛更有用的作战工具。在许多马鞍上都能看见一根套马绳，这是用毛发编织的绳子，其用途是把敌人套住并从马鞍上拉下来。他们来的时候又唱又跳，声音震天响，仿佛他们是来参加婚宴似的。

在马扎尔人载着干草和燕麦的马车之后紧跟着乌戈尔人。他们是以捕鱼为生的擅长行走的民族。他们不擅长公开交火，更擅长在敌人推进到马车旁边时保卫营地，或者停在半路上撒网捕鱼。

如此庞大的军队意味着将要消耗很多粮草！

匈奴人的集结一直持续到一月底。时而来一支黑衣部队，时而来一支白衣部队。毫无例外，他们都是匈奴人，仿佛地球在源源不断地把他们吐出来一样。他们的人数似乎是无限的，也许是因为每个匈奴人都带来了一匹领头马。队长和传令兵每人都分别拥有三匹备用马。首领们和大公们都带着五至十匹备用马冲进营地。这些马可真漂亮！当它们奔跑时，你会以为它们长着翅膀。

一月底，最高指挥官骑马视察所有已抵达的部队。他要知道哪个民族来了多少人，然后把数字记下来。

清点人数持续多日。这里有一万人，那里有两万人，亚斯人有五万，格皮德人有八万，哥特人有六万。我们花了一个星期的时间清点人数，数据全部由首领们提供。当人数超过五十万人时，我们就不再清点人数。时至今日，我也不知道聚集了多少人，但假如我们再算上十万妇女、营地尽头露营的商人、马贩子、乞丐和捡垃圾者以及一百多万匹马和二十万辆马车，我们就能知道蒂萨河一带是多么地喧嚣！

如此多的人居然不知道他们要去哪里。

大概是二月的第一天，垂挂在屋檐上的冰柱在太阳的照耀下融化了。下午，阿提拉骑马出了王宫，在首领们和贵族们的陪伴下视察各个部队。

在王宫前，他的帐篷已经装上马车。这顶帐篷由二十二辆大马车运

185

载。供他途中小憩和单独睡眠的小帐篷已被装到一辆镀金的四轮大马车上。

晚上又结冰了。天空无云。当太阳坠落时，许多彗星从东方升起。最初，彗星就像一个麦捆，然后慢慢地变细，最后变得就像匈奴人的剑。

我们惊异地看着。

三十七

第二天清晨，阿提拉的司号员卡松登上王宫塔楼的顶层。他举起巨大的象牙号角，用低沉的声音吹响了出征的号角，这声音传得很远。上千把号角仿佛被唤醒了一样，只听天地间充斥着号角的咆哮声。所有的号角手都吹响了出征的号角。口哨声也响了起来。城市的各个角落都响起了号角声和口哨声。

到处都是即将出征的人们忙碌的身影。每座茅草屋都冒着烟——人们正在烤串，这将是他们的最后一顿早餐。我的确看见很多妇女在哭泣。

几天前，我们就已经把帐篷准备停当放在院子里了。这是一顶坚固的四角大皮帐篷，里子布为红色。侧面可伸缩的皮布呈黄色。仆人们——我、考劳奇、大耳朵萨博尔奇、劳多和鲍岑——将睡在皮布的下面。

帐篷里有主人的吊床、折叠桌和同样结构的椅子。箱子里有两套铠甲，五种不同的皮革战袍，适合于冬天、夏天、雨天和旱天。其中一件用河马皮制成，上面有镂空雕花。箱子里还有各式各样的武器、大锅、陶罐、平底锅和专供主人使用的五千支箭。

天气寒冷，干草垛周围的干草上有霜，但天空晴朗。

"好兆头，"人们说，"假如我们沐浴着阳光出发，这将是非常好的兆头。"

听到号角声，人们把马套在车上。我的主人穿上衣服。他把我叫进宫殿，给了我两把剑、一把长矛、一把弓和一件猪皮战袍。战袍前襟的里衬是细金属丝面料。

他拥抱、吻别自己的妻子、女儿、岳父,一次又一次地拥抱、吻别他的孩子们。

"天空晴朗,"他也说,"好兆头。我却做了个噩梦,但是……所有的梦都是荒谬的。"

我也走上前去,吻了女主人和老鲍劳科尼的手。

当我转向埃莫盖时,我的眼睛里充满泪水。她默默地伸出自己的手。我俯身亲吻了她的手。我感觉她握了一下我的手。

查特依依不舍地告别家人。

"那个该死的梦。我的酒桶的箍圈断裂了。荒谬!所有的梦都是荒谬的。"

跨出门槛时,他再次回头。

"我的大金链子或许还值点钱,"他对妻子说,"也许……谁知道呢?……十个金币足够了。"

妇人哭了。

"哎哟,你为什么要回头……"

在房间的中央,我站在埃莫盖的面前。这里就剩下我们俩了。

"如果我能回来,"我轻声说,"如果我获得像萨鲍德-格勒格那样的荣耀,我能希望……你主动跟我说话吗?"

她默默地看着我的脸。她的目光是忧郁的。

"假如你能回来,"她回答说,"我也不可能给你任何承诺,泽塔。你是个好男孩儿,但此时此刻,你离我很远……你始终而且永远离我很远……但假如你回不来……假如你回不来……"

"我为你去死,仅此而已。"

"也许吧,"她若有所思地说,她走近我,"你可以亲吻一下我的脸。"

也许,除了靠近她的脸,用我的嘴唇接触她外,我不该允许自己以其他方式触碰她。但是,我的胳膊也动了起来,我轻柔地拥抱她。她的脸在我的胸口贴了一分钟。我认为,我听到了她的心跳声。我把她紧紧地拥在怀里。我的嘴唇贴在了她柔软的、天鹅绒般的如花面庞上,她闭上眼睛,默默地接受了我的吻。

我说不出别的,只能说出一个词:

"水仙花……水仙花!"

因为她就像一朵水仙花——芳香扑鼻,洁白无瑕,充满诗意。

隔壁的房间里再次传来查特沉重的脚步声。我们赶紧分开。埃莫盖整理自己的头发。她的眼神如高山湖泊般平静。

人,难道不是看不见吗?!

当我们下楼时,装载着帐篷的红色马车已经拐出了院子。

女仆们排成一排,从房门口一直到大门口。

"愿神把您带回来!"他们对查特喊道。

她们吻他的手,吻不到手的人,就吻他的长袍或者剑。

"愿神把您带回来!"

吉吉亚在大门口抽泣。她也吻了主人的手。然后,这个小冒失鬼突然扑过来搂住我的脖子,亲吻我的脸,她的泪水抹了我一脸。

"愿神保佑你!愿天使们保护你!"

哎,要是在平常的话,我会教训她一顿;但此时此刻,我只能把我的怒火咽下去。

我匆忙去追我的主人。

太阳已经升起一丈高了。

城外,一根高高的烟柱盘旋着升到云中。萨满们一边高唱圣歌,一边祭献一匹白马。

老瞎子卡冒手持一把血淋淋的剑站在篝火前,把做出祝福手势的手伸向阿提拉的方向,他的盲眼朝天空睁着。

数十万把剑被拔出来,数十万武装人员把明晃晃的剑伸向天空,喊道:

"神!神!神!"

他们向西进发。

三十八

一半军队渡过了多瑙河。队伍像洪水一样散开。我们就这样兵分两路向北进发,然后向西进发。在多瑙河南岸,阿提拉率领一半军队。在多瑙河北岸,最高指挥官查特率领另一半军队。

我的主人是阿提拉的随从。一直到春天来临,我们才在多瑙河源头的一个森林茂密的地方与最高指挥官相遇。我们仍然身处阿提拉的帝国境内。阿提拉的帝国从伏尔加河延伸到莱茵河,就连他本人也不熟悉他的土地、他的子民和国王们。但如此广袤的疆域依然属于他。他一声令下,所有的人和他们的国王就会带上剑和一腔热血追随他。他去哪里,他们就去哪里。

一天早晨,我骑马走在阿提拉的两名文书中间。其中一人叫梅纳-沙格,另一人叫切盖。这两名文书非常愿意和我交谈,我也愿意通过交谈缓解他们旅途中的无聊。梅纳-沙格四十五岁,蓄着胡子,眼睛发炎,秃头。他是白匈奴人。切盖与我年龄相仿,他也是白匈奴人。他是个粗脖子、眼睛斜视的年轻人。他小时候就当了罗马奴隶,在那里他学会了写字。

我问他们:

"先生们,你们能否告诉我,阿提拉为什么不带我们直奔罗马呢?"

"原因是,"梅纳-沙格眨了眨眼睛,"他是个聪明人。"

我诧异地看着他,他却笑了。

"不,不,"他辩解道,"我不是为了贬低你才这么说的。但这个你不可能明白。世界上的事情是复杂的。"

"假如你告诉我，我就会明白。"

"假如我知道的话，我就告诉你。"

"我们之所以往西走是因为阿提拉是个聪明人，这个你是从哪里知道的？"

他眨了眨眼睛，动了动眉毛：

"迄今为止，阿提拉从未干过蠢事。所以，假如他做的事情我们不理解，那么他肯定做的是聪明的事情。"

"祭司们就是这样评说神的。"

"他也是神——尘世间的神。他从未打过败仗，从未丧失过财富，他把人民团结在了一起。"

"他不是人，"切盖热情地说，"是凡人之神！"

我耸肩道：

"凡人之神？你应该说他是像神一样的凡人。"

切盖看着我。

"难道你不认为他伟大吗？"

"你是说阿提拉吗？当然伟大。但是，传奇人物的光环只在死去的英雄们的头顶上闪耀。"

"阿提拉的光环已经在闪耀，"梅纳-沙格又说道，"阿提拉的意图是什么？好吧，我告诉你我是怎么想的。"

他眨了眨眼睛，然后说：

"他现在往西走，因为那里是罗马帝国的边界。欧洲只住着弱小的民族，多数是流浪民族。他们全都向这支庞大的军队投降。谁不投降，谁就会被消灭。"

"你别说了，先生，我已经明白了。"

"好吧，我们就像滚雪球一样往前走。当我们已经强大到极点时，我们就往南拐——我们将粉碎强大的罗马帝国。"

191

"那将是世人从未见过的葬礼。"切盖以炫耀的口吻说。

"文明的葬礼。"我几乎是颤抖着低声说。

"文明的更新，"梅纳-沙格认真地说，"你看看原野上那些圆圆的深绿色斑点。那些是牧羊人生火的地方。火在燃烧之后，草地上就会留下光秃秃的疤痕，但春天一来，小草又复活了。"

他若有所思地走着，不再吱声。切盖却开口说：

"要是世界上没有埃提乌斯该多好啊！我还是……害怕他。如果他敢和我们对抗……"

"他无法和阿提拉对抗。"我冒昧地回答道。

"那个该死的家伙。他是阿提拉小时候的朋友。阿提拉小时候在他们那里当人质。埃提乌斯年轻的时候在匈奴人这里当人质。他和阿提拉一起度过了青年时代。他对匈奴人的招数了如指掌。因为他曾经在一次战役中亲自指挥过匈奴人，而且打了胜仗。"

查特在我们前面骑行。他回头张望。我拍打马准备赶上去，但他挥手予以阻止。他停下来等我们，然后加入我们：

"你们在谈论什么？"

切盖简略地告诉了他。

"你说得对，"查特回答道，"阿提拉的目的的确是要把日耳曼人、夸德人、士瓦本人、法兰克人、勃艮第人等招至自己麾下。但最重要的是赢得西哥特人的支持。谁不屈服，阿提拉就会让他死无葬身之地。这个民族人多势众而且强大。阿兰人也是人多势众。法兰克人也不是无用之辈。假如这三个民族都不加入我们，而是加入罗马军队，埃提乌斯就会跟我们对抗。"

"跟我们对抗！"我惊讶地喊道，"跟我们这个人的海洋对抗？！我是想说，老爷，就算世界上所有活着的人跟我们对抗，而且那些早已死去的人现在复活并且跟在他们身后，那他们也无法战胜我们的军队。"

查特愉快地看着我。

"我要把这个讲给阿提拉听,"他笑了起来,眼睛闪闪发光,"'就算世界上所有……'你是怎么说的?"

他骑着马一溜烟跑了。

卢斯狄加入到我们中间。他是文书主管,脸上长着雀斑,一头金发。

"查特在这里听到了什么?"他好奇地问。

切盖把我们的对话讲给他听。

卢斯狄认真地听着。他的脸上浮现出苦涩的笑容,这对于下层人来说就意味着快乐。

"先生,"看到他的笑容,我壮着胆子说,"既然那个埃提乌斯是如此危险的人物,我们为何不给罗马人写一封信以代替宣战书?我们在信中告诉他们:我们不是去攻打他们,而是去攻打别的民族。这样一来,埃提乌斯就会待在家里。"

"你现在才有这个想法,"卢斯狄回答道,"可阿提拉早就有这个想法了。"

"问题是,不够及时。"

"谁说不及时?在我们动身之前,我们就已致函罗马,说我们不是去攻打他们的帝国,而是去攻打西哥特人。信是我写的,也算不上什么秘密。说实话,西哥特人愿意当阿提拉的臣民,但却不想缴纳贡赋,他们逃走了,躲到了高卢。我们此番就是去惩罚他们。这就是罗马人所知道的情况。"

"那为什么埃提乌斯还要来呢?"

卢斯狄微笑道:

"为什么?因为他们也有脑子啊。即使是阿提拉咳嗽一声,他们也会把盾牌举起来挡住脑袋,因为他们担心阿提拉向他们喷吐火焰。我亲爱的朋友,胆小的人看见罂粟馅卷饼,也会以为看见了蛇。"

"假如我们击败埃提乌斯,下一个目标是什么?"

"罗马。"

"罗马之后呢?"

"君士坦丁堡。"

"之后是全世界!"

"不。我们要建立自己的国家。我们的剑将来只有一个用途:让那些给我们缴纳贡赋的人看见它。"

"阿提拉会信守和平吗?谁会相信一头狮子此后只靠吃草而活着呢?"

"阿提拉并不嗜血。你要是这样认为的话,你会失望的。你还记得不到一年前我们的使者为了多瑙河沿岸的贸易而去见狄奥多西二世吗?"

"莫非阿提拉不想永远待在蒂萨河边?"

"恰恰相反。他不会搬进任何一个皇帝的宫殿。假如他想要皇帝的大理石宫殿,他会把宫殿拆掉,装上马车,运到蒂萨河边。"

"我不明白。"

"我们这个民族只能生活在有草的地方。世界上没有比蒂萨河和多瑙河流域更好、更辽阔的草场了。"

豪尔吉道向卢斯狄招手。这位五十岁的匈奴贵族总是怒视着每一个人,但他却从未生过任何人的气,只是他的眼睛长得凶巴巴而已。卢斯狄快马加鞭追了上去。

就只剩下我、梅纳-沙格和切盖三个人了。我们默默地并肩而行。我听见切盖长长地叹了口气。

"你叹什么气呢?"我开玩笑地问。

他微笑道:

"我讲给你听。我讲给你听,因为你认识她。有一个漂亮的白匈奴姑娘,她的眼睛是女人中最美的眼睛。我因为她而走上战场,我至少要杀十个人,我会让文书们把这个数字记录下来。"

一种不祥的感觉穿透我的全身,我的舌头几乎无法动弹。

"那个姑娘是谁?"

"你认识。嗨!你认识。我在她的门前看见你很多次,别提我有多羡慕你了。"

"吉吉亚!"

"啊不!因为她还是个孩子。为了一个小破保姆,你认为我去送死值得吗?"

"埃莫?"

我至今也对自己感到吃惊,我居然不动声色地说出了这个名字,而实际上我头顶上的天空都已经变黑了。整个世界都变得如坟墓般漆黑。

"嗯,是她。"他热情地说。

我不敢看他。我感觉我脸色苍白。这个瞬间足以让我痛恨这个人。我的手紧握匕首。我恨不得捅死他!捅死这头斜眼猪!

但我没有捅他。我甚至是微笑着把头转向正在我身边骑马的他。我开玩笑地用马鞭拍打他的后背。

"嘿,嘿,你这个邪恶的家伙,你是斜着眼看大小姐的吗?莫非你已经对她做出了承诺?……"

"嗯,不完全是,"他装腔作势地回答道,"你知道,我们这种人是不可以在这样的小姐身边跳来跳去的。而战争存在的目的,就是让每个人去表现自己的英勇,如果有的话。匈奴人不看父辈的功绩,他们看的是每个人自己的功绩。你也要参加战斗?"

"有可能。我在陪伴自己的主人。"

"嗯,你要注意的是,在两军冲突中,当你砍杀人的时候,你要对邻近的人大声喊:你看见了吗?在部队散开后,每个人都要为自己选择一个对手,你只管砍掉对方的狗脑袋,然后把它挂在马鞍上。你不必带着它们去见文书,你要带着它们去见你的主人。如果那些贵族看见了,那就再好不过了。"

所有这些我都知道,但我还是让他往下继续说。我整理着自己的情绪,以便把内心的愤怒隐藏在平静的外表之下。

"唉,你这个坏家伙,你的眼睛居然都盯上了大小姐!也许,她已经

195

答应了？"

"那个姑娘？怎么能不答应呢！"他快活地回答道。

我从他的声音里能感觉出他在撒谎，但在这种事情上，撒谎也能让人血脉偾张。

我不动声色地继续问他：

"那你们在哪儿幽会呢？有意思！没有想到你还真有两下子！"

"嗯……有时在这儿，有时在那儿……"他闪烁其词地回答道。

"你们是怎么开始的？"

"怎么开始的？其实也没怎么开始。在我们相互交谈之前，我就在别的年轻人面前放风说，我们相爱了。因为姑娘们在这种事情上是非常聪明的，嘿，只要看你一眼，就能读懂你眼睛里的所有秘密。"

"你们第一次交谈究竟是在什么地方进行的？"

"第一次？在埃奇卡王妃那里。一名罗马的玻璃商去我们那里，需要翻译。阿提拉派我去帮王妃购物。这个人带来了许多漂亮可爱的小瓶子和其他的小东西。王妃全都买了下来。那里有金子，老兄，少说也有一千桶金子。"

"这么说，你们是在那儿见面的。"

"是的。黄昏之后，我和奥劳达尔王子陪埃莫回家。奥劳达尔在路上打嗝。当着这个姑娘的面，他有些羞愧，于是就回家了。然后，在宫殿之间的暗处……"

"在宫殿之间的暗处……"

"嗯，在宫殿之间的暗处，我和埃莫交谈。"

"交谈什么？"

"我们的秘密。"

"你们的秘密？你们的什么秘密？"

"嗯，我们彼此相爱。"

"你们彼此相爱？嗯。如此轻而易举？"

"可不是嘛。她主动跟我说话。她说：'我终于可以和你说话了，切盖。我很久以前就明白你的心思。你去参加下一次战役，你要表现英勇。你知道战利品是如何分配的，谁战胜了几个人，谁就获得几份。你在王宫里很快就会出人头地。然后……'"

我故意咳嗽了一声，以免通红滚烫的脸出卖我。

"那奥劳达尔王子呢？"我咳嗽着问，"毕竟，他在向她求爱。"

他耸耸肩。

"我无能为力，谁让她更喜欢我呢？"他快活地回答道。

"此后，你们幽会过很多次吗？"

"很多次。我总是陪她回家。"

我们抵达一座小山丘，从这里可以俯瞰山谷里的数座城市。每个城市都冒着烟。

切盖几乎是用欣赏的目光看着山谷。我站在他身后，心情暗淡、苦涩。

我知道他在撒谎，因为埃莫盖几乎从不单独外出，日落后她也总是待在家里，但如果他说的话中有百分之一是真的，如果埃莫盖曾经热情地瞥了他一眼也是真的，那么……

切盖不可能活着回家！

三十九

一路上，我总能看见阿提拉，他就在我前面一两百步远的地方。

他的两个儿子奥劳达尔和埃拉克同他走在一起。两个儿子都是小伙子。被驱逐的内卡河岸法兰克王子与他们同行。此外，还有埃乌多克西乌斯医生，他是秋天从罗马宫廷逃出来的；哥特大公埃莱梅尔；阿达里克国王；阿兰国王；可萨国王。还有几个这样的人物，他们远看像星星，近看却像牛脂蜡烛。匈奴的贵族们也在这里，比如艾德肯、查特、奥里斯特斯、贝尔吉、乌波尔、沃乔尔、巴兰（其他的贵族每人率领一支部队）。大祭司伊达尔和佐博卡尼也与阿提拉同行。他们的后面是一辆有绸伞、铺紫色垫子的马车。阿提拉的两位妻子坐在里面。车子周围全是各种各样的仆人。有时，宫廷小丑策尔孔的身影也出现在他们中间。

再往后是贵族们的仆人了。走在前面的是文书们，他们还不是自由人。再往后是厨师、马夫和家奴。我的主人也有两名马夫、一名随从和一名什么活儿都要干的男仆。我们不做饭。每天，阿提拉的桌子周围都要坐四五十人。主人们的身后站着自己的仆人。我站在查特的身后为他服务。他会从自己的食物中给我留一只鸡腿、一条鱼、奶酪、水果。我对此没有怨言。

阿提拉的军队像泛滥的洪水一样向西推进。他们烧毁了一座又一座城市。他们把凡能捉住的人都系在拴奴隶的绳索上。地毯、衣服一类的东西被装到抢来的马车上。金银财宝被单独装进铁箱里，由文书和珍宝看管员监管。

有一天，我们抵达一座被烧毁的城市。男人、女人、婴儿的尸体随处可见。有的地方的废墟还冒着烟。空气中充斥着难闻的皮肤烧焦的味道。我看见一具被绑在教堂前柱子上的老头的尸体，他身上没有衣服，脑袋滚落在双脚前的血泊之中。尸体的旁边有一顶主教的白帽子。

我站在教堂的台阶上，胃里翻江倒海。在白色大理石石板上有宽宽的红色脚印。也许，这正是杀死主教的那个人的足迹。这会是什么样的禽兽呢？一定不是匈奴人。匈奴人只在战斗中充满野性，但他们并不攻击手无寸铁之人。

我听到女人的尖叫声。在教堂的旁边，阿达里克国王的一名随从正在拖拽一名年轻女子。他抓住她的辫子在尘土中拖拽。

这样的情景我见了很多。起先，我感到震惊。后来，我熟视无睹。但此时此刻，我再次感到震惊。

我站在教堂的一根柱子旁边。我环顾四周，想知道是否有人正在看我。在街道上、在房子里有成百上千的披着人皮的狼。每个人手里都拿着东西，每个人都在掠夺。

那个格皮德人正满头大汗、满脸通红地拖拽那个尖叫的女人。可怜的女人拼命地用手去抓草、树、石头、死尸。

我举起弓，瞄准，发射。我的箭射进格皮德人的侧身。他抽搐了几下，松开那个女人。他先是跪下来，后来倒在了地上。

这个女人惊呆了。当她看见格皮德人的侧身伸出一支箭时，她环顾四周，最后脸朝下倒在了死人堆里。

这是我第一次杀人。假如有人看见的话，我将会被打死。在那一刻，我不后悔。我没有感到我的良心有任何的不安。

一个小时后，我们离开了这座城市。这时，时间已经过了中午。阿提拉的帐篷已经搭好并在等待着我们。食物也准备好了。

那位没有脑袋的主教一直浮现在我的眼前。我站在主人的身后，但我感觉我快要生病了。

午餐在不寻常的寂静中开始了，因为阿提拉的心情不好。

199

我们吃的是煮野猪肉，配菜只有辣根。阿提拉的面前依旧摆着一只木盘，贵族们的面前摆的是银盘。他们喝葡萄酒用的是银杯，阿提拉用的是椰杯。

最后，阿提拉开口说话了：

"是谁杀死了妇女和儿童？"

"格皮德人。"一个声音说。

"不是格皮德人。"阿达里克大声说。

"是罗克索拉尼人，"查特说，"我亲眼所见。"

"是盖伦人。"豪尔吉道说。

"我们能采取什么措施呢？"巴兰低语道。

巴兰是个好心肠的匈奴绅士。从他的声音里能感觉出他讨厌屠杀。

三名报信者到了。

第一个报信者报告说，高卢发生地震，建筑物都倒塌了。居民在逃离这一地区。

第二个报信者是一个脸被涂成郁金香红的盖伦人。他说，他们的首领死了。他请求指定继任者。

阿提拉朝豪尔吉道望去：

"我把他们交给你。"

豪尔吉道向他鞠躬。

从他的表情上可以看出，他不会吝惜盖伦人的鲜血。

第三个报信者是一名法兰克骑兵战士。他告知金发王子：他的哥哥已被驱逐，王冠将由代表团隆重地送来。

这时，我们正吃第二道菜，是烤鸨鸟串。这么多鸨鸟从何而来？只有天知道！

我给切盖带回一只鸨鸟腿。

但为什么恰恰给切盖呢？

我希望一旦战斗打响，就能在我身旁看见他。

四十

行军途中的第一次大休整是在奥格斯特城①,我们在这里休息了一个星期。

在这里,阿提拉的大帐篷首次被搭了起来。这个金光闪闪的华丽帐篷让我惊叹不已。全是金柱子,全是金箔。与其说它是帐篷,不如说它是以壁毯作墙的两层木头宫殿。

国王的两位妻子和她们的女仆们也住在楼上。楼下是宽敞的饭厅,同时也是会议厅。

天气晴朗时,楼下的大厅仅有三面墙。角落里有狭窄的木楼梯盘旋到楼上。此时的阿提拉已经是身穿镶有金子和钻石的衣服出现在我们中间。

我不知道这是怎么回事。

文书们后来告诉我,在战役期间,阿提拉总是被奢华包围,尤其是当他等待其他民族归顺的时候。

这时,成千上万的马科曼尼人、夸德人和士瓦本人已经随我们一起到来。他们加入了行走在河对岸的最高指挥官的部队。

在莱茵河的前面,图林根部落、莱茵河对岸的勃艮第人和内卡河岸法兰克人的旗帜在飘扬。被驱逐的内卡河岸法兰克王子正躲在阿提拉的羽翼之下。人们给他送来了王冠,并宣布说他的哥哥已死。我想,他的哥哥是被打死的。

---

① 奥格斯特,今瑞士北部的一个城镇。

在这些部落加入我们后，赫尔齐尼亚原始森林里就响起了斧头砍树的声音。

军队必须渡过莱茵河，但世界上哪儿有那么多的桥、筏和渡船把如此庞大的部队送到河对岸呢？

"你们去砍伐森林吧！"阿提拉命令道。

不到半个小时，就听见隆隆的声音传来，就像雷声一样。这声音一直持续到晚上，彻夜不停。

军队把能找到的小手斧、短柄斧和长柄斧都找了出来，全部用于修造桥梁和驳船。

第二天，先遣队和数百名首领就已经渡过了莱茵河。当然，间谍们过河的时间更早一些。

假如太阳能用它的眼睛看见这股人的洪流，这一定是在地球的生命中不会再重复的奇观。

数以百万计的"蚂蚁"在山上和山谷里熙攘忙碌，最后拥挤在莱茵河前。一连几个星期都可以看见这样的情景：人就像蚂蚁一样成群结队地登上狭窄的黄色柳叶，横渡莱茵河。

到了河对岸，这些人再次向北、向南分散开来，如同狩猎时驱赶猎物的人排成一个大的半圆形那样，他们也这样分散开来，宽度有一两百英里。

在他们的前面有另一群人在行进。

人真多啊！阿提拉的军队压迫着他们不断往西行进。

在我们前面逃亡的是那些弃城而逃的罗马驻军。他们在寻找埃提乌斯的军队以便与之会合。向西逃亡的还有那些受过罗马文化熏陶的萨利克法兰克人和内卡河岸法兰克人。

只有那些住帐篷的民族加入了阿提拉的军队。那些住石头房屋的居民逃走了，他们去投奔罗马军队。

但罗马军队在哪儿呢？

只能在阳光从天而降的地方。

有一个勃艮第人的部落，既疯狂又鲁莽，既可笑又可敬。

他们的国王贡迪卡尔站稳脚跟，拍打着胸脯：

"阿提拉对我算什么？凡间的神对我算什么？阿提拉怎能望我项背？"

他有大约八万人。他们既是英雄，又是笨蛋。

一个小时后，匈奴战马的蹄子就被带血的泥土染成了红色，八万个灵魂升到了云端。

在一块岩石的底部躺着一个灰头土脸的人，满身伤口，胳膊裸露。他的身旁既没有剑，也没有头盔。他的头颅凹陷，白胡须被鲜血染红。身上的衣服几乎被劫掠者扒光。这一切都显示，他就是贡迪卡尔国王。

我摘下了自己的帽子。

四十一

我们继续行军。在阿提拉的身边,间谍、邮差和使者来来往往。

"罗马军队在向南移动。"间谍们三月份说。

"西哥特人没有加入罗马军队,"他们四月份说,"他们的国王狄奥多里克与埃提乌斯没有达成协议。"

后来又说:

"埃提乌斯已经来到了阿尔卑斯山下。他从罗马带来了精锐部队,有十万人之众。"

"阿兰国王桑吉班加入了罗马军队。"

"狄奥多里克捎话给埃提乌斯,既然罗马人给自己制造了风暴,那就让大家看看,他们是如何阻止风暴的。疑惑在折磨着埃提乌斯。"

我们抵达一望无际的平原,这里到处都是白骨——马的骨头、人的头颅骨。一条河床宽阔但水却很浅的小溪在平原上蜿蜒流动,水不足一拃深。远处一片青色,一座小城的白墙映入眼帘。

这座城市就是卡塔隆尼。

阿提拉命令军队休息。他和首领们一起察看这片平原。他们骑马来来回回飞奔了好几个小时,时不时停下来。当他们返回时,阿提拉为他的帐篷指定了一座山丘。搭建帐篷的人知道该做什么,知道贵族的帐篷、保镖队的帐篷应该搭在什么位置,知道哪个民族应该安置在什么位置。

他们骑马跑出一个巨大的长方形,马车就被放置在这个长方形的范围之内。

几个星期之后，零零散散的各个民族才聚集到这里。

这座小城空荡荡的，和我们途经的那些小城一样。在空无人烟的街道上，一只只狗胆怯地朝我们汪汪叫。根据阿提拉的指令，这座城市位于马车围成的圈的一个角上。四轮马车被摆成了两个圈。这是主营地。假如罗马军队来了，我们就返回这里。

在安营扎寨的过程中，首领们讨论了好几天：我们是先进攻巴黎还是先进攻奥尔良？

与此同时，使者们去找阿兰国王桑吉班，让他来面见阿提拉。他也承诺在奥尔良加入我们，但不知何故，他后来还是倒向了埃提乌斯。

我们启程去奥尔良。

此时，我们已获悉埃提乌斯到了高卢，也知道他沿途使不少民族归顺于他。他的军队是庞大的。有一天，有消息说，这位傲慢的罗马统帅亲自去见西哥特人，让他们不要加入阿提拉，而是加入他。

"这需要五个星期。"阿提拉说。

他在奥尔良周围布置了攻城槌、抛射石块的弩炮和发射标枪的巨弩。

我从未见过如此坚固的城堡。每当城墙上有动静时，匈奴人的箭就会像云一样升上天空。对方射过来的箭却很少。多么坚固的城墙啊！……

我们把吊杆形投石机安装停当。沉重的石块飞过城墙，咚咚咚地掉落在城墙里面。

悬挂在木梁上的攻城槌也开始工作了。一两百人往回拉拴在沉重的、包着铁头的树干上的绳索。在听到号角的尖利响声后，他们同时释放树干，又长又粗的树干向城墙撞去，撞击声令大地颤抖。

战斗的嘈杂声到了晚上才平息下来。在夜晚的寂静中，从城市深处传来《诗篇》的吟唱声：

耶和华啊，你为什么站在远处？在患难的时候，你为什么隐藏？（《诗

篇》第十篇)

男人的声音只在墙壁附近才能听到,从远处传来的全是女人的声音。在繁星点点的夜晚,成千上万的女人在虔诚地歌唱:

耶和华,求你起来!上帝啊,求你举手!
无依无靠的人把自己交托你!你向来是帮助孤儿的……
使强横的人不再威吓他们!

黎明时分,围攻战的隆隆声再次响起:石头叮咚作响,墙壁轰隆作响,上千支带火的箭同时飞进城堡。从城堡里弹射出的石块呼呼地飞向我们,铜头箭也嗖嗖地飞向我们。一下下的撞击声传来,这是有人的皮盾牌挡住了飞来的箭。

在烟雾弥漫的城市上空,数十万只乌鸦在高处盘旋。

这时,有消息传来:

"布列塔尼人加入了埃提乌斯的军队!"

"他们该死!"我的主人说。

"勃艮第难民和萨利法兰克人一起加入了埃提乌斯的军队,他们由墨洛维指挥。他们的加入使罗马军队的人数大增。"

"他们该死!"

"拉脱维亚的条顿人、拉脱维亚的巴塔维人、美因兹的士瓦本人、雷恩的法兰克人、普瓦捷的萨尔马提亚人和德菲尔人全都投靠了罗马军队!"

"他们该死!……"

这个消息终于来了:

"埃提乌斯争取到了西哥特国王的支持。"

当天,阿提拉面色忧郁地走出帐篷。

他给城堡里的人捎话,要他们归顺,否则的话,他就下令把树木堆放到城墙的周围,把整个城市扼杀在火海之中,连婴儿也不会活着留下来!

对于这个城市的居民而言,他们的主教就是他们的一切——他集市长、将军和主教于一身。

第二天中午,三人代表团携带礼物和信件走出城门。

"信里写的是什么?"阿提拉怒冲冲地问。

"卑微的条件!"使者小声说。

"没有任何条件可讲!"阿提拉驳斥道,然后把信件扔到使者的脚下,"我来这里不是为了写信,而是为了征服!假如你们不打开城门,火将会把它打开。"

此时,上千辆满载树木的马车已经停在了城下。

阿提拉的烦躁不安还有另一个原因:罗马军队正在逼近。人数可谓是多如牛毛!阿提拉的间谍们不间断地送来敌人正在逼近的最新情报。只有奥尔良人不知道此事。

"陛下!"三名使者跪下恳求道,"请给我们三天时间做离开的准备。我们将离开这座城市,或者如果你能确保接纳我们,我们将把珍宝堆在你的脚下。"

"我只等到明天早上!"阿提拉回答道。

第二天是六月十四日。

城堡的大门打开了,主教的代表把放在天鹅绒垫子上的城门钥匙送到阿提拉面前。

"我不要你们的鲜血,"阿提拉说,"但我的军队需要粮食。"

他派了三千辆空马车进城。街道上很快就开始了抢劫。

我们从附近的一座山丘上观看匈奴的车队进城。

屋顶上挤满了人。他们是居民,不忍心看见自己的城市被洗劫一空。当然,野蛮人也闯到了那里,尤其是当他们在漂亮的房屋中嗅到珍宝的味道的时候。不出所料,他们很快就解决了问题。

但是,中午时分,格皮德人满身鲜血地跑了回来。他们报告说,罗马军队的先遣部队打败了我们的外围部队。阿提拉命令城里的部队撤退,并派阿兰人去城门前守卫。

然而,从城市屋顶的塔上可以看得很远。居民们一定看见了西边的滚滚扬尘和扬尘中罗马军团光芒四射的鹰标。

此时,号角朝各个方向尖叫:

"回撤!回撤!"

屋顶上的人也动了起来。为了表达获得拯救的喜悦心情,他们把石块和木板愤怒地抛向拥挤在街道上的敌人。囚犯们也撕扯掉捆绑他们的绳索、皮带和手铐,摆脱了一切羁绊!

但城外也乱作一团——军队在没有接到命令的情况下与罗马军队发生了冲突。在卢瓦尔河里,人和马在血腥的浪花中翻滚。成千上万的号角在尖叫:

"回撤!回撤!"

怒火中烧的人们依然在战斗,但军队的主力对此根本就不在乎。昨天他们就开始往卡塔隆尼平原撤退。

战斗仅在城堡周围打响,匈奴人打扫完战利品后,把一片狼藉留给了罗马人。

四十二

当然，返回卡塔隆尼平原要持续好几天。到处是灰尘、污垢、伸着舌头的狗，苍蝇多得像云一样笼罩着部队和马匹。叮叮声、咚咚声、兵器的铮铮声、砰砰声、马车的嘎吱声响成一片。叫喊声、号角声、抱怨声此起彼伏。

这支军队洗劫所有不设防的城市，践踏所有的庄稼——在他们身后连一株活着的草也没留下。

有一座城市的大门却是关着的，这就是特鲁瓦。先头部队停下脚步。这个铁箍大门到底是怎么回事？人越聚越多，如山似海一般，他们在等待阿提拉的命令：继续前行或者把攻城槌对准大门。

《诗篇》的吟唱声从里面传出来。这座城市的主教出现在城门的顶上。他身披绣着金花的白色丝绸法衣，头戴主教帽。他手里拿着银质耶稣受难像。

"你们中谁懂拉丁语？"神父们朝下喊道。

这样的人有的是。在我们的阵营里有世界上的所有民族。就连中国人、蒙古人和黑人也有，怎么能没有意大利人呢？

主教告诉阿提拉，他想和他谈话。

我们已经熟悉了这样的情景：主教身着圣服走出大门，率领神职人员和城市的贵族，像乞求上帝那样乞求阿提拉或者某一位首领。阿提拉或者这位首领任何时候都回答说，他不会伤害这座城市，只要对方乖乖臣服，把城里的粮食交出来。此外，还要交出干草、稻草、燕麦，并做出适当的保证，效忠匈奴人。

何为适当的保证？三名贵族要携带全家老小搬迁到阿提拉的王庭所在地。

主教返了回去。城门也关上了。居民们商议，祈祷，哀叹。没有一个贵族家庭愿意去狮子的洞穴里当人质。他们插上红旗，保卫自己的城市——能保卫多久算多久。

他们不可能保卫太久。匈奴人闯入城内。所有人都往教堂里跑。富裕的家庭把所有的金子和银子都带到了祭坛。他们仰望苍天：

"怜悯我们吧，上帝。"

然而，苍天没有回应。（在人的一生中，尘世生活意味着什么？我们认为，它意味着一切。然而，这肯定只是一次小小的监禁，一次小小的研学之旅，一次始于来世的短暂旅行——幸福的回归。）

然而，在特鲁瓦却发生了不同寻常的事情。

主教和大约三十名神职人员、市长、法官、顾问及其他政要走了出来。此时，阿提拉正要离开，于是就骑马走向大门口。《诗篇》的吟唱声停止了，老主教只是站着。他抬起头，默默地注视着阿提拉。突然，他就像看见了恶魔似的，用拉丁语喊道：

"你是谁？你推翻王位，摧毁国家，让生灵涂炭！你的权力从何而来？是谁让你来颠覆这个世界的？你是谁！？"

我们全都屏住呼吸。

更让我震惊的是，我听见阿提拉用拉丁语作答。他拍打着胸膛作答，声音如同号角般响亮：

"Ego sum Atilla, flagellum Dei.（我是阿提拉，上帝之鞭。）"

此时，我才知道阿提拉也懂拉丁语。

"好吧，如果是这样，"老主教流着泪说，"如果是上帝差遣你来的，那我就不能做任何反对你的事情。来吧，要对我们做什么，你就做吧。"

大门开了。这位白胡子老人抓住阿提拉的马缰,含泪牵马走进大门。

从阿提拉的表情上看得出,他被这位老人高贵的天真感动。他对考莫乔说了一句话,就与随从一起骑马走进大门。

考莫乔留在大门口。他让几名传令兵站在自己身边,他们向从我们身后涌来的军队不断呼喊:

"国王的命令:不要伤害老百姓。"

当我们走到城市的市场时,阿提拉给了老主教一匹马。

"你是圣洁的人,"阿提拉对他说,"那些和你生活在一起的人是幸运的,你得和我一起度过几日。我会对这座城市手下留情,但请你向神职人员下一道命令:把城里的粮食和面粉装上车交给匈奴人,把饲料也交给匈奴人。"

我们继续前行。

军队顺利地从城中穿过。听不见别的声音,只能听见马蹄的嗒嗒声和兵器的铮铮声。只能偶尔看见一个老头。房屋里没有动静。市民们肯定是躲进了地窖或者阁楼。传令兵站在主街道上,以防有人忘记国王的禁令。

当我们到达城市东大门的时候,我们看见一部分市民或骑马或坐马车或步行向北边的森林方向逃去。妇女们背着小孩儿,大点的孩子拿着包裹和篮子。同其他所有地方一样,他们也是往森林里和芦苇荡里跑。他们主要是想把女孩儿藏起来。

当我们从一座桥上穿过时,一个落在后面的衣衫褴褛的女人正在田野上跟跟跄跄地行走着。她的两只手牵着两个孩子,背上背着一个裹在床单里的婴儿。她的旁边有五个赤脚小女孩儿和两个金发美少女在跑。每个人都拎着某种破而无用的东西,就连刷墙的工具都拎着。在急促的行走中,有时这个女人跌倒,有时某一个孩子跌倒,所有人都在不停地哭泣:

"哎哟,妈妈!"

"哎哟,我亲爱的孩子!"

她不住地回头张望,最后发现无路可逃。她站在小溪的岸边。满脸是泪，脸色苍白，神情恐惧。她看起来就像个疯子。

阿提拉停下马，告诉乌尔贡，把那个女人带到他面前来。

主教和乌尔贡匆忙赶过去，鼓励她别害怕。

女人拉着孩子们跪在阿提拉的面前，她说不出话，只用颤抖的双手和痛哭流涕祈求阿提拉。

"这些都是你的孩子吗？"阿提拉问。

"都是，先生！"女人哭道，"我是个寡妇。你们要是把我杀了，我的十个孤儿就没饭吃了。"

主教给他们做翻译。

阿提拉把金库管家乌波尔叫过去，给他说了什么。乌波尔从挎包里掏出一个钱袋，往外拿钱，是金币，可能有三百金币。

"你就放心地回城里去吧，"阿提拉对这个女人说，"你带着这笔钱，把孩子们抚养成人吧。"

他命令保镖博塔尔护送这个女人和她的孩子们返回城里。

在奥尔良城下的时候，我就看见军中有许多人病了。一些人脸色苍白，眼睛里有蓝色斑点，走起路来摇摇晃晃。他们坐到地上吐血。然后就突然右边死一个左边死一个——人们就像秋天的苍蝇那样死掉了。军队里的味道反正很难闻。

起初，我把这个归咎于天热，但阴天也有人死亡。我突然听说埃乌多西乌斯医生断定这些人得的是鼠疫。

当我们转身回来时，已经有死尸躺在路边。这儿一个努埃尔人，那儿一个赫鲁利人、土瓦本人、马科曼尼人，横七竖八的，每个民族的人都有，有的人趴着，有的人侧躺，有的人仰面朝天。谁一旦倒下，人们就把他遗弃在路边。如果他的武器值钱，人们就把它拿走。如果他的鞋子好，人们就脱下来拿走。如果他的长袍好，人们就脱下来拿走。他所有的东西都会被拿走，只有他本人被遗弃在那里。

阿提拉变得非常阴郁，以至于我都不敢看他。

一天下午，我骑马走在切盖的身边，一个穿皮长袍的图西灵人在我们的前面蹒跚而行。

此人头戴顶部为鸡冠形装饰的铜头盔。他一定是在奥尔良从一位罗马军官的头上摘下来的，或者是连脑袋一起砍下来的。这顶头盔此前我们就见过。

这个人倒地后，头盔从他的脑袋上滚落下来。

切盖跳下马，捡起头盔。他把它戴在自己的脑袋上。

我真羡慕他。头盔的鸡冠上镶嵌着红宝石，护颊可以推上去。它在和平时期值两个金币。但在战争时期可就是无价之宝了！只需用一块布或皮革把铜鸡冠遮盖住，再在上面插上一根或两根羽毛，匈奴人就会知道戴头盔者是自己人。

第二天，切盖说自己头痛。第三天，他的鼻子开始流血。

"我快要死了。"他脸色苍白地说。

到了第五天，他的腋下和喉咙出现肿块。到了当晚，人就不行了。他向我要水喝。

军营里所有人都睡了。我出去找水，然后把水给他喝。

"谢谢，"他呼吸急促地说，"我家里有点儿值钱的东西：几件衣服和一本书。我留给你。"

他伸出手。

我调整了一下火把，以便看清他的脸，我俯下身去。

"切盖，"我颤抖着说，"你不给埃莫盖捎什么话吗？"

即使是在这个悲痛的时刻，我脑子里想的也是埃莫盖。在死亡的门口，我紧紧抓住这个即将去到另一个世界的人。

他看着我，疲倦地回答：

"不。"

"但为什么不呢？"

"为什么要捎话？"

213

"切盖,"我抓着他的胳膊说,"你别带着谎言去另一个世界,你告诉我,你说的关于你和埃莫盖的事情都是谎言!你从来没跟她说过话!这逃不过我的眼睛。你摸着你的良心说,你撒谎了。"

我看着他的眼睛。

他没有回答。

此时,他的眼睛已经暗淡无光。他的额头上满是汗水。他的痉挛的手指插进草地里。他的呼吸越来越困难……他再次朝我睁开眼睛——他的目光里既有疑惑又有惊讶。

但是,他没有再说什么,他那冰冷的、死亡的眼神只是一直盯着我。

四十三

阿提拉的帐篷门朝西,于是其他人也让自己帐篷的门朝西。但我们发现,埃提乌斯并未把军队带到我们所期望的地方,而是把军队开到了东边更低的地方。我突然发现,在我们营地后面流淌的韦兹勒小溪就在我们的面前。

查特也嘟哝道:

"真见鬼!"

阿提拉把阿达里克留在奥布河附近,目的是让罗马军队发现我们集结的部队,这样他们就会朝着我们进发——敌人在早晨就会面对着太阳。

随着第一拨罗马骑兵的出现,这一计策并未收到预期的效果:埃提乌斯突袭了格皮德人,向东冲破了他们的防线。在这次冲突中我们损失了一万五千人。

阿提拉派剩余的格皮德人进入卡塔隆尼城内,目的是必要时保护这座城市。

当我们不得不转身朝后看时,我突然想起原野上距我们很远的地方有一座小山丘。这座小山丘就处在两支军队的中间……当我想到这里时,我军的四支部队已经朝小山丘跑去。但是,罗马军队的一支庞大的骑兵部队也朝那个方向飞奔而去。看起来,对方的人比我们多。双方发生了激烈的遭遇战。我们遭到对方的压制。

"坏兆头。"比奥尔萨满在我旁边喃喃道。

"为什么是坏兆头？"我心情不佳地转向他，"如果我们早点动身而且骑兵更多的话，小山丘就是我们的！"

"这正是坏兆头！"这位萨满的话在我的耳畔回响。

"此话怎讲？"

"我们没有早点动身，而且没有派出更多的骑兵。"

自从与我们同行以来，萨满们变丑陋了。是因为他们害怕鼠疫，还是因为他们一直祈祷，我不知道，但他们一直情绪低落。他们身穿黑衣，就像死神的仆人。

"我担心的是，"我愤愤地说，"你们这些笃信迷信的神职人员对坏的征兆夸大其词，没有必要这样做。恕我直言，这不是聪明的做法。"

"什么是迷信？"他耸耸肩哼道，"你是基督徒，对你而言，我们的信仰就是迷信。我们信仰匈奴宗教，对我们而言，你们的信仰就是迷信。"

他一边说一边用三个手指头比画着，对我来说，他似乎是在讽刺三位一体。

我也生起气来：

"上帝只有一个。不存在匈奴人的上帝，不存在拉丁人的上帝，不存在希腊人的上帝。上帝就是上帝，是所有民族共同的父亲和主人。他既不会和我们一起为山丘而战，也不会针对我们为山丘而战。"

"无知的奴隶，我不和你争论了。"

"因为你怕我。"

"怕你？"

"怕我说的话，怕真理。"

他忧郁地看着我。眉毛上满是灰尘。

在我们的帐篷一侧，我们站在我的主人的马车上。

"假如我向你证明，"他轻声说，"匈奴人的神和罗马人的上帝并非同一个……"

"你肯定证明不了。"

"我能不能用这种办法证明：假如我事先告诉你将会发生什么事情。"

"那只能是臆想。"

"但万一应验了呢？"

"我把我的脑袋送给你。"

"谢谢。我不接受毫无价值的礼物。"

"可对我来说并非毫无价值。"

"你要保证：不把我说的话泄露给任何人。"

"我保证。但要是没有应验呢？"

"你可以让我给你当奴隶。你可以给我施洗礼。你可以把我卖掉。你可以对我做任何事情。"

"一言为定。"

"好吧，你要知道，今天的征兆显示：阿提拉将要输掉这场战役。"

他的语气是那么坚定，让我浑身颤抖。

"不可能！"我震惊道，"不错，瘟疫会杀死十分之一的人，但人依然多得无法形容。阿提拉从未输掉过一场战役。哼，你忘记上帝之剑了吗？"

他坐到车轮上，捻着发白的黄胡须，忧郁地凝视着前方。

217

四十四

一直到晚上,将领们都站在阿提拉帐篷的塔顶上,观察着罗马军队安营扎寨。

在高温中,我只能从我们的帐篷上张望。在平原上可以看得很远。我听到老战士们在谈论他们观察到的情况。

"瞧!"一个人说,"罗马人把阿兰人放在了中央。"

的确,从布阵上看得出埃提乌斯把这个"移动的芦苇荡"放在了中央。那是桑吉班的部队。也许是怀疑这个人摇摆不定,所以才把他放在中央,也许长矛的任务就是保护精锐部队。谁知道呢,这真的就是精锐部队吗?人如此之多,中央在哪儿?

"瞧!"另一个人说,"勃艮第人也在那儿,法兰克人也在那儿。"

"罗马人想从左翼搞什么名堂?"

因为闪闪发光的罗马头盔的确位于左侧。弩车和投石机也被拖到了他们的前面。这是眼力好的人看到的。

"埃提乌斯想包围阿提拉。"一个肩膀宽阔的保镖笑道。

他瞥了我一眼,看见我头上戴着切盖的头盔,就快活地朝我喊道:

"嘿!莫非你也参加战斗?"

"我可不是做饭来了。"

"在你的主人身边?"

"我不会在你的身边。"

"你打过仗吗？"

"这样的仗你也没打过。"

"如果你把那个头盔给我，我会教你点儿东西。"

"什么东西？"

"怎样从战斗中活下来。"

"如果我把头盔给你，我将必死无疑。哦，你只管留着你的建议吧，我也留着我的头盔。"

他们笑了。保镖在帐篷的柱子上蹭他的后背，就像猪一样。

"这个希腊人狡猾得很，"其中一人说，"你骗不了他。"

匈奴人一路上总是只谈论战斗技巧。一个人说，战士要信任他的马。另一个人说，战士要提防自己的马——许多马会跌倒或受惊吓，或陷入危险。

有的人有非常灵验的护身符。有的人的剑锋利无比，已经把一百个敌人送进了鬼门关。有的人把人血涂抹到马鼻子上。有的人信赖这样的喊声："嘿，我的神，敌人就是魔鬼！"

这样的做法无论多么愚蠢，在战争时期总是很有趣。

我只知道我的马是查特最好的马之一。即使我的手臂不如其他人强壮，但我的思维一直是正常的：一旦发现情况危及我的健康，我将让马跳到一边，把马拉住。假如我不小心被卷入罗马人之中，我会撕掉头盔鸡冠上的那块皮革，再把羽毛拔下来，用拉丁语大喊。假如我发现我们在敌人的背部，我就用地道的匈奴语大喊：

"呜咿！呜咿！该死！"

我将速战速决。最重要的是证人或割下来的脑袋。

这一天，我还是看见了人山人海般的敌人，有一个冷静的声音在我的耳边回响：

"泽塔，你将会留在这里！成千上万的人都将留在这里，你怎么能确定你会活着脱离危险呢？"

下午，罗马军队仍然在布阵。可以看见拿着皮革盾牌的西哥特人的棕色队伍蜿蜒着伸出来。他们也被带到了第一排。

与此同时，我们的营地里也有了动静。

"Hirjit! Hirjit!（过来！过来！）"我听到东哥特军官们的叫喊声。

东哥特人动了起来。长长的队伍像蛇一样从帐篷间伸出来。军官们陆续出现：黑脸的阿克兰，蓝眼睛的、异想天开的埃伊萨恩，迅捷的菲雷恩斯，永远微笑的、胡子打卷的菲斯克雅。紧随其后出现的是吉尔塔、尼古吉尔斯、米利特、努塔、罗伊克斯、萨维尔和年轻的斯库拉，后者的帽子总是盖住一只耳朵。昨天，他在号角声中跳过舞。

就在罗马军队排兵布阵的时候，阿提拉把东哥特人部署到西哥特人的对面。让兄弟相互厮杀！这是恶毒的想法。西哥特人憎恨东哥特人，因为东哥特人没有和他们一起逃离阿提拉。东哥特人也同样憎恨西哥特人："他们说要归顺，后来又逃走了，真是无赖！"在战争中，敌人与敌人能和解，但兄弟与兄弟一旦拿起该隐的武器就不能和解。

阿兰人也将这样相互厮杀！

匈奴人留在中央——黑匈奴和白匈奴待在一起。阿提拉把阿达里克和格皮德人安排在右翼。可萨人、亚斯人、夸德人、鲁吉人和萨尔马提亚人也在右翼。罗马人可以在各民族中进行选择。

"我没看见赫鲁利人。"我旁边的萨鲍德-格勒格说。

"阿提拉派他们去了北边，"我的主人擦着汗回答道，"他们和马扎尔人在一起。他们将到达罗马人的背部。"

在巨大的嘎吱声中，六头牛拖着一台发射长矛的弩炮从我们身边经过。此时，各种机械装置都被拖往各个方向，有发射长矛的弩炮、巨型木弹弓、投石机和弩弓。用弹弓的民族占据马车的顶端。他们可以在装满东西的袋子上、桶上和包袱上快活地战斗。马车的前面坐着拿长矛的阿兰人和拿镰刀的盖伦人。只有当敌人推进到马车排成的那条线时，他们才会投入战斗。

我以为我们当天就会开始战斗，但却没有。队伍只是按照阿提拉的命令，站到彼此的后面或者前面。

　　夜幕降临。天空仿佛被涂上了黑色的颜料。两军前都燃起营火。两军的哨兵站得是那样地近，以至于他们完全可以用箭射中对方。

　　当晚的最后一道命令是，哨子手和号角手随时听命，所有人都早点休息。

四十五

只有阿提拉帐篷里的开放式大厅有火把在燃烧。

桌上的鸡肉散发着香味，鸡是特鲁瓦市送来的。匈奴贵族和其他的国王们一言不发地吃着。卢普斯主教也坐在他们中间。即使在这个时候，他的头上也戴着主教帽，身上穿着金色长袍。他的面前是一个巨大的银质耶稣受难十字架。他没怎么吃，只是抚摸着自己的胡须，偶尔焦虑地望着阿提拉。有时，他会把嘴角翘起来并发出嘶嘶声。痛风正折磨着这个人。

各民族的首领们都站在帐篷前。他们在等待命令。阿提拉甚至在晚餐期间也不断地示意梅纳-沙格，把黑板拿给他看。在这块黑板上，彩色的帆布条标出了两个阵营的兵力部署情况。阿提拉不厌其烦地看着黑板，吃饭时也发布命令：把某支部队部署到何处；假如罗马军队凌晨发动攻击，骑兵应该何时出发，步兵应该何时移动。

不时地有间谍到达，前哨也回来报告。那里什么动静也没有。

可以想象，军队不可能在黑暗中移动。没有月光。云遮蔽了星星的亮光。

晚餐快结束时，奶酪和在葡萄酒里煮过的水果被端上桌。

卢普斯主教起身，端着酒杯。

"伟大的国王！万王之王！"他开始了庄严的讲话，"请允许仆人的仆人说话。新闻用血腥的字母写下了你的名字。天上的彗星报告了你的启程。你的影子投到哪里，哪里的大地就动摇。你看一眼勇敢的人们，他们的脸就会变苍白。尽管人们把你说成是世界之狼、嗜血之魔，但假如我站到上帝的面前，我会告诉他，你率领荡平天下的庞大队伍穿过了我的城市，今晚我的城市的居民安然入睡。"

这个善良的老人眼中闪烁着感激的光芒。

这里没人能听懂他的话，顶多只有内卡河畔法兰克人的年轻国王、奥里斯特斯和我能听懂。但他的声音是庄重的，他的话语像《诗篇》一样崇高。

阿提拉向后靠在椅背上。他那突出的眉骨给他的眼睛投下阴影。我无法看到他是否喜欢主教说的话。因为只有他的眼睛偶尔出卖他的灵魂。他的脸像石雕一样一动不动。

老人继续道：

"眼前的这个世界就像波涛汹涌的大海一样动荡不安。每个民族都是一道波浪。这些波浪向西翻滚。这是上帝的意愿。"

阿提拉向奥里斯特斯挥手：

"请把老人的话翻译给我的客人们听。"

在翻译官翻译他的话时，主教保持沉默，随后他容光焕发地继续说道：

"旧世界的人来此与你对抗，也许明天你就会拿起武器与他们较量。将会流很多血。但历史的教训是，人类将在泪水和鲜血中重生。每一场大风暴都会带来很多破裂、衰落、毁灭。粮食将会变成泥土，羊群将会走散，树木将会连根拔起，岩石将会掉落并让活人粉身碎骨。这是多么大的损失，废墟上会有多少哭声！但风暴过后，空气中又充满了生命之力。倒下的树的根部将翻倍地发芽，人类的灵魂怀着对工作的热情继续其生命。阿提拉，伟大的国王！你是上帝给人类施加的风暴！你的讯息就像咆哮的风暴。你的剑就是闪电。你的子民就是雷声隆隆的狂风暴雨。上帝的意愿如此。因为没有任何东西能违背他的意愿。但是，因为你是个好人，即使我颤抖着目睹你的大肆毁灭，我依然尊敬你。愿上帝赐福于你，让你在暴风雨过后看见复苏。既然上帝用你的手打败了这个世界,也将用你的手来保佑这个世界。"

他走到阿提拉的面前。阿提拉把手伸向他。老人想亲吻他的手。阿提拉却把他拥入怀中。

"祝福!"匈奴人喊道。

"万岁!"外国人喊道。

"万岁!"哥特将领喊道。

人们为阿提拉的健康干杯。

国王坐在那里,用略带匈奴腔的拉丁语回应道:

"我相信人类的生命不是始于这个星球,也不会终止于这个星球。我们来这里战斗,却不知道为了什么,但有人知道。我是匈奴人的神派来的,他也是世界之神。他把剑交到我的手上,我不会让它从我手中掉落。谁敢站到我的面前?"

匈奴人热情地喊着"祝福"。阿提拉的眼睛光芒四射。他站起身来,庄重地向主教举起酒杯,这表示他祝主教身体健康。

四十六

一部分人散去了，其中包括豪尔吉道、拜泰格、乌尔贡、考莫乔、毛道拉斯、巴兰、沃乔尔和乌波尔。其他的人还留在那里。

仆人们把露营桌撤走并折叠起来。他们把椅子堆放在大厅的墙壁下，匆匆忙忙地收拾着桌椅。

在晚餐期间，我就看见帐篷前人来人往，有些怪异。但我还是被桌子上的谈话深深吸引，就没顾上往外看。晚餐结束后，我才走出去一探究竟：帐篷前发生了什么事情？

我看见人们在栽种一棵枝繁叶茂的白桦树，正给树根部填土。在距离白桦树十步远的地方，助祭们堆起一个小篝火堆。萨满们在篝火堆前忙碌着。捷尔海用一根绳子牵着一只被阉割的白公羊和一只黑公羊。布乔用脑袋顶来一块七角石，沙尔曼德用脑袋顶来一块圆圆的黑石头。另外两名萨满手里的铜锅闪闪发亮。

原来是要举办敬神仪式。人们正等着敬神。

篝火燃了起来，照亮了在周围走动着的僧侣们：卡冒和伊达尔穿着白衣，佐博卡尼、博卡尔、捷尔海穿着红衣，其他人穿着黑衣——助祭们只穿着普通的军装忙碌着，仅把既长又尖的祭祀帽戴在头上。

白桦树下蹲着三个半裸体的僧侣乐师。两个人身边有长鼓，第三个人有一个底部呈漏斗状的长管——匈奴话叫"塔罗高托"。

将领们围坐在阿提拉身边低矮的椅子上。在外面，篝火后面站着许多观众——大多是德高望重的老者……鼓手们把鼓敲得震天响。"塔罗高托"吹奏者吹响了一支悲伤而令人恐惧的旋律。

佐博卡尼掏出一把闪光的匕首,插进白公羊的身体。维托什萨满也把一把匕首插进黑公羊的身体。两只羊的惨叫声混入音乐声中。人们把被阉割的白公羊的血接在一只银碗中,把黑公羊的血接在一个铁盆里。

僧侣们忙碌地工作着。博卡尔和捷尔海把长袍的袖子卷起来,用宽大的弯刀把两只羊的皮利利索索地剥了下来。道莫诺格把小斧头放在火上烤了一下,然后砍下了黑公羊的两只角。他把羊角交给维托什。维托什把两只角插在耳朵上方的帽子边缘。

音乐声停了。

老伊达尔踩着白桦树上的脚窝往树上爬,在树冠里停下来。他摊开双手,用颤抖的声音唱道:

"安静!安静!安静!"

所有的人都把帽子摘下来。阿提拉也不例外。

佐博卡尼把被阉割的白公羊的舌头割下来,放到一个大银勺里,在大火的前面举起来。

伊达尔在树上把身体转向东方,向高空喊道:

"我们的造物主!神啊,我们的主人!太阳和月亮的主宰!地球的主宰!水的主宰!星空的主宰!把你的脸转向我们!把你的心向着我们!在熊熊烈火中,我们向你祭献。"

佐博卡尼把羊舌头扔进火里。僧侣们齐声喊道:

"你帮帮我们吧!造物主,神,我们的主人!请你和我们在一起!"

伊达尔从树上下来。他把圣匙拿在手里,里面的白公羊的心脏泛着红光。他高举圣匙,祈祷道:

"居住在云端、对闪电发号施令、让天打雷、让地动摇的强大的圣父!如同这颗在烈火中燃烧的羊心,我们的心也同样为你燃烧。请你和我们在一起!"

"请你和我们在一起！"萨满们和其他的人喊道。

伊达尔也把羊心扔进火里。

圣乐又响了起来。

伊达尔再次爬到树上。他随身带了一根蜡烛，隐藏在了树冠里。

"安静！安静！安静！"佐博卡尼在下面唱道。

音乐停了。一声压抑的咳嗽声从外层观众中传来。

这位首席萨满安静地、一动不动地在树上坐了几分钟，然后抬起头，喊道：

"居住在天上的匈奴鬼魂！夜晚飘荡的阴影！拿起你们的剑！拿起你们的弓箭！驱逐异域的鬼魂！把他们赶进地里！水里！永恒的黑暗里！"

被阉割的白公羊的血被倒进火里。

火发出呲呲声。蒸汽升腾而起。伊达尔从树上下来。佐博卡尼递给他一把剑。伊达尔用剑从火焰的右边向左边砍了七下，这期间他口中念念有词，不知说些什么。

维托什走出来。两只鼓发出低沉的声音。他把黑公羊的舌头和心放到一把铁勺里。他看着地，用悲痛的声音说：

"有害的灵魂之主、巨大的恶魔！魔鬼之主，可怕的恶魔！悲伤、麻烦的制造者，黑色的恶魔！你别伤害我们！"

"你别伤害我们！"所有的人都低语道。

他把羊舌头扔进祭祀石下面的坑里，把铁碗里的羊血也倒到那里。

火已经没有火焰，只有余烬在燃烧。

伊达尔把两块石头扔进余烬里，把羊的肩胛骨放在石头上。他的手指向骨头，一动不动地站着。

一直默默地坐在白桦树根部的瞎子卡冒站起身来。他手里拿着两把血淋淋的剑。人们向火里扔干草。红色的火焰腾地升起。卡冒转向火，把两把剑交叉着高高举起。

音乐停了。

"鞠躬！"伊达尔唱道。

所有的人都鞠躬。

卡冒用颤抖、苍老的声音唱道：

"神，我们的主人，我们求你在高处现身。是你的意愿把匈奴人带到了这里。你的剑就在阿提拉的手中。请把你的力量从高处注入我们的身体。我们恳求你帮助巴兰比尔的儿子、匈奴人的首领、你选择的人阿提拉！"

"请帮助阿提拉吧！"人们和萨满们一起低语道。

火光映红了首席萨满的帽子。帽子上缀满各种各样的小挂饰：金币、用银子打的小动物脑袋、各种牙齿和镶有钻石的星星。其他萨满的帽子上也坠满了类似的闪光小挂饰。

我偷看了一眼阿提拉。他一动不动地坐在椅子上。他蓄着黑胡子，眼睛陷入阴影之中，脸色苍白，整个人如同夜晚的幽灵。

萨满继续道：

"神，我们的主人，你把我们从遥远的东方带到蒂萨河平原，又把我们从蒂萨河平原带到西方人的国家，请把我们的剑变坚硬，让它的钢能砍断别的钢，让它的攻击力就像风暴中的闪电。"

"就像风暴中的闪电。"人们自豪而虔诚地低语道。

伊达尔接过卡冒手中的剑，把两支箭塞进他的手中。

火又燃烧起来。

卡冒唱道：

"神，我们的主人，请允许我们的箭像燕子一样飞翔，像冰雹一样密集。不要让敌人的魔咒得逞，以免我们的箭落在目标之前、飞到目标之上或者击中目标时被敌人获得，而是要让每支箭都插进敌人的身体。你保佑我们的箭吧！"

干三叶草燃烧了起来。

卡冒的手抓起镫头，举在火的上方。他唱道：

"神,我们的主人,请给我们的马的肌腱以力量。请把它们的耳朵变聋,把它们的眼睛变模糊,让它们在冲锋陷阵时就像呼啸的风暴,让它们冲破身穿铁衣的军队,让它们把敌人杀得血流成河。请给我们的马安上翅膀,让它们的肌腱变成钢,让它们免于受伤。请给我们的马以力量!"

众人把最后一句话重复了一遍。

小银桶里的葡萄酒被浇到火上。有那么一个瞬间,黑暗笼罩了一切。然后,火再次燃烧起来,发出哔哔声,把高高的蒸汽柱染红。

在火光中,卡冒把剑指向天空,喊道:

"匈奴人的影子!你们出来吧!我们的父亲巴兰比尔!迈杰尔勇士!陶尔卡尼主教!戴切!维尔博茨!博多尔!乔兰!布达!鲁夫!苏达尔!曹阿普!冒多乔!冒科!鲍罗格!盖沃!陶尔乔!考洛乔!冒格奇!勇士中的勇士,我们爱戴的人!你们从火里、水里、天空和地下出来吧!你们就像沉睡者的呼吸那样来吧!你们就像山林间消散的云那样来吧!你们就像夜晚飘荡的影子那样来吧!你们出来帮助我们吧!"

"你们帮助我们吧!"众人低声道。

首席萨满伊达尔把两把剑插入白桦树。

他把一支箭插在剑的上方,把箭头挂在树枝上,把燃烧的蜡烛放在箭的上方。

阿提拉起身。人群散去。主教们进入阿提拉的帐篷大厅。吟游歌手坐在角落里。大厅的中央空空荡荡。阿提拉坐在后墙前的宝座形扶手椅上。在他右侧低矮的营地椅上坐的是最高指挥官,左侧坐的是阿达里克国王。在他脚下的地毯上坐着埃拉克和奥劳达尔。在墙的旁边,诸位大公和匈奴贵族列成一排。

在帐篷大厅的柱子上,几根粗粗的蜡烛噼啪作响。营地里四处是鼾声和马吃草的轻微而低沉的响声,类似于大海单调的轰鸣声。只有营地的狗在远处吠,篝火在我们的面前噼啪作响,把僧侣们长长的影子映照在帐篷的墙壁上。

两只鼓咚咚响。两名鼓手用手掌、手指敲击。管乐手把"塔罗高托"放到嘴唇边,吹响一支永无止境的旋律:

佐博卡尼萨满站在大厅中央。他把头转向天空,伸开双臂,开始绕着圆圈走,且速度越来越快。他很快就跑起来,边跑边跳,仿佛是想从帐篷里逃出去似的。鼓点越敲越紧。他的喘息声越来越大。他的头发飘了起来,几乎整个身体都在喘着粗气。瞧,他已经放慢了脚步,拖着无力的双腿在绕着圈子。他的瞳孔过于向上偏移,致使他的眼白朝着我们闪烁。他的脸色由黑红变黄,再变苍白。最后他完全眩晕,口吐白沫瘫倒在地。

萨满们跪在他的周围。音乐停止了。他抽搐着断断续续地低语着什么,但我没有听见。

阿提拉坐在扶手椅上,皱着眉头注视着他。

卡冒把佐博卡尼刚才说的话大声说了出来:

"田野上开出血色之花。雀鹰和雕一起在灰尘中沐浴。"

我们一声不吭地注视着他。有些人耸耸肩,有些人在思索。阿提拉阴森的眼睛望着前方。

有两个人把佐博卡尼扶起来带走了。我想:他肯定在仪式之前喝了某种有毒植物的汁液,因为他就像疯了一样。

音乐又响了起来。

一名身穿丧服的阿兰僧侣走到地毯中央，在一块白布上面摇动各种颜色的木棒。有一个被涂成白色的完全赤裸的人一边做着转弯跳和侧身翻跟头，一边呼唤着鬼神们的名字，而阿兰僧侣则喊着神的名字，努力依据木棒的聚集情况阐释自己的预言。

阿兰僧侣的预言听起来更美好一些：

"我把敌人看作是七头龙。最愤怒的一个头耷拉了下来，跌落在尘土里。罗马人的剑是白色的。匈奴人的剑是红色的。"

阿提拉的头动了一下。匈奴贵族们窃窃私语道：

"埃提乌斯……"

哥特僧侣来了。他们把手掌伸进开膛的动物身体内，把眼睛转向天空，他们做出喜忧参半的预言。在场的人屏住呼吸注视着他们。

最后，匈奴萨满用铁钳子夹着两块红通通的石头进来，放置在大厅中央的一堆余烬上。

接下来的是一阵虔诚的沉默。

伊达尔用末端镀金的银钳从圆石上捡起发黑的骨头，举向火把。他检查骨头上的裂缝，一脸焦虑的表情。

他的脸色时而阴沉，时而明亮。他把骨头递给佐博卡尼，佐博卡尼仔细地看着。

"我一点儿也没看明白，"他终于对瞎子主教说，"只有一个大的裂缝。"

"可以看明白的。"主教回答道。

他转向阿提拉：

"敌人的首领将会阵亡。"

所有的人都动了起来。只有阿提拉一动不动。

"让我们看看另一个。"他说。

另一块石头上的骨头还冒着烟。音乐又响起来。萨满们在角落里摇晃着身子，低声说出发人深省的语句。

最后，伊达尔把那块骨头捡起来。寂静极了。伊达尔一字一句地念道：

"匈奴……灵……魂……和……你……们……一起……战……斗……"

将领们跳了起来。所有的人都朝骨头跑过去。阿提拉冲在最前面。

后来，比奥尔把黑色肩胛骨上的裂缝给我画了下来，这些裂缝呈文字形状，连起来读就是上面这句话。

每个人都喜形于色。只有老主教平静而困倦地坐在原地。

阿提拉转向他：

"嗨，你不为我做出预言吗？你没有权力问问基督徒吗？"

主教起身，谦卑地回答道：

"没有，陛下。我们的宗教只知道一个预言。"

"你说吧！"

"如上帝所愿。"

"那就好，"阿提拉拍打他的剑，"既然上帝想让这把剑来到我的身边，那么他也想让它所向披靡！"

他点头与大家作别，然后就上楼了。

四十七

我点燃一个火把,走在我的主人的前面。帐篷的周围躺满了正在睡觉的士兵。夜里只听见狗吠声。

我的主人和最高指挥官走在我的身后。他们没有交谈。当走到我们的帐篷跟前时,最高指挥官才跨上马,查特问道:

"难道不是我们先动手吗?"

"可能性很小。"最高指挥官困倦而冷漠地答道。

"迹象不明朗吗?"

"不明朗。明天早上阿提拉肯定还会再察看一次敌方的阵形。"

我对最高指挥官的话感到惊讶。后来,我才明白阿提拉是刻意在外国大公们的面前如此表现,好像征兆对自己有利似的。

"假如是他们先动手呢?"查特问。

"我不这么认为,"他的兄长摇了摇头,"赶紧睡觉吧。我现在就出发。"

"去南边吗?"

"对。我们的两名间谍承诺,如果刮风的话,他们将点燃干草车。干草车相距很近。如果有神的帮助,我将到达他们的背部。你要当心小溪旁的芦苇荡。"

兄弟俩握手道别。

查特若有所思地跨进帐篷。他停下来,好像在思索着什么,然后打了个大哈欠，连下颌骨都发出嘎吱的响声。

我把火把插在柱子上的铁座里，想帮他脱衣服。

"今晚我们不脱衣，"查特阻止我，"你也和衣而睡吧。手别离剑。"

他把手伸进箱子，取出两个皮囊，形同小球。

"你拿出去，"他说，"挂到马鞍的后面。用湿衣服盖好。把其中一个挂到'闪电'身上，另一个挂到备用马身上。你等等！"他边说边朝箱子弯腰，"我也给你一个。战斗期间人会觉得非常渴。"

他把盖子拔出来，尝了一口。

"见鬼！变酸了！你尝尝，有酸味！"

"不足为奇，"我回答道，"你知道的，主人，我们没把酒窖带来。"

"但国王的酒怎么没坏？"

"国王的酒是用盖着湿动物皮的酒桶拉来的。"

他躺到吊床上，酣然入梦。

马套着鞍站立在帐篷旁边。马夫考劳奇也和它们一起守夜。马鞍上已经挂着裹着铜的山茱萸木质狼牙棒和箭筒，箭筒里塞满了三英尺长的芦苇箭。

"你卸下来放到马的前面吧，"我说，"早晨之前，我们几乎无事可做。"

考劳奇打了一个哈欠。

"你没看见上面有燕麦袋子吗？"他回答道。

他也躺到帐篷的一侧睡觉。

我睡在帐篷门前的皮屋檐下。我的床挂在柱子上。劳多和两个年轻的男囚犯睡在我的下方。在途经阿尔卑斯山时，他们被分给了查特。他们的脚上还拴着链子。

四十八

我久久不能入睡。

我想：在这个尘世间，我还能再度过一个夜晚吗？今晚会不会是我最后一次看见北斗七星？假如我没有遇见埃莫盖，这个夜晚该会有多么不同啊！我会睡在君士坦丁堡弥漫着大海味道的宁静夏夜里，而不会在这个沉睡的地狱里听着马如何把燕麦嚼得咔嚓咔嚓响，明天早上它可能就会驮着我奔向死亡。

然而，午夜时分，我还是睡着了。但我能睡到什么时候呢？在夏天，凌晨三点天空就会发红，是营地的喧嚣声把我吵醒。到处都是咚咚的马蹄声。人们带着它们去饮水。

我踩着脚蹬，爬上帐篷的柱子察看敌情。那边也是一片繁忙的景象。两个营地之间有上百万匹马全都在小溪边上。每匹马都有水喝吗？今天会有战斗吗？

我的主人也起床了。他用手捧水洗脸。他捋了捋唇髭和胡须。我手里捧着他的皮长袍，他把它披到身上，急匆匆去找阿提拉。

匈奴人都已骑在马背上。年轻人骑在无鞍的马上，只把外套或者一块皮革或者毯子垫在身下。年长者骑在低桥马鞍上。所有人都把头转向阿提拉的帐篷方向。从远处的原野上传来叫喊声：

"什么情况？我们出发吗？"

年轻人摩拳擦掌。年长者也认为干燥、晴朗的天气很好。早晨天还没热，会更好一些。今天总比明天好。

我自己也不耐烦了。趁我的主人还在阿提拉那里，我再次检查了马笼头、马镫、我的战袍和皮带上的扣子。我在凉鞋跟上磨匕首和剑。与其他人一样，我在两个膝盖上也绑上了装满马毛的皮袋子。

一名阿拉伯商人来到匈奴人中间出售狮子油。许多人买了狮子油，跟他开玩笑说：狮子是嘶鸣还是哼哼？阿拉伯人发誓说，狮子油是他在非洲用自己的刀从狮子身上取下来的。

最后，阿提拉下令：所有的人吃饱喝好，把马也喂饱。

于是，营地厨房都冒起了烟。在帐篷之间的通道上，人们牵着牛、牛犊、羔羊、绵羊向各个方向走去。

"难道我们今天不战斗吗？"有的人生气地说。

"也许下午吧。"

"下午？就连我的爷爷也闻所未闻！"

"你看不见我们正面对太阳吗？"

但为什么罗马人不进攻呢？阳光可没有晃他们的眼睛啊。

间谍报告说，埃提乌斯还在等一支部队。他们准备明天早上进攻。

"我们下午作战。"查特说。他脱下战袍，让我收好。

天气炎热。长长的烤串在火的上方转动着。这转动的力量似乎将在下午的战斗中释放出来。

四十九

帐篷南侧的影子尚短,只见号角手卡松出现在国王帐篷的顶端,吹响巨大的白色象牙号角。

成千上万只号角尖叫起来,重复着这三声可怕的吼叫声。要是安静的话,人们会听到这三声号角声如何穿越营地传到远方,那可是眼睛无法看到的地方,但那里有许多我们的人。

只听见武器的磕碰声。刹那间,营地里出现混乱的声音:呼唤姓名的声音、叫喊声、命令声混成一片。

每个人都往马匹的身边赶。每个人都佩戴、整理自己的皮帽、头盔、胸甲、盾牌、箭筒、剑、长矛、马肚带、弓弦。萨尔马提亚人和罗克索拉尼人往头上戴带角的兽头皮。盖伦人把人的头骨绑到长矛上。马科曼尼人把牛角戴到头上。他们看起来就像魔鬼一样。

在队伍前,献祭之火的烟雾在三十个地方同时升起。异域民族的僧侣们也在做献祭。匈奴僧侣用白马做祭品,萨尔马提亚人和盖伦人用人做祭品。

哨兵们从原野上撤了回来。在帐篷之间的巷道上,传令兵飞也似的奔跑着，到处尘土飞扬。旗手们已经把旗杆插进马镫里。吹哨手站在里面的马车上。拉弩弓和机械弹弓的马已经套好了。每一个动作都是迅捷的。每一双眼睛都是闪亮的。每个人都在叫喊着说话。

也许只有我一个人脸色苍白，一言不发。

因为我感到有一股寒气穿过全身，好像有一只隐形的吃腐肉的狗在舔我的脸。我的脑海里只有一个想法，它几乎是冻结在我的脑海里，这个想法就是：你正在走向死亡！

此时此刻，我就站在阿提拉的帐篷前。我站在马夫们的中间，他们手里牵着阿提拉和贵族们的马。我的马戴着皮护胸，我的狼牙棒放在马鞍上。我身穿灰色战袍，还披上了一个披肩，这样就更像绅士。我头戴涂成肤色的铜头盔，右侧佩剑，左侧挂着箭筒，里面有大约一百支近一米长的轻箭。我的背上也有箭筒。我的手里握着弓。

号角声再次从帐篷顶端响起：

上千只号角也吹响了这个声音，这个声音响彻整个营地。

人们解开马车的链子。这个马背上的民族在嘎吱声和隆隆声中从帐篷间的巷道涌向原野。

头上插着鹤和鸵鸟羽毛的传令兵跑在最前面。骑兵按照民族和家族分成小组。站在第一排的都是久经考验的英雄，他们的马穿着最好的保护胸部的铠甲。在战斗结束后，他们将获得双份战利品。

在队伍的中间,年纪最小的人用长矛举着家徽,有的还是不到十五岁的小孩儿。

所有的人都裸露着右臂。有的人还裸露着左臂,但上面缠绕着银蛇或铜蛇以保护肌肉。只有胸部和脑袋遮盖得严严实实。但很少看见金属头盔,多数人现在也戴着皮帽。

白匈奴和黑匈奴混在一起,他们被分成许多小队,点缀在方阵的内层。步兵们站在最后面。

从阿提拉的帐篷方向传来震耳欲聋的祝福声。阿提拉骑着马从帐篷里出来。他头顶金色头盔,背披狮皮坎肩。一面巨大的白色丝绸旗在他的面前升起,绣在上面的金色雀鹰闪着光。这面旗由沃乔尔举着。

高级军官们和保镖们簇拥着阿提拉。银色胸甲熠熠生辉,所有人的腰间都坠着两把剑。

当阿提拉的旗帜出现时,在看不见尽头的营地里爆发出雷鸣般的欢呼声。

国王骑着他那匹童话般的白马往前跑去。他的两个裸露的手臂上戴着螺旋形金护臂。这是一双多么健壮的棕色手臂啊!

他高挺着胸脯,在队列的前面飞奔。在向原野进发时,他转身回望了一眼军队,这是自薛西斯[①]以来从未有过的庞大军队。

雷鸣般的万岁声此起彼伏。

在祭坛上,正在杀用来献祭的动物。

阿提拉停在祭坛上,瞎子卡冒正在那里主持献祭仪式。

献祭仪式是短暂的。这名僧侣大声呼唤匈奴人的神。他把双臂伸向军队的各个作战单元。然后,他把桦木扫帚浸入血液之中,用它为军队祝圣。萨尔马提亚人和盖伦人则用人血祝圣。

此后,僧侣们在祭坛上静静地继续献祭,直至战斗开始。

阿提拉从队列的一头疾驰到另一头。在有的地方,他会停下来与部落

[①] 指薛西斯一世(约前519年—前465年),波斯帝国国王(前486年—前465年在位)。

首领交谈。在有的地方，他会对军队喊出鼓舞士气的话语。

"我们是匈奴人！"他对我们的军队喊道，"今天我们也将展示我们的力量！"

这个声音是多么有力啊！他的眼神是多么有力啊！他的头部的转动是多么有力啊！看见这样的一个人是多么让人高兴啊，他好像不是人，而是居住在人身体里的狮子和神。

人们热烈地喊道：

"我们将展示我们的力量！"

但是，我却是用嘶哑的嗓音喊出来的。

我们的旁边是贝尔吉的部队。

阿提拉对那边喊道：

"神和我们一起战斗！我们还从未打过败仗！"

"现在也不会打败仗！"部队回应道。

阿提拉继续疾驰。

后来，我们就听不见他说什么了，我们只听见吼叫声，只看见长矛高高举起。

但是，战线是如此之长，以至于两翼在平原上伸展开来后根本看不到头。阿提拉只把剑朝两翼的方向挥舞。

但说一句这样的话就足够了：你们看，这就是神之剑！

回应他的是遥远的咆哮声和武器的闪光，这说明他们明白阿提拉的动作。他点燃了每个人的心，就像冉冉升起的太阳点燃了海浪一样。

但是，我们也看得见原野另一边的敌军阵容。

他们几乎不想今天就战斗，几个小时后就是下午，他们将迎着太阳。但他们能做的就是：听号角声，做进攻准备，必须接受战斗。

我全身打着寒战。

"嗨，这将是一场疯狂的战斗！"我旁边的一位匈奴老人说。他的脸上沟壑纵横，就像蜜瓜一样。

"为什么？"我接着他的话问道。

因为我的耳朵能把周围人说的话都听进去。

"之所以这么说，"匈奴老人回答道，"是因为我们要是现在开战的话，夜间会继续战斗。没有比夜间战斗更糟糕的了。"

"没有比这更好的了，"大耳朵萨博尔奇自豪地说，"至少我们不会出汗。"

让我们来看看敌军的集结情况。

敌人离我们太远了，没法看清他们的脸，只能看见正在集结的队伍。

即便如此，我们也知道，在小溪对岸铠甲泛着银光的人是罗马人，拿着黄皮盾牌的人是法兰克人，衣服上有白色装饰物的是勃艮第人，移动的芦苇丛是阿兰人，像滚滚麦浪的庞大人群是西哥特人，而在部队的前面骑着马跑来跑去、铠甲熠熠生辉的那些人是埃提乌斯、狄奥多里克国王父子、桑吉班国王、法兰克国王墨洛维、勃艮第国王贡迪博和将领们。

他们和阿提拉一样，也在排兵布阵。一支支银色的骑兵部队像流水一样改变位置。之后那些首领们就散开了。现在，远远就能看见罗马军队位于左翼，正对着我们的格皮德人和脸上涂着颜色、穿着动物皮的各种野蛮人。

西哥特人位于右翼，他们将和我们的东哥特人厮杀。居中的法兰克人、阿莫利卡人、勃艮第人、阿兰人和其他的混血民族将对阵匈奴人。

阿提拉的将领们已经各就各位。

天非常热。每个人都流着汗。

罗马营地后面远远地升起一股浓烟。是装干草的马车着火了吗？是最高指挥官从敌人的背后发动进攻了吗？一只鹳在两个营地的上空高高地盘旋着。

阿提拉站在马镫上向敌人的方向眺望。看得出，他还在琢磨。

他朝东哥特国王挥了一下剑。

东哥特部队出发了。骑兵们像打开的扇子一样冲了出去。他们向托里斯蒙德占据的山丘飞奔而去。呼喊声越来越密，最后就像狂风暴雨一般。飞行兵器在阳光下熠熠生辉。

漫天尘土遮挡住了骑兵们的身影。此外，东哥特骑兵就像被风暴卷到路面上的一个黄色云团一样在地上快速移动。

瞧，罗马军队朝我们的左侧出发了。他们就像蒂萨河泛滥的洪水一样闪着光流向我们的前军。他们离我们太远了，以至于只能听到他们沉闷的隆隆声，就像遥远的雷声一样。

每个人都默不作声。每个人都在看。天就像地狱般灼热。

"见鬼！"查特讨厌起他的马来，"我们还没开始战斗，它的耳朵就已经出汗了。"

然而，我们这边的鼓也敲响了，号角也尖叫了起来，哨子也响了起来。出发前愤怒的咆哮声吞没了号角声和哨子声。

查特回头看我是否还在。他的眼睛里充满杀气。他的脸上汗涔涔的，仿佛上了漆似的。

死亡的寒意掠过我的全身。我的肌肉就像拉满了的弓，正等待着把张力释放出去。

阿提拉站在马镫上，回头望了一眼。他举起剑，下令出发。

三十万个喉咙发出"冲啊！"的喊声。一匹匹骏马飞也似的朝罗马军队的中央进发。

"愿神帮助我们！"

大地在颤抖。空气中充满暴风雨般的喊声。每个人都身体前倾，跟着队长飞奔。

一支支队伍相继拉开了距离，在身后留下了一片片空隙，就像棋盘上的方格。贝尔吉、欧尔戈瓦尼、多罗格和马乔的部队很快就填补了这些空隙。

在原野上，这些部队分散开来向前冲去。他们的身后刚出现一点儿空间，乌波尔、巴兰、毛道拉斯和考莫乔的部队就出发了，紧随其后的是乌尔贡、拜德格、奥劳达尔、热格德的部队。

接下来是我们。

迄今,我们像绷紧的弓弦,一直站着,等待前面裂开空隙。当前面的部队已经走远,我们可以出发时,查特摇动自己的弓,尖叫道:

"冲啊,神,我的主!"

嗖的一声,我们就出发了。

究竟是我们出发了,还是我们身下的土地在往后跑?马儿四蹄翻腾。我必须用两个膝盖紧紧地夹住马,这样我才能留在飞奔的马的背上。

"呜咿!呜咿!"

我不能和查特拉开距离。在他的左侧,劳多拿着一个巨大的弧形皮盾牌在飞奔。他只需要在战斗中照顾主人即可。他必须用这个大盾牌抵挡住所有来自左侧的长矛和打击。我们和考劳奇紧跟着他,考劳奇的坐骑旁边有一匹带鞍的马也在奔跑,假如主人的坐骑被箭射中或者被长矛捅死,他就立即把它换上。

"呜咿!呜咿!"

我们在驰骋,也就是说,是马在驮着我们跑。因为没过几分钟,我的双脚就发麻了,这是肯定的事情。震耳欲聋的喊声、马的惊叫声、马蹄声、飞扬的尘土……这简直是世界末日般的混乱。

"呜咿!呜咿!冲啊!"

这些喊声仿佛是从胸中喷射出来的火焰。

但这只是最初几分钟的压力而已。此后,我突然之间就有了从未感觉到的力量。是我周围的吼叫声、愤怒的呐喊声让我坚强了起来。

骑兵们铺开来继续驰骋,就像洒水壶里的水倒出来时水流变宽那样。不久,在弥漫的尘雾中,我周围的空隙宽阔起来,我把弓箭抓到手里。

我把缰绳搭在马鞍上。我拉紧弓弦。但我们还没有放箭。

原野上的草地被马蹄踩得稀巴烂。在尘雾中,我几乎看不见查特。

"冲啊!"

号角发出命令：

"放箭！"

我眼前的世界一片模糊：漫天箭雨，这是我们射出的箭。我也用膝盖夹紧我的马，身子向后倾斜，把我的箭射向高空。

尖叫声和咆哮声震耳欲聋！受惊的马喷着响鼻。愤怒的人们发出尖叫声！

但是，敌人的箭雨也升空了。我举起盾牌。一支箭射中我的马鞍的木框，一分钟后另一支箭射中我的盾牌。我的主啊，上帝，我的马可别中箭啊！

我们继续驰骋。

在驰骋的过程中，我已经通过缝隙看见了盾牌下密密麻麻的敌人。马朝敌人撞去，发出强烈的撞击声。布满铁钉的狼牙棒呼呼带风，咣当作响。冲啊！——这个喊声变成了奇怪的嚎叫声、尖叫声。我的眼睛只看见我方的马口吐白沫，而我的马已经是在死者的身体上跳跃。拿出长矛！因为这些是阿兰人！你踩踏吧，我的马儿，你踩踏吧，你踩踏这些颤抖的蠕虫吧！

瞧，在我的对面，有一个幸存者正从死人堆里往外爬！可没等他爬起来，查特就击倒了他。这时，又过来一个胡须蓬乱、披着铠甲的阿兰人。他的长矛已经折断。他把狼牙棒挥向右侧的一个人。我左右开弓，只要看见脑袋就射箭。我的身体内有一股可怕的力量，我似乎能用这股力量把房子推倒。噗！狗娘养的，见鬼！有某种东西也砸中我的大腿。可别有东西砸中查特的大腿！查特把马往回拽，他去摸自己的脸。在我们后面的人叫喊着冲到了我们前面。

我们气喘吁吁。我们至少搏斗了一个小时。马儿们也是喘着粗气。它们的两条后腿之间有白色的泡沫状汗水往下流。我本应把我的马镫收短一些，这样在搏杀时我才能站得更高一些。可是我没有时间啊！我几乎喘不过气来。我口渴。

我望着查特，想知道他怎么了。他把两三颗带血的牙齿吐到一边。他骂着特别难听的话。他甩干眼泪，对劳多喊道：

"把牧羊人长斧给我！"

他接过牧羊人长斧。阿兰人密密麻麻的，就像未收割的小麦似的。他们只刺马。四蹄乱蹬的马和痛得在地上打滚的一堆人像堡垒一样保护着他们。我们必须拐一个弯，才能再次接近他们。但是，在尘土的海洋里，插着红色羽毛的法兰克骑兵像波浪一样滚滚而来。而且，他们是朝着我们而来！

两支骑兵遭遇了。只听见盾牌的铿锵声、头盔的砰砰声、尖叫声、叫喊声、马的响鼻声。啊，这简直就是地狱般的混乱！一个满脸是血的法兰克骑兵朝我冲过来。我挥舞狼牙棒朝他的胸口砸去。他掉落马下。他的马和我的马撞在了一起。我用狼牙棒砸它的脑袋。因为尘雾很大，我什么也看不见。但我听到了回撤的号角声。我大为吃惊。我用力拉马嚼子。人和马太密集了。我无法掉头。敌人的骑兵把我们往回压。

我身后空间变大了。我让马立起来转身，跟着其他的马疾驰起来。

"上帝保佑，你真是个聪明的动物！"

在我们旁边回撤的一支队伍接替我们继续战斗。我们气喘吁吁地排列成新的战斗队形。

感谢上帝，我还活着。

人和马鲜血淋漓。查特的号角吹响休整的号令。我们休息。法兰克骑兵非常强悍，把我们往回推了足有一千步，直到欧尔戈瓦尼的部队赶来支援我们，从侧面攻击法兰克骑兵。

我们休息，喘气，擦汗。我渴得好像喉咙里插了一把尖刀。查特不停地吐唾沫，不停地咒骂。其他的人也是鲜血淋淋。他们旋转手臂，伸展腿脚——只要能转动，就说明没问题。流血不是问题。我的大腿和胸部也在流血，我甚至为此感到骄傲。我只想调整一下马镫！查特在咒骂。每个人都坐在马鞍上，伸长脖子看着欧尔戈瓦尼的人马在战斗。欧尔戈瓦尼的人

245

马一边战斗,一边向北移动。让人难以理解的是,两支正在搏杀的部队向北移动!仿佛微小的白色闪电不停地在人群上方划过。也许是最初的压力使马匹向北移动。我们和战斗的人群之间的空间有多瑙河那么宽。

"我砍了八个人!"劳多喘着气说,"这你们也看见了。"

"我砍了五个人!"我也喊道。

"我看见了。"劳多回应道,"你呢?"

"一千个,"查特愤怒地说,"我一个人杀了一千个人!"

我们身后传来巨大的嗡嗡声,这声音甚至盖住了战斗的嘈杂声。

"阿提拉。"查特惊愕道。

的确是他,在强悍的保镖的护卫下,他骑在一匹大白马上,和大约两万名匈奴人在一起。他把剑高高举起,挥向我们,仿佛在说:"匈奴人,你们为什么滞留在此?当我在前面奋战时,是否有人没有拼尽全力?"

在巨大的吼声中,他从我们面前飞奔而过。骑兵们身体向前倾斜,鼓起眼珠的马打着响鼻,清除鼻孔里的灰尘。阿提拉的旗帜如白色的幽灵飘扬在急速行进的队伍上空……

我们的部队获得了新的力量:有阿提拉挂帅,没有人不相信运气。

我们再次出发。

"只攻敌阵中央!"跑在我前面的插着鸵鸟羽毛的传令兵尖叫道,"这是阿提拉的命令!我们要从中央突破敌阵。"

人群如山似海,鬼知道敌阵中央在哪儿。

阿提拉带领我们去哪儿,敌阵中央就应该在哪儿。

我们很快就到了那个地方,这是尘土飞旋最高的地方。

但仍能看见刀光剑影和飘扬在尘土之上的白旗。在激烈血腥的战斗中,天在摇,地在动。我隐约看见了阿提拉耀眼的黄头盔和他闪闪发光的剑。敌人已经全是阿兰骑兵。六英尺的长矛像鸟儿一样在我们中间飞来飞去。我们再次陷入地狱般的混乱之中。

我要对付的第一个人是一个蓄着大胡子、眼睛流血的勃艮第人。查特的狼牙棒砸碎了他的盾牌，然后向他身边的另一个人砸去。此人刚刚放下遭到重击的左手，我的长矛就噗的一声插进他的胸膛。一股恶心的感觉涌上心头。我忘了把长矛拔出来。勃艮第人像袋子一样从马上滚落下来。

我没有时间抬起头去留意谁看见了我把敌人捅死。我的马驮着我继续狂奔。我手中没有长矛。我把剑拔出来。哎，这个破马镫！我要是能把它收短就好了！

"呜咿！呜咿！"

我的马从死马身上跃过去，踩到死人的身上。"呜咿！"的喊声被"他们跑了！"的喊声代替。

但瞧瞧，马儿们挤在了一起。阿兰长矛手承受不住匈奴人的巨大压力，但强大的法兰克十万强悍骑兵却在抵抗。剑伤害不到他们，我们只能靠长矛、匕首和狼牙棒。

匈奴骑兵和法兰克骑兵交织在了一起，双方在喊声中短兵相接。看不见别的，只看见既愤怒又血腥的厮杀、刀光剑影、马痛得打滚。听不见别的，只听见此起彼伏的咒骂声、狼牙棒的呼啸声、剑和长矛的咔嚓声和撞击声。一匹匹马倒下去，人也随之倒下去，其他的骑兵则在其上方交锋。几分钟过后，在刚才那匹马倒下的地方，成堆的马和人在血泊中扭动、抽搐。

有一个瞬间，我也陷入了如此混乱的境地。查特早就从我的眼前消失了。普通的白匈奴人在我的周围抡着长柄战斧砍杀敌人。在我的眼前，一个胡须沾满鲜血的法兰克人把一把小手斧狠狠地砍进一个白匈奴人的胸膛。这个白匈奴人先是倒在马背上，然后滚落马下。他的战斧正巧朝我飞来，我一把接住。转瞬之间，我就把战斧劈向这个法兰克人的脑袋，他的脑壳咔嚓一声裂开了，人也瘫倒在地。

"有谁看见了吗？"

在这个地狱般的混乱中，我连自己说的话也听不见了。

"快去人多的地方!"传令兵们大声吼叫道。

当一个大嘴巴传令兵站在挤成一团的马的背上这样吼叫时,仿佛不仅是他的嘴在吼叫,而且整个身体都在吼叫。这是变成了人的形状的吼声!只有在痛苦的梦里病人才能幻想出这样的形象。

马儿们因为尘土而喷着响鼻,喘着粗气。马嘴里吐出的白沫像抹布一样越过自己的脑袋,飞到骑手身上。

一支匈奴部队从侧面嵌入法兰克人的部队,把他们推离我们。我们之间出现了很大的空间,终于可以稍微喘口气了。我把头盔上的格栅推上去。我的汗水哗哗地流下来,在和平时期足可以用它浇三盆花。我的马身上全是泡沫,血色的泡沫。从来没见过这么多红色的马!……

有几个鲜血淋淋的战士落在了后面,他们把马头拽向我们营地的方向,然后离开了战场。我看见其中一人的胳膊耷拉着,就像布偶的胳膊一样。另一个人在半路上从马上掉了下来,但一只脚却卡在马镫里,马就这样拖着他在地上继续前行。

我的马镫依然显长。汗水把我的脸蜇得很疼。我掏出手帕擦汗。当我把手帕从脸上取下来时,我发现上面沾满了血。

"哇,去你爹的!……"

一队人马朝我们的方向后退并占满了刚才的空间。我用马刺刺我的马,我挥舞牧羊人长斧,同时攻击三个法兰克人。

被愤怒冲昏头脑的我朝他们中间砍去。我几乎没有看砍向何方。好在其他匈奴人赶来帮我。两个法兰克人跌落马下,第三个人被他的马驮到空地上,然后把他摔到地上。

"砍得好,泽塔!"一个声音从我身后喊道。

我回转身。原来是鲍道卢,他是一个住在城郊的匈奴人,在家的时候教年轻人投掷长矛。他的脸上和胸上也是鲜血淋漓。如果不是汗水冲洗他的脸,我是认不出他的。他的夸奖仿佛给我注入了新的灵魂!

转瞬之间,阿莫利卡人的部队朝我们冲过来。不一样的叫喊声,不一样的武器,不一样的人种。他们的人多得就像蝗虫一样。他们朝我们压过来,就像是山朝我们倒下来似的。匈奴人一个接一个滚落马下。那些尚未触碰到匈奴人的人尖叫着挥舞自己的剑和牧羊人长斧。

号角手吹响了撤退的号声。

马儿们回转身,不需要拽它们,它们也能听懂号角声;他们回转身,飞奔而去。

一大群阿莫利卡人和法兰克人在我们身后紧追不舍。

但是,我们的奔跑已不像以前那么沮丧。这只是一个计谋而已。

在奔跑的过程中,我们就已经从背后把弓取下来,挽弓搭箭。一听到号角吹响新的信号,我们就转身,朝他们射箭。

哎哟,那些在前面的人这下可惨了!有些人变得像刺猬一样。他们和马一起摔倒在地。

"把战斧拿出来!"

但是,人实在是太多了。无数口吐白沫的马的脑袋就像大海的微波一样起伏不定。前面的马刚倒下,后面的马又源源不断地扑向我们。马从死尸上一跃而过。原野再次被数不清的活生生的"魔鬼"占据。

"冲啊!"

一个头戴锅形黑色头盔、肩膀很宽的法兰克人,当着我的面把他的宽刃斧劈向与他搏杀的鲍道卢的脖子,只见鲍道卢的头颅旋转着飞向骑兵们中间。

我觉得这是致命时刻!死亡的黑暗时刻!杀害鲍道卢的凶手想劈杀的下一个人就是我。但是,战斗的运气是多么不可预测啊!一名匈奴骑兵突然从侧面冲到我的马前。他尖叫着挥动长矛:

"来吧!"

他的气势逼迫敌人往后退去。紧接着,第二个和第三个骑兵也冲了过来。这是从侧面来的新队伍,迄今尚未参加战斗。我做出这一判断的依据是,他们的衣服上没有血迹,而且每个人的头上都还戴着帽子。我和鲍道卢的部队不得不一直往后退，我的心情烦躁极了。

我想返回营地，看看我的脸上为什么流血。但我的身后也在发生激战。回去的路上，尘土弥漫，移动中的骑兵多得看不到尽头。我的时间只够跳下马，捡起躺在地上的一把长柄钢斧。我趁机赶紧打了一个结，把左侧的马镫收短。

旋即，我们朝南飞奔。每一分钟，我们都要跨越人和马的尸体。跑在我们后面的是一支匈奴部队，人和马都是大汗淋漓。前面的传令兵举着一把长矛，上面拴着用红色亚麻布做的旗帜。他们沙哑的嗓子喊出的"冲啊！"更像是巨大的咕噜声。所有的马身上全是汗沫，有些汗沫一直飞到骑兵们的脸上。

我们从背后袭击一支由大约五百人组成的勃艮第人的队伍。不幸的是，这支队伍脱离了部队主体。现在，匈奴人从各个方向挤压、殴打、屠杀他们。他们也在绝望中做着殊死搏斗。

"实施包围！"号角发出命令，"实施包围！"

我来到他们的背后，所以他们背对着我。我不知道击倒了他们中的多少个人，但我的胳膊累得一点儿劲都没了。一个勃艮第人依然试图反击，但我的马突然把头仰了起来，结果被他的宽刃斧砍中。马倒地而死。我跳上一匹勃艮第人的马，但发现这匹马也受伤了。然而，这里的无主马太多了，它们挤在一起，人甚至可以在它们的背上奔跑。一匹匈奴马夹在它们中间。我抓住它的鬃毛，一跃而上！

"实施包围！"

我不知道这次杀戮持续了多长时间，也许是一刻钟，也许是一个小时。我只看见勃艮第人越来越少，直至最后一个人倒下。匈奴人的包围圈不断缩小，里面的尸体堆积如山。

这时，转变进攻方向的号角鸣叫了起来。

若干新的小分队形成了。我们骑马跨越马匹的尸体，朝小分队队长和传令兵引导的方向疾驰。

阿提拉的白色旗帜在远处飘扬，也许那就是敌军营地的中心。我们被带往那个方向。

但是，我的力气已经消耗殆尽，还流着血。我身体的右侧连巴掌大一块干净的地方都没有了。缰绳上也全是血，抓在手里打滑。我想返回营地，或者至少休息一刻钟。我想喝很多水，至少喝一桶水。这是不可能的。

我们到了敌人放马车的地方。我们阵营的脸上涂着颜料的盖伦人的大部队在愤怒的尖叫声中从北边朝我们跑来。

转眼间，他们就占领了这些马车：撕断链条，在马车之间打开缺口，大肆破坏。

面粉像云雾一样弥漫在空中，法兰克步兵赶紧跑过来保护马车，他们和盖伦人在刀光剑影中互相厮杀。

我们只是从他们的旁边跑过，但马再次拥堵在了一起，它们无能为力地喷着响鼻。

今天，我不能不带着恐惧和憎恶回想那些杀戮、鲜血和尸体。我们的马蹄子踩到鲜血后不停地打滑。到处都是堆成小山的尸体，马和人的尸体杂乱地交织在一起。我要说的是，那个时候的我不是人。我的灵魂仿佛换成了野兽的灵魂——我的心中充满仇恨，我使出老虎的力气去杀所有的对手。我已经把自己的生死置之度外。然而，在那里，我们是与一支强大的军队搏杀，我也连续不断地遭受打击，直至连枷或者战斧击中我的脑袋，我的眼前一片黑暗，在眩晕中跌落马下。我掉进了死人堆里。

五十

在我的子孙后代中，假如有人迫不得已或者像我这样因为精神衰退而走上战场，他一定要知道：死亡并不痛苦。身体在奔跑中几乎失去了所有的敏感性：不管是击打，还是劈砍，抑或穿刺，都感觉不到疼痛，只是一种触感而已。假如伤口是致命的，我们就发呆，就像我们每天入睡前发呆一样。

作战的人，既没有感知能力，也没有思考能力。他只有一个意志：我要杀人！就连我们的防御动作也是机械性的，就像当我们跌倒时，我们的手会向前伸，或者假如有什么东西从我们的眼前一晃而过，我们的眼睛会不由自主地闭上。但最奇妙的是，不管击打是多么用力、刺穿是多么猛烈、伤口是多么巨大，人都感觉不到疼痛。

我问过一些被打晕的人，所有的人都说不痛。

当我醒来时，天已经黑了。只有暗红色的云在高空发出一点儿亮光。

我感到冷。

我在哪儿？

原野上的战斗依然在如火如荼地进行着，与我从马上跌落前一样，只是更远了一点儿而已。是在打雷吗？还是马在吼叫？他们离我并不远，只是我的耳朵麻木了。

我躺在两匹死马之间。我仰着面，躺在血泥里。两匹马背对着背。我的身上压满尸体。我的头处于两个马脑袋之间，但却露在外边，仿佛是天使把我藏在了那里似的。

我竭尽全力抬起头，我听见了战士们的厮杀声、成千上万人混乱的怒吼声、钢铁的撞击声、马的惊叫声和嘶鸣声、男人的尖叫声。地狱里也不可能有比这更丑恶的噪音。

他们正在接近我吗？不，他们越走越远了。我思忖道：难道我们还没有打赢吗？我们会打赢吗？阿提拉为什么去了战士们中间？他习惯站在帐篷的顶端观战，从那里大喊着告诉帐篷下面骑在马上的传令兵，把何种命令送给哪支部队。他是绵延数英里的作战部队的大脑，他运筹帷幄：谁向前冲，谁往后退，谁赶去支援别人，走什么路线。今天，他为什么亲自作战呢？

天已经黑了。撤兵回营的号角在远处咆哮。假如匈奴的号角在敌人的号角声附近响起，两支敌对的队伍很快就会在黑暗中相遇，战斗就会在我的附近重新开始。

我的上帝啊，他们可别把我踩成烂泥！

我把头重新放回被血浸湿的草地上。我的伤势如何？我感觉自己遭受了很多打击，但也许是猪皮战袍、头盔和盾牌阻挡住了打击。我能从这里爬出去吗？我浑身乏力。

我再次陷入昏迷。当我再次感到冷时，战斗的声音在远处响起，就像夏夜里不时响起的遥远的雷声。

然后，一切都安静了下来。

在我的四周，只有战场上的伤兵在呻吟，马在呜咽。在远处，零星的兵器的铮铮声在响，营地的狗在吠。但与我亲历过的地狱般的嘈杂声相比，所有这些都意味着安静。

一片漆黑。仿佛天空给战场盖上了一层黑色的蒙棺布。

我口渴。

战场上伤兵的叫喊声、呜咽声、痛苦时特有的呻吟声越来越响亮。

这边有一个法兰克人，那边有一个匈奴人，再往那边有一个阿兰人，或呜咽，或呻吟，或尖叫。真是哀鸿遍野。

我费了很大的劲儿才半欠起身子，又把一具死尸从马身上推开。我想爬出去。但我的右膝盖感到刺痛。

也许我的膝盖中箭了，我伸手去摸。我感觉膝盖在流血，我触摸到了很大的湿漉漉的伤口。

我几乎再次晕过去。

我看见战场上有火光在移动，也许正是这一点才使我保持清醒。这些微小的红色火光上下移动。时而分散，时而聚合。

原来是拿着火把的人在原野上走动。

我又有了生的希望。我把所有的力量都聚拢起来：

"这边！这边！"

我想大喊，但我的喉咙里只发出颤抖的声音：

"这边！这边！"

刚喊完，我就害怕了。我想到这些人也许不是匈奴人。如果他们是敌人，他们来到我身边，肯定会拿长矛捅死我。

但我左侧那匹马的另一边响起微弱的喊声：

"这边！嗨！"

拿火把的人还在远处。

"你是谁？"我朝那个匈奴人喊道。

"厄车德。"一个声音痛苦地呻吟道。

我没听说过他的名字。

"嘿，你是谁？"过了一小会儿，他用我从未听过的悲伤的声音问道。

"我是泽塔，"我回答道，"我是查特的仆人。他们会带我们回家吗？"

"我不知道。啊，我的神啊……有一个重要的人物阵亡了。他们正在找他。"

"是阿提拉吗？"

"不是。"

"但我认为是他。"

"他刀枪不入。"

听到这句蠢话，我几乎骂出声来。

极度的口渴折磨着我。我的手在两个马鞍上摸索着，看上面有没有水壶、水囊或皮囊。

马鞍上只有武器。我从马鞍的形状上感觉出这两匹马都是法兰克人的马。

此时，拿火把的人离我们越来越近。从他们闪光的头盔上，我发现他们是罗马人和西哥特人。

这就是说，他们不是匈奴人——我将继续待在死尸中间。我的血将会流干，或者我将会渴死！

这个想法使我心灰意冷。

但是，我为什么躺在血泊之中，躺在死马和外国人的尸体之中？我自己也许活不到明天早晨，是什么把我带到这里来的？

为了伟大的目标、为了宗教、为了国家、为了科学而遭受折磨——这是了不起的事情。但为了一只猫、为了一个目不识丁的匈奴女孩儿而遭受折磨——她是如此野蛮，以至于早餐吃肥肉，即使是在心情舒畅时也不会情意绵绵地看上我一眼……

我为什么要学习哲学、逻辑等各种各样的学科？学习一个学科就足够了！

哦，我渴死了！

我再次欠起身子。又有无数的火把在移动，而且正在接近我。

我抓住马鞍观察：是什么人正在靠近我？是不是劫匪？也许他们中会有一个基督教神父？

他们已经不再分散，排列成一列又长又窄的队伍走过来。

他们朝我们走来，用一张长矛拼成的床抬着一个死人。

走在死者后面的是一个耷拉着脑袋的年轻人，他光着脑袋。黑发垂到他的脸上，遮住了他的眼睛。他在哭泣。

他们从我们身边走过。我看见很多人在哭泣，大多是西哥特人。在长矛拼成的床上躺着一个老人,他身上的衣服闪着金光。他的胡须又大又白。有一个人捧着他的头盔,头盔上有王冠。

谁赢了?谁输了?——这个问题在我的脑海里转来转去,这是在几乎要渴死的情况下我所能想到的。假如是我们赢了,我的主人也许会派人来找我……

"厄车德!"我对那个匈奴人喊道,"谁赢了?"

"仗还没打完呢。"他有气无力地答道。

"你怎么知道的?"

"两个营地都是安安静静的。"

"这么说,都在睡觉。"

"不,彼此防备。或许,双方在互相包围。我口渴。"

"明天我们还战斗吗?"

"也许会持续一个星期。马在这里把我踩得粉身碎骨……"

我吓坏了。

"他们难道不带我们回去吗?"

"也许明天早上吧。"

"难道不确定吗?"

"不。"

"但伤员总得有人搜救吧!"

"对。在不打仗的地方。"

"你怎么了?"

"长矛……"

"长矛刺中了什么地方?"

"肚子。"

"伤口大吗?"

"长矛刺穿了我的后背。"

我不再和他说话。此人看上去已死,只有他的嘴还在动。

过了一会儿，他呻吟道：

"给我水喝！"

我从近处和远处的各个方向都能听到呻吟声。有时也会听到一声绝望的或者泣血的喊声：

"水……"

"水……"

谁现在会给水呢？上帝也不会啊！

原野上已经没有了火光。只有兵器的铮铮声不断地从远处传来。所以，战士们都醒着。

突然，有人用拉丁语在我的头顶上呻吟：

"Aquam!Aquam!（水！水！）"

我心想：只要来一个能走路的人，这个人就能把我拉出去；只要摸索不到水，我就从一匹马爬向另一匹马。我已经渴得嗓子眼冒烟了。我从未感受过这样的折磨。

"Aquam!"这个声音再次响起，但已经是来自我的脚的方向。

这个声音就是刚才的那个声音，所以这个口渴的罗马人能走，或者至少他能爬。

"Amice!（朋友！）"我对他喊道。

"Aquam!"他呻吟道，"Da mihi bibere!（给我水喝！）"

"你能走吗？"

"能走一点儿。只是我看不见。我的两只眼睛都瞎了。"

"天太黑了，即便是视力好的人也看不见。"

"但我眼睛是被箭射穿的。两只眼睛同时遭此厄运。给我水喝吧，如果你信上帝的话！"

我从他剑鞘发出的沙沙声上判断出他正朝我的方向摸索。

"这边，这边，"我鼓励他，"如果你能把我从这里拉出去的话，我就给你水。我腿上有伤，而且被困在两匹马之间。我也不知道我的小腿是否还在,或者有死尸压在上面,或者是被马压断了。"

"你有水吗?"

"没有,但我会找的。"

"你去哪儿找?小溪远着呢,天快黑的时候发洪水,水淹到了马的胸部。"

"我的马在这一带阵亡。马鞍上有我的葡萄酒。"

就在我们说话的时候,这个罗马人爬到了我的身边,用手在我身上摸索。

"你是匈奴人!"他吓了一跳。

他一定是摸到了我的披肩。

"这重要吗?"我回答说,"你也受伤了,我也受伤了。我们俩都渴了。"

他抓住我的两只胳膊,试图拉我。但他的力量不够大。

"我很虚弱,"他哭着停止拉我,"我跌倒后,遭到许多马的践踏。我感觉我的大腿、我的腰、我身体的所有部位都断了。我的眼睛流血,我将在这里死去。"

他继续哭道:

"哦,我亲爱的尤利斯,我亲爱的唯一的儿子!士兵为了什么要结婚啊!"

"如果你绕着外面走,也许能把我的左腿解救出来。它要么是卡在马鞍里,要么是有尸体压在上面。我挪不动它。"

他爬到另一边。

"这是你的腿吗?"

"不是。"

"这个呢?"

"也不是。"

"那我就不知道哪个是你腿了。"

"你顺着我声音的方向找。"

过了一会儿，我感到我的腿获得了自由。我聚集起全部的力量抓住一匹马的鞍，非常艰难地抬起身子，趴到马的屁股上。哎哟，我的膝盖钻心地痛！

"你过来吧。"罗马人说。

我没有回答，只是倒吸着气痛苦地呻吟着。

"嘿！"他催促道，"你已经能走动了吗？你要我做的我都已经做了。"

"我使不上力！"我呻吟道，"我没法走动。我的膝盖上有可怕的伤口……"

我退缩了。

"你至少告诉我：该去哪边找你的马！？"

"哎哟……我不知道。你只管在这里的每一匹马上摸索吧。哎哟……在后鞍桥上挂着。"

几分钟后，我对他说：

"如果你找到了，也给我喝几口。"

疼痛消失后，我再次去触摸我的膝盖。这时，我感觉我触摸到的所谓的大伤口只不过是凝固的血液而已。我没有皮绷带。突然，我在膝盖处摸到了一个硬邦邦的东西，刺痛再次弥漫我的全身。

我痛得倒吸气好几分钟。然后，我再次把手伸向膝盖，这次我非常地小心翼翼。我发着嘶嘶声和哎哟声，终于摸到我的膝盖骨里有一个折断了的长矛尖儿。

假如我能把它拔出来……痛苦一定会消失。我会找到一把长矛、长斧或者狼牙棒，借助于它，我会在清晨之前一瘸一拐地走回营地，或者走到营地的附近。黎明时分，即使战斗再次打响，至少我不会被踩死。

但是，我太虚弱了，闷热也使我的行动更加不便。我不知道是怎么回事，有那么一会儿，我的母鸡浮现在了我的脑海里，就是那只跛脚的黑色小母鸡。我看见它扇动着翅膀，急匆匆地一瘸一拐地朝我走来。它停在我的面前：

"咯咯咯……"

"你要什么，我的小鸡？"我咕哝道，"你这个破烂小魔鬼！你需要水吗？我没有。"

我想站起来，但膝盖再次痛起来。此时，我清醒了过来。

疼痛稍微减轻了一点儿。我擦干眼泪。我无论如何也得离开这里！我拖着僵硬的腿往死马的身上爬。

在漆黑的夜里，我看见距离我两箭之遥的地方，无数燃烧的火把排成一条长龙上下移动。鹰徽在火把照耀下闪闪发光。所以，我身处罗马人的营地附近。

罗马人想干什么？他们要举着火把开始战斗吗？

我把身子转向匈奴人的营地。那里只有营火在燃烧。从死人堆上朝那边望去，这些营火就像小小的红星星一样。

现在是什么时辰？也许是午夜。在天空中，浓密的乌云向北飘去，只是偶尔会裂开一道道干净的小缝隙，通过这些缝隙可以看见几颗星星。

"厄车德！"

他没有回答。

一分钟后，有人用微弱的声音呻吟道：

"妈妈！……妈妈！"

是一个年轻的匈奴战士在临死前呼唤自己的妈妈。

从罗马人的营地传来单调的叮当声，这是移动的营地的常见噪音。

他们想干什么？

他们要在这地狱般的黑暗中袭击匈奴人吗？一只手拿着武器，另一只手拿着火把？

我小心翼翼地抓住长矛的尖儿。

"耶稣，请帮帮我！"

我闭上眼睛，咬紧牙关，拔出长矛的尖儿。

五十一

哦，神圣的阳光，神圣的黎明！请用你凉爽的露水再洗一次我干枯的脸吧！

我是从梦中醒来的，还是从昏厥中醒来的？——我不知道。但我的眼睛沐浴在天空美妙的红光里！我活着！我的头太重了，我几乎无法把头抬起来。也许是头盔的缘故？它确实还戴在我的头上。但我的手却像铅做的一样。我得把所有的力量都聚集起来，才能把头盔从头上卸下来。

我的头也痛。我的喉咙、我的胃难受极了，仿佛吃了余烬似的。

我看着头盔。它已凹陷、断裂。我伸手去摸我的头。我的头发被血液黏在了一起。从头盔的断裂处看得出我遭到宽刃斧的砍杀，而且是从背后。我不敢去触摸我的头。

我艰难地转动脖子，环顾四周。

我坐在两匹马之间，法兰克人、匈奴人和勃艮第人一动不动地躺在我周围。有两个人仰面朝天。其中一人是长着浓密胡须的勃艮第人，另一人是个年轻的法兰克人，他的肝脏垂在体外。再往外，有四名全副武装的匈奴人的尸体相互交织在一起，第五个人坐在他们身上，就像是坐在沙发上似的。他的脑袋像睡着了似的垂在胸前。他也是匈奴人，一把长矛从他的身上穿过。

我喊道：

"厄车德！"

他没回答，也没动弹。

战场上到处都是尸体。人、马、武器杂乱不堪。一只赤裸的手臂也孤零零地躺在这里。它是被人从肩膀上砍下来的。他的手指上戴着金戒指。这只无主手臂上血迹斑斑。一个血污满面的罗马人坐在地上，离我只有五步远。他的头颅被劈成两半，就像打开的贝壳一样。他坐着，仿佛是在凝视流到手心里的脑浆。

已经无人呻吟，无人哀号。空气是凉爽的，但我的头却一直像是在火炉里燃烧似的。

我上下打量自己。我衣服上的血渍全都变黑了。我的长袍、裤子都裂开了。我的胸口裸露在外，上面全是血。

我试着往起站。我的左腿是好的，但右腿……强烈的疼痛促使我小心翼翼。我看到我的膝盖肿了。

我借助左腿和双手勉强站了起来。一名无头法兰克战士躺在一匹马的旁边，现在还紧紧地握着他的长矛。

矛尖正对着我。我伸手可及。但即使如此，我也得扭动它，才能将其从死者的手中拔出来。

在长矛的帮助下，我才坐到马的屁股上。

我看到了一望无际的原野。上面没有一块干净的方形空地。遍地是死马，在死马之间是横七竖八的人的尸体。一名法兰克死者四肢撑地，让人无法理解。

"啊……"有人在某处呻吟，"啊……"

当清晨的最后一缕晨雾消散后，我望见了匈奴人的营地。

一辆辆马车像城墙一样包围着营地，马车的前面到处是骑马的哨兵。

我朝罗马人的营地望去，我想看见他们的营地，但却什么也没看见。

"啊……"

我的头很沉。我的舌头像火绒一样干燥。

假如有人给我一杯水，我会把半条命交给他。

262

也许过了一刻钟。我从匈奴人的营地方向听到号角声和嗡嗡声。但是，这是启程的号角声，而非战斗信号。嗡嗡声也不同寻常。骑兵们冲出营地，朝各个方向飞奔而去，也有骑兵朝我的方向驰来。他们以极快的速度接近我。马儿们总是从尸体上一跃而过。

我朝他们打招呼：

"这边！这边！"

但是，他们只是来回奔波。有时，他们会停下来，朝日出的方向眺望。

有一个人从我身边跑过。他连看也不看我一眼。他们乱跑一气，像发狂了似的！

有时，我会听到他们的叫喊声：

"他们逃走了！"

越来越多的骑兵出现在原野上，从尸体上一跃而过。

营地像蜂巢一样嗡嗡作响。到处都能听见哨子欢快的呜呜声。我明白了：罗马人趁着夜色撤退了。

感谢匈奴人的神！在这个令人痛苦的时刻，我终于有了一种愉快的感觉。现在，他们肯定会来救护伤员。

我耐心地等待着，尽管我渴得要命。我就像烘干炉里被高温烘烤的水果，假如水果有感知，它一定知道我此时的感受。

但是，他们为什么不行动呢？

一定是阿提拉不让他们这么做。他怀疑有诈。只有数百名骑兵驰向四面八方，他们从马的尸体上飞跃而过，以期发现可能潜伏的敌人。

半个小时后，我终于看见神职人员、助祭、各民族的妇女和以捕鱼为生的乌戈尔人从马车中间一涌而出。贵族骑士们也出来了。

在战场上，一只只手和一顶顶帽子举了起来，叫喊声开始了：

"这里！这里！这边！这边！嘿！水！"

"啊……"更强烈的呻吟声响起来。

263

一个竹子编织的盾牌躺在我的身边。我用长矛刺穿它,并把它举起来:

"这里!这里!"

他们什么时候才能来到我身边啊!

我发现骑马的人都是贵族。他们只是在巡视这个血腥的战场。我多么希望我的主人或者他手下的人来啊!

终于,有人朝我而来。我喊道:

"救命!"

匈奴贵族西尔托什停下马,盯着我和我周围的一大堆死尸。

"马上就会来人找你。"他仁慈地鼓励我。

"把你的皮囊给我……"

他往身后摸去:

"我没带。"

"为什么没有全营出动?"我抱怨道,"因为我们很多人都受伤了。"

"阿提拉有禁令,"骑马的人回答道,"罗马人仍然有可能从背后袭击我们。"

他继续前行。

另一名骑兵对他喊道:

"昨晚被埋葬的那个国王是谁?"

"狄奥多里克。"西尔托什回答道。

他的马绕过一堆死尸继续前行。

此后,好长时间都没人接近我。

然而,大队人马赶着马车出了营地,收集死者身上的金银财宝和武器。小队人马收拢伤员。营地里到处都是哨子和风笛的响声。

我的手早就累得挥不动了。当救援人员终于来到我身边时,我早已虚脱。

他们给我喝了水,把我放到担架上。他们把我抬到小溪边,其他的伤员也被抬到了那里。

此时的小溪依然呈红葡萄酒色。河岸上有无数的尸体,就连河床里也有尸体!

僧侣们、萨尔马提亚妇女和乌戈尔人给我们擦洗身子,包扎伤口。其他人则在战场上捡拾值钱的物品。

我听说,收集到的马鞍足够装数百辆马车。但却有一半没有被带走,人们用这些马鞍在原野上架起一堆堆篝火,火葬那些阵亡的贵族、队长和传令兵。有的篝火堆全用折断的长矛柄、木盾牌和马车部件搭成。

那些在军营里有亲兄弟的人的尸体也被放到了篝火堆上。

我只有头上和腿上有需要包扎的伤口。我想说:我的腿看上去非常可怕,但这个牢骚使我有一种犯罪感,因为我看见过一些伤员,简直惨不忍睹。

那些异教徒僧侣真好!愿上帝特别保佑他们中的索多罗,他从贝洛顿人的尸体上撕下一块帆布,给我的腿做了包扎。

但是,有成千上万的伤员等待护理,没有人把我送到查特的帐篷里。

我时而呼唤乌戈尔人,时而呼唤那些妇女,时而呼唤比奥尔和布乔的名字,但都是徒劳。他们把我们遗弃在了岸边。他们把马鞍、马头、帽子当作枕头垫在我们的头下,告诉我们:在轮到我们之前,要耐心等待。

当然,健康的人要么狂欢,要么抢夺战利品。我们躺在烈日下,与苍蝇作斗争。我担心如果突然拔寨起营的话,我们将会被遗弃给乌鸦。

老主教卢普斯也在伤员中间忙碌着。我用拉丁语对他喊道:

"Heus domine!(喂,神父!)"

他来到我身边。他答应我晚上回到营地后就去告知查特,但他没有回营地,他就睡在伤员们中间。

假如有人给我一杯水,即使为了他我必须立即去死,那我也不会后悔。

第二天,阿提拉骑着马在战场上跑了一圈。他也来看望我们,在有的地方，他安慰说：

"你们的伤口就是你们的荣耀。你们在路上就会痊愈的，你们将健健康康地回家。"

即使是垂死的人都快乐地望着他。

但我的主人没有出现在他的随从人员当中。他是阵亡了，还是受伤后起不了床？——我不知道。

此时，我已经全身滚烫，仿佛置身于地狱之中！我用一只手艰难地支起身子，喷出一口血。

一名叫埃斯坦的断了腿的传令兵坐在我的身边。他对我喊道：

"哇，我去你爹的，你身上有肿块！"

此时，我自己也已经知道了。我的喉咙、腋下都肿了。

我逃离了战斗，却染上了鼠疫。

五十二

第二天下午，有人来收拢伤员，并把他们送往营地。

我发现他们都躲着我。肿块在我的体内疯长。死神已经在拽我的脚，但我一直紧紧地抓着生命之根。

"伙伴们！"我哭着乞求那些离开我的人，"请不要把我留在这里！"

他们没有回应。

然后，我一一地跟他们求情：

"陶洛什，你怜悯怜悯我吧！舒科洛，你们把我也带走吧！措博尔，你动动你的恻隐之心吧！"

措博尔停下来，耸耸肩：

"就算我把你带回营地，对你又有什么用处呢？你身上有肿块，狗日的！"

"至少让我死在人的中间，而不是死在乌鸦的中间。"

他摇摇头，吐了口唾沫就走了。

只剩下我一个人。马头是我的枕头，尸体是我的伙伴，飞来飞去的乌鸦是向我告别的歌者。

用马鞍和木盾牌搭起来的篝火堆在原野上燃烧起来。高高的烟柱冲天升起。萨满们拖着长长的声音开始唱哀歌。咚咚的鼓声和低沉的号角声为哀歌伴奏。根据匈奴人的信仰，死者的灵魂从火焰中升空，同时把在战场上杀死的那些人作为仆人一起带走。

有几堆篝火在那儿冒烟，火葬了几个人？——我不知道。肯定只有少数人才能享受到这一荣耀。要火葬所有死去的匈奴人，需要一整座森林。

后来，哀歌也唱完了。除了遥远的营地的嘈杂声和在空中盘旋的乌鸦的嘎嘎声，就没有别的声音了。

我躺在死人的中间，又饥又渴。就连上帝也抛弃了我。

我时而昏迷，时而清醒。

随着夜幕降临，夏日的夜空星光闪烁，死亡的气息和无尽的悲哀笼罩着我。

我不想夜晚死去！我想再一次看见黎明，看见红色的黎明，看见冉冉升起的太阳！哦，在这个尘世间，我想再喝一次水，再喝一次水！

不管是多脏的水，只要是水就行，因为地狱里的余烬正在我的体内燃烧。

小溪在我的面前流淌，离我不到十步之遥，可我快要渴死了！

这时，我身上还是发生了一件事情。

我早就感觉到有某种奇怪的压力使得我的腰难受。昨夜，在战场上我的腰就不舒服，但当时我的注意力全都在腿伤上，没有顾上腰。我躺在这里，正感受死亡时刻，我机械地伸手去摸我的腰。我认为，我的腰周因遭受某种重击而变肿，或者腰下有一块石头。既然我要死了，假如它是一块石头，至少在我的最后时刻，它别硌着我的腰。啊，瞧！我摸到了我的皮囊，主人在战斗前送给我的装着葡萄酒的皮囊！

我突然想起来了，在那个巨大的混乱中，我并没有把皮囊拴到马鞍上，而是拴在了我身后的腰带上。因为我当时的想法是，马可能会倒在我的身下，那样的话我的葡萄酒可就完蛋了。

看样子，没有比这更确定的事情了：我活不到明天早上。喜悦的感觉依然点燃了我的生命之火，这就像即将熄灭的火在最后一刻又再次燃烧起来。

我用牙拔出塞子，喝了起来。我贪婪地喝着，怎么喝也喝不够。我喝啊喝啊。这个酸酸的、浓烈的葡萄酒，味道更像醋，我感到它穿过了我所有的静脉和肌腱。我喝啊喝啊，我用整个身体在喝。我身体的每一块软骨、每一个分子都在喝，都在吸吮葡萄酒。葡萄酒进入、流入我的骨骼和骨髓，在我的体内扩散，就像海绵里的水一样。我一饮而尽，一滴未留。

顷刻间，我便睡着了。

我睡了多久？——我不知道。也许是一天，也许是两天。暴雨打在我的脸上。打雷，闪电。闪电，打雷。

我一直仰面躺着，用手保护我的脸。

此时，我看见了白天的亮光。我感觉雨打湿了我的衣服。天好像不是在下雨，而是往下倒水。

半小时后，暴雨停了，太阳出来了。水静静地冲洗着我的脚。我惊恐地发现小溪发洪水了，洪水正在蔓延。

我已经看见了洪水。但是，我看见的不是黄色的泥浆，而是紫色的污水在河床里翻滚。这是从战场上流下来的水！

我忍着巨大的痛苦把身子靠到后面的马头上，以便支撑我的腰。我看见了汹涌的洪水，看见了尸体在浪花中翻滚，看见了帽子、木盾牌、马鞍、木头盔、箭、长矛、干草垛顺水漂流而下。

水位越来越高，已经流到我的腰下，把我的腿抬了起来。

瞧，为了让我死，厄运变出了多少花样。

越来越多的尸体从我面前经过。一具仰面朝天，另一具背对天空，第三具侧着身。有的尸体只露出长袍。但他们却是和另外十具、二十具尸体在有泡沫的红水中一起漂流。他们上下翻滚，挥着手，仿佛在说：

"哦，从水路前往来世真不错！跟我们来吧，泽塔！"

有的尸体停下来，在水里旋转。新来的尸体与之发生碰撞，随之一起旋转。然后，一大拨尸体同时到来，把旋转的尸体推走，新的尸体悄无声息地、严肃地旋转着。尸体聚集得快，分散开也快。他们一个接一个地离开。最后，只剩下一具尸体，这是一个脖子被砍了一半的罗马人，他的头耷拉在肩膀上。他非常严肃地旋转着，后来就像跳舞一样漂走了。

水已经淹到了我的胸口。一座巨大的坏桥向我漂来。桥不长，扶手由带皮的木头制成。我想，这座桥可能会把我带到营地。

我把所有的力气都聚集起来。桥离我越来越近。桥到了我的身边。我死死地把它抓住。

转瞬之间，我也在凉爽的波浪中漂浮了起来，我和桥、死尸一起漂流。这是漫长而不知尽头的旅程，我摇摆不定地随波逐流。波浪冲刷着我的脖子，也不断地拍打着我的脸。

当到达我认为的营地所在地时，我发现这里已空无一人。没有一顶帐篷，也没有一辆马车。只有散落各处的发黑的灶台表明，这里就是阿提拉的营地。

一只狼正在岸边喝水。它可能吃得太多了，因为它在贪婪地喝水。

河水带着我继续前行。

终于，天快黑时，我看到岸上有人。男人、妇人、儿童站在水边。他们用抓钩和带钩的木棍把尸体以及漂浮的木头盔、长矛、武器、木底凉鞋往外钩。

我大声叫喊：

"以上帝的名义！……"

他们把我拉上岸。他们惊愕地围着我看。

"请你们怜悯怜悯我！"我说，"请把我带到房子里，请给我吃的！"

他们只是看着我，惊愕地看着我。

这时，我才意识到我说的是希腊语，而他们是卡塔隆尼人——不是法兰克人，不是勃艮第人，不是哥特人。迄今，他们只看到了这场战斗的已经死去的目击者，而现在，一个参加过战斗的活人出现在他们的面前。他们依然是眼睛直愣愣地看着我。

终于，我在他们中间瞥见一名神父。

我用拉丁语对他呻吟道：

"Reverendissime domine！（尊敬的神父！）我是卢普斯主教的仆人。"

此后发生了什么事，我就不知道了。

五十三

谁绝望，谁就是疯子。瞧，死神变幻出各种形式攻击我。时而扯我的头发，时而拽我的脚，时而抓我的胸，还躲进了我的身体里——但我依然在这里。

但时至今日我也不知道我是怎样摆脱鼠疫的。有时我想，是那壶变酸的烈性红葡萄酒像药物一样流进了我的身体。有时我想，是伤口引起的发烧烫死了鼠疫病毒，我就这样活了下来。就让医生们去思考这个问题吧！

当人们把我抬到卢普斯主教面前并告诉他，我称自己是他的仆人时，他一定惊得目瞪口呆。但他是个圣人——他没有让人把我从他的房子里扔出去。

我醒来时躺在干净的白床上。我的头上、腿上缠着柔软的绷带。室内的空气弥漫着香味。墙上挂着许多圣人的画像。床的对面有一个圆形壁炉，壁炉前有一把铺着毛皮的低矮的扶手椅。

"Pater sanctissime，（圣父，）"当我已经可以说话时，我对他感激地说，"在人类的语言中，有没有那样的词语，我能用它来感谢你的善良？"

"你既然到了我这里，一定是上帝派你来的，"老人回答道，"其他的事情你就不要操心了。"

不过，从他的脸上看得出，他对我会说拉丁语感到惊讶。

"我还以为你是匈奴人呢！"他友善地笑道，"好吧，我们就不多聊了。你已经度过了劫难，一切荣耀归于主。"

"阿门！"我眼含热泪答道。

在长时间的挨饿之后，我头一次吃到了他们给我的一只烤鸡，这只烤鸡就像黄油一样融化在了我的口里。在我的一生中，从未吃过如此美妙的食物。烤肉的香味不是进入到了我的鼻孔里，而是进入到了我的心里。肉在我的嘴里就已经变成了我的力量！

然后，我喝了一杯葡萄酒，我感觉这是我一生中最幸福的时刻，比这更幸福的时刻永远也不会再有了。

老主教手下有大约二十名神职人员：教士和教士学徒。他们和老主教住在一起。他们在教堂做完祷告后便脱下衣服，有的教士煮饭，有的教士打扫卫生或者在花园里干活，有的教士照看牛或者砍树。有些人辅导别人学习，有些人照管信徒。每个人都有事情做。

哦，我已经康复了，这位老人对我拥有的科学知识赞不绝口。因为他和他的教士们肯定没有我读的书多。在世俗作家中，他只知道奥维德的《岁时记》，而他手下的教士们则是刚刚学会识字。

在我的体力恢复后，我就坐到他们中间，就像基督在十二岁时坐在教士和文士中间一样。我问他们问题，他们也问我问题。我从未学习过宗教，但我仍然比他们知道得多。老主教是神学家。他在场时，我不大开口谈神学。但他赏识我。

"孩子，"他说，"你确实是上帝差遣给我的。你只要学会卡塔隆尼的语言和做弥撒的方式，我就授予你圣职，你将成为我的继任者。"

教士们有时会斜着眼睛看我。但我经常反复说，我不当神职人员，只想做一个谦卑的人。起初，他们不太相信，但是后来，当我能起床并且热心于做小家务活时，他们就平静了下来。哦，我能做一个谦卑的人——奴隶制在培养谦卑方面是了不起的老师！他们慢慢地就喜欢上了我。他们甚至不在乎老人把我当作儿子对待——我成了他的影子。我跟着他一起去参加葬礼，在参加婚宴和其他庆典时，我就坐在他的旁边。

"上帝把这个男孩儿给了我，"老人常常对人说，"你们等着瞧吧，他将会成为圣人。"

我身上有圣人的某些品质，我从不伤害任何人，假如有人冷若冰霜地看着我，我会给予他足够多的关注，让他喜欢上我。这对我来说是小事一桩。我鄙视那些只谈自己的事、家里的事、谣言和迷信的人。我怀着真正的男孩儿的爱，只喜欢老主教。

他是真正的圣人。

有的人穿着天鹅绒和丝绸，头衔和职位在所有人之上，但当我们与之交谈时，我们会立即感到他只是披着人皮的动物。有的人衣衫褴褛，穿着开线的长袍和脚后跟磨斜的凉鞋，但当他开口说话时，我们会立即感到他是披着兽皮的天使。

有的人，不管他上过多少学，读过多少书，他都不明事理。他知道词汇、书名、日期，但是当我们询问他的意见时，我们会对他的愚蠢感到震惊。而有的人，即使不识字，但却明白事理、善良。祝福那些与他生活在一起或者生活在他身边的人。

主教也是这样的衣衫破旧的老天使。他穿着牛毛做的黑色长袍。夏天，他光着头，赤着脚。冬天，他戴着帽子，穿着靴子。

他的房间里除了耶稣、玛利亚和圣保罗的画像外，就没有其他装饰品了。（这些都是糟糕的画像：耶稣目光呆滞，玛利亚斜视，圣保罗的膝外翻。但这样的瑕疵对圣人来说是件好事——他们的爱纠正了错误，即使是在画像上也是如此。）他的床上铺的是灯芯草。椅子是用树根做的。他的床上用品是这样的：当女人们听说她们再也没有可洗的东西时，就把干净的床上用品给他拿来，同时把旧的换下来拿去洗。他不穿衬衫，也不知道衬衫为何物。衬衫是匈奴人的发明。

大楼里有许多房间，但他只住一间。隔壁的房间里住着两个上了年纪的教士和五个孤儿，他们都是小男孩儿。大约有五个房间空着——流落于这座城市的乞丐经常睡在里面。

老主教把他的一切都给了乞丐，包括教堂的收入。他把他们的破烂衣服换成了新衣服，还用好的建议和安慰关照他们。

273

当冬天的第一场雪落下时，老主教就把城里的孩子聚集起来，我们教他们。我教年纪最大的尤其是那些准备当教士的孩子。我教他们拉丁语，把《圣经》当成课本。

起初，上帝创造天地。这是第一课。我建议拉丁语教师从《圣经》的这一章开始教。句子简单，内涵丰富。

每天晚上，当孤儿们睡觉后，我们就聚集在老主教房间里的大壁炉前交谈。

有时，老主教的客人会来：有的来自城市，有的来自乡下。这个时候，我们又烤又煮，做很多吃的。有时，见习教士们也很忙，老主教又是洗胡萝卜，又是劈柴，又是转动烤串。晚餐后，在两支蜡烛芬芳的光影里，我给他们读圣人的传说，然后我们咏唱《诗篇》。加德教士单独唱了一两首圣歌，他是个非常漂亮的男中音。如果我们有客人，老主教就会讲他在英国的经历，其他人则会讲奇闻轶事。

在这个幸福的时刻，我却是悲伤的。

因为是冬天，我已经可以下床了，体力逐渐恢复。我膝盖上的伤口已经愈合，但还不能弯曲。如果我执意要离开的话，他们会让我离开的，但我的膝盖如此糟糕，怎能骑到马背上呢？就算膝盖完好无损，我又怎能冒险穿越活跃于我们这一带的狼群呢？

仿佛是狼在开大会，世界上所有的狼都聚集到了这里。空中捕食者以前所未有的数量在高空盘旋。它们是鹰、渡鸦和乌鸦。我们听不见别的，只听见嘎嘎嘎的叫声。

据说，起初，主教想把所有那些可怜的死者都埋掉。这座城市的教民扛着五百把铲子、锄头出了城，但第二天他们就回来了。

"那里死了十几万人。"他们摇头说。

上帝是神圣的，他创造了狼、鬣狗、渡鸦和风！

但在这样的一个世界里，我怎么上路呢！

对我来说，就连我的凉鞋带都是悲伤的。我之所以愿意干活，就是为了不去思考。但到了晚上，当我躺下来时，无论我多么累，我都无法入睡。家里的情况如何？此时此刻，我却不能回家！有时候，回家的欲望强烈极了，我恨不得光着脑袋徒步上路。

主教多次问我为什么忧伤，我怎么啦。他说，如果我嫌饭菜太简陋，他会多做一些；如果需要衣服，我张口即可。

有一次，我把我和埃莫盖的事讲给他听。

他听着，静静地听着。最后，他摇了摇头：

"奇怪的是，你这个如此博学、如此聪明的人，却成了一个浅薄、愚蠢的女人的奴隶。毕竟，我也年轻过，我也干过傻事：我爬过墙，渡过河，在一个寒冷刮风的夜晚，我站在一个窗户下面，窗户里面有一个仙女鼾声如雷，但我并没有把自己的生命放到盘子里，作为命名日的礼物送给她。"

"我相信你说的，"我叹息道，"但这个姑娘不是埃莫盖，埃莫盖只有一个。"

"你必须度过这道坎，孩子，就像度过出牙期一样，"他安慰道，"那个姑娘今年冬天肯定会嫁人的，当你从这里回去后，也许她已经在给孩子哺乳呢。"

我多么希望他没这么说啊！仿佛有一只老虎撕裂了我的胸膛，把我的心脏掏出来撕扯。我正坐在炉火旁一个倒置的筐子上，我跌倒在地。我哭着咒骂死神把我从魔掌中释放的那个瞬间。

老主教吓了一跳。他把圣水洒在我的太阳穴上。他把我的头揽到怀里，像我的母亲那样抚摸着我的头。

"可怜的孩子，"他难过地说，"你的悲伤如此之巨大，你的不成熟如此之严重！你瞧，我也是有过妻室的人，在快乐的婚姻中生活了六年。我们恩爱无比。然而，我们总是在祈祷，我说：'假如我当教士，你当修女，上帝一定会喜欢的。'事情真就这样发生了。我们离了婚，我现在是主教，她是修女。但尽管如此，我们每天都满怀着爱思念对方。"

悲伤只不过是一只膀胱，如果撑得太大了，就会发生破裂。这个神圣的故事让我破涕而笑。

五十四

雪走了。鼠疫来了。每天死五到十人，后来达到二十到三十人。

复活节那天，主教任命我为教士，这样就有人能在忏悔礼和葬礼上帮他了。

我坦然面对当教士这件事。"我为什么要回去？"我想，"我在战斗中的英勇表现归于徒然，我没有把敌人的脑袋带回营地交给文书。关于我的表现，又有谁能给我作证呢？查特顶多是解放我——假如他在战场上没有被乌鸦吃掉的话——但我既得不到财产，也得不到可以向埃莫盖求婚的尊严。在那里，我是一个不受待见的人，而在这里，人们亲吻我的手，称呼我为先生，我的生活平静而安逸。我甚至可以期待年纪轻轻地就戴上主教的帽子，因为在这个地区找不到比我更有文化的人。"

然而，鼠疫！……

当每日的死亡人数超过二十人时，我们就不再给尸体涂抹油膏。我们只有三个人，不堪重负。教士同伴们几乎全都死了。没有死的人都去了山里，加入在那里避难的居民的行列。因为当初人们为了躲避阿提拉而去了山里，现在依然有大约一千人留在那里不敢回家。为了减轻我们的负担，主教请来了厨师和女佣，但我们依然不胜负荷。

五月，每日的死亡人数已达五十至七十人。有的人家惨遭灭门。在有的街道，活下来的连两个人都不到。

但到了六月，死亡的力量有所减弱。

这时，我们只剩两个人与老主教生活在一起。一名很好的赞美诗作者也被鼠疫夺走了生命。人们把死者抬到教堂前。在那里，我们为他们脱罪。每隔一小时，我们就从那里出发把他们埋掉。

七月的一天，一名有钱的市民死了。主教高兴地告诉我，这名市民把所有的财产都留给了我。

"留给我？"

"留给你。一切荣耀归于主。你可以用这笔财产做多少好事啊。"

第二天晚上，我们去看遗产：漂亮的楼房、三匹骏马、许多漂亮的油画、精美的兵器、家具和七百一十枚金币。

我把钱交给主教，让他为穷人攒起来。我把房子和里面的东西托付给城市的法官照料，直至魔鬼把鼠疫带往别处。然后，我们将把它低价卖掉，所得的钱也将属于穷人。

但是，当我们看见三匹骏马时，我什么也没说。我的心却怦然一动，就像墓石从下方被人挪动了似的。

当晚，主教入睡后，我离开了房子。我径直去找这座城市的法官，敲响他的窗户：

"起来吧，先生，请带上我的房屋的钥匙。"

他光着脚、没穿外衣走出来，惊恐地问：

"发生了什么事情？"

"我今天夜里必须去趟巴黎。主教要求派新教士来，但却没有人来。嗯，我去接新教士。明天下午，我就回来。"

我走进房屋，从兵器中挑选了一把精美的剑、一把长矛和一把弓。我把一个挎包挂到脖子上。我也换了衣服，穿上了一件漂亮的樱桃色天鹅绒衣服。房间里有一副鞋带可一直绑到膝盖的凉鞋，我穿上了它。鞋上有金马刺，我留着它。没有马刺就无法骑马。

法官对我的装束并不感到惊讶——这一地区到处是狼。

我挑选了一匹最好的骏马。来吧，黄马！我们向东进发！

五十五

  金秋时节的一个黄昏，在经历了一路上的颠簸之后，我终于来到多瑙河岸边。

  我吹响了我的号角。

  过了一会儿，我看见一只摆渡船开了过来。一个身材矮胖的白胡须匈奴人站在船头。

  但摆渡船还没有靠岸，这个老人就把弓举起来：

  "你是谁？想干什么？"

  "我是匈奴人，和你一样，"我回答道，"我要回家。"

  "为什么要回家？"

  "这是我的私事。你有义务把我带到河对岸。"

  "去你爹的鸡巴！你胡说八道！你不知道我可以放箭射死你吗？"

  "为什么要射死我？"

  "因为你是个卑鄙的逃兵！"

  "逃兵？我？看起来，我们彼此不了解。我从卡塔隆尼平原来，就是去年打仗的那个地方。"

  他惊得下巴都快掉下来了。

  "这么说，你不是从罗马战役回来的？"

  "不是。莫非军队现在在那里？"

  "是的。"

现在，轮到我的下巴快要掉下来了。

这个匈奴人把摆渡船划向我。他仔细观察我的衣服，还有我的脸。

"我把你渡过去，"他说，"但你可要考虑好后果。"

"为什么？"

"因为你只能进来，但如果你想返回的话……"

我没有顶撞他。我本来想继续赶路，但我的马累了。我不得不在船夫们的住处借宿一夜。

在吃晚餐的过程中，我们交上了朋友，因为我向他们讲述了许多战场上的故事。当然，我也向他们提了问题：

"阿提拉是什么时候去意大利的？"

"回国没多久。只休养了几个星期，便又厉兵秣马。严冬刚过，他就立即出发了。"

"关于查特，你们知道多少？他还活着吗？"

"他还活着。"

"那他的家人呢？"

他们对此一无所知。船夫和边防人员大多是乌戈尔人。他们中也有为数不多的身有残疾的匈奴人。他们的职业是钓鱼、打猎。每隔一百步就有一座芦苇屋。间谍休想进入匈奴人的疆域。

第二天一大早，我就上路了。傍晚时分，我就看见了阿提拉的木宫殿的塔尖闪烁的光芒。

我心中的忐忑无以言表。在焦虑不安的思绪中，我的心时而飞上云端，时而像折断翅膀的鸟儿一样坠落下来。她还没结婚吗？假如我站到她的面前，她会怎样看我呢？

当我不得不步行时，我需要经常停下来，我的心跳得非常厉害。

我在蒂萨河里饮了马。自己也下马洗了个脸，匆匆忙忙洗了洗身子，拍掉了衣服上的灰尘。

我骑马进了城。

279

多么安静、荒凉的城市！只有妇女和儿童在里面走动。

在王宫前我还是看到几名武装骑兵。这是国王的妻妾们的警卫队，警卫队由下列人员组成：残疾战士、年迈的普通匈奴人、留在国内的生病的保镖和阿提拉三分之二的仆人。

我心急如焚地骑着马走进查特家的大门。女仆们、奴隶们吃惊地望着我，他们的眼神冷若冰霜，好像我是陌生人似的。

"晚上好！乌祖拉！"

乌祖拉放下长矛。

"天哪！"他结结巴巴地说，"你是泽塔吗？"

"当然是我！"

他冲房子里大喊：

"泽塔回来了！"

他欣喜若狂，仿佛我是他的儿子似的。

女仆们、奴隶们都跑了出来。我一下马，就有一个姑娘搂住我的脖子，把我亲得啪啪响：

"泽塔！泽塔！"

让我看看这是谁，原来是吉吉亚。我几乎认不出她，她长高了。

但其他的人也开心地拥抱我。他们紧握我的手，抚摸我的衣服。有六个人异口同声地问："你从哪里来？你是不是真的没有死？"

他们簇拥着我上楼去见女主人和鲍劳科尼老人。

两个小孩儿也高高兴兴地朝我跑来，我请求获准亲吻他们的手。

只有一个人我没看见，她就是我最想看见的那个人。我心里有一种不祥的预感，只能心不在焉地回答女主人和老人的问话。

最后，我单刀直入地问：

"所有的人都身体健康吗？"

"是的。泽塔。"

"小……小姐呢？"

"她也是，泽塔。"

"小……小姐没生……生病吧？"

"怎么会生病呢？她和丽卡王后一起出去打猎了。明天王后肯定会派人来叫你的，因为她曾为你哭泣。我的丈夫回来说，你染上了鼠疫，说你死了。"

我如释重负。假如埃莫盖已经嫁为他人妇，查特夫人肯定不会回答说小姐去狩猎了，而会说："她已经不是小姐了，孩子！"

"尊贵的主人在战斗中没出什么事吧？"我漫不经心地问，"我以为他死了呢。"

"怎么会死呢？他是不会轻易死的。"女主人笑着回答道。

"他会在那里待很久吗？夫人，你不认为我去找他更好吗？"

"见鬼！已经是秋天了。等你到达了那里，他们就已经回家了。"

"关于我的英勇表现，主人说什么了吗？"

"没有，泽塔。他说，战斗刚一开始，你就从他眼前消失了。"

这让我很难过。也就是说，我还得继续当奴隶。我本来可以成为主教，但却将充当马梳、擦鞋人、两条腿的狗。我请求休息一天。

当晚，厨房里像过盛大的节日一样热闹。所有的奴隶和女仆都聚集在一起听我讲述。

厨娘拉宝做了烤肉，还把葡萄酒摆上桌。她让我坐进她的扶手椅里，还称我为亲爱的儿子。人们让吉吉亚坐在我旁边。呃，我不喜欢这样。更加让我生气的是，这个姑娘穿着节日的盛装坐下来，还把一束秋玫瑰插进我面前的杯子里。

于是，我就把我的各种磨难、战斗、逃亡讲给他们听。我给他们看我的膝伤和头伤。

他们满怀崇敬地凝视着我。

"哎呀！"女仆琼吉说，"吉吉亚天天为你祈祷，总算没有白费。"

我耸肩道：

281

"为什么祈祷？我是吉吉亚的什么人？她是我的什么人？尽管我要表示感谢，但……我还是不理解你，吉吉亚。你牵挂我的命运，这固然不错，不错，但我一回来，你就跳到我的脖子上，未免太过分了吧。这对你来说是不恰当的行为。这种事情你以后要避免，因为这会成为误解的根源。而且，你现在已经是个大姑娘了，你要注意你的好名声。"

吉吉亚把身子往后靠在椅背上。她的脸变了颜色。

然而，我却像没有看见似的。我拍了一下桌子：

"我的母鸡，那个黑色的小魔鬼还在吗？"

女仆们都笑了，她们朝乌祖拉望去。

乌祖拉的脸红了。他挠头。

"嗯，怎么说呢？"

"唉！"厨娘拉宝终于说，"乌祖拉为了纪念你，把它祭献给了你。当他听说你死了，他就把它打死了，我们就把它火化了，让它来世也做你的母鸡。"

五十六

第二天早上，王后真的差人来叫我。

此时，我已做好了准备。奴隶中的好伙伴们几乎是抢着给我清洗在卡塔隆尼穿过的衣服。他们给我的鞋带涂上了黄色染料，把天鹅绒衣服上的灰尘刷了下来，把金纽扣擦得闪闪发光，把衣服开线的地方缝好。总之，我在我从前的房间里一起床，他们就把清理干净的衣服给我送了进来。

女主人也慷慨了起来，她给了我一件漂亮的宽松帆布斗篷。我把它穿上后，大家的普遍看法是，我看起来像是一位他们不认识的遭流放的王子。

我一直喜欢漂亮衣服。这个女性的特质坚不可摧地留在我的身上。当我不得不洗衣服时，我总有白衣可穿，我也总能搞到香料，最差也能搞到有香味的草。在外出这么长时间之后，我将再一次出现在埃莫盖的面前。不过，我从来没有像现在这样昂首阔步。

但是，我还是有点儿担心：我的形象变了——我的胡须长得又黑又密。奴隶们和女仆们都说，胡须让我有了更多的阳刚之气。但埃莫盖会怎么说呢？我用手指把唇髭搓捻成尖状。然而，我并没把头发弄成匈奴人的那种一撮一撮的——我是奴隶。我并不担心头发，我把头发披在肩上，然后梳理好。

于是，我跨进王后的宫殿。我的手里拿着一顶宽边帽，剑佩在侧身，凉鞋上有金马刺。我身穿甜樱桃色裤子、酸樱桃色天鹅绒上衣、帆布斗篷，我肩上的银链子上垂着两拃长的象牙号角。我真的不愿意和那些蓬头垢面的王子交换衣服。

当仆人把门帘拉开后，我就像王子一样走了进去。我把女人们扫视了一遍。大约有二十个人。埃莫盖也在其中，她穿一件有红花的白衣服，头发和以前一样，编成一条辫子垂在脑后。现在，我终于可以看见她了。我一眼就发现她没有任何变化。女人们正帮一位亚麻色头发的女人试穿一件白蓝两色的新衣服。当我进去时，她们几乎惊呆了。

但此时，我已做深鞠躬的动作，头快低到了膝盖，等待王后说话。

"造物之神啊！"王后拍着双手说，"你是泽塔吗？你吓着我们了！"

"抱歉，尊贵的殿下，我没有别的衣服，只有这身衣服。衣服是可怕了点儿，但我的谦卑和随时为你效劳的意愿没有改变。"

"你过来！哎，姑娘们你们看，这个男孩儿变成了英俊的小伙子！泽塔，你多给我讲讲吧！把一切都讲给我听！曾经传来消息说，你死了。我为你流下了眼泪。"

"谢谢，殿下，"我感动地恭维道，"在那些艰难的时刻，如果我知道你为我流泪的话，我会感到安慰的。"

"你多讲讲吧。你把一切都讲给我听，你去过哪儿？你在哪儿生活过？去年秋天你为什么没有回来？"

她坐在沙发上，用一只胳膊肘支撑着身体。她看着我。其他的人也惊讶地看着我。

一个陌生的白皮肤金发姑娘坐在她的腿旁，冷冰冰地从头到脚打量着我。埃莫盖把一个绣花枕头放到自己身下，背靠王后的沙发。也许，她也在微笑。我不能确定这一点，因为我不敢看她。但我感觉我成了她们所惊异的对象。

我不习惯被感动。其目光能让我心慌意乱的人很少。此刻，我又可以看见埃莫盖了，感觉她的目光停留在我的身上，这让我几乎无法开口说话。我就这样站在她们的面前，不知从何讲起。

"尊贵的殿下，"我终于开口了，"我见证了很多事情，不知道你对什么感兴趣？想听多少？"

"不管讲什么，我都感兴趣。你们给他搬一把椅子，或者你就坐到地毯上吧。因为你的衣服太紧了，就好像你要发表新年致辞似的。把你的帽子扔到墙角去吧，不必过于庄重。"

于是，我就坐到她们中间的一把低矮的有软垫的椅子上。我放下帽子。每双眼睛都微笑着看我，我对她们的成见消失了。我发现自己坐在孩子们中间——因为当女人快乐时，她们总像孩子，而且是十岁的孩子。只有埃莫盖的眼神是甜蜜的。

"尊贵的殿下，"我说，"如果你完全让我决定讲什么，我担心会冗长而且无聊。因为在你们中间，尊贵的殿下，我感觉自己仿佛置身于云端。你下命令吧，从哪儿开始讲起？"

"那就从这座城市的尽头讲起吧，当时你们骑到了马背上。然后你讲讲路途上和战场上发生的事情，还有你经历的所有磨难。"

一个长着一双调皮的眼睛的匈奴女人补充说：

"你想让我们听什么，你就把它详详细细地讲一讲。"

她们笑了。只有那个白皮肤金发姑娘依然是满眼的惊讶。

后来，我才知道，那个爱开玩笑的女人是国王的妃子埃奇卡，那个金发姑娘不懂匈奴语——她是日耳曼女人，名叫伊笛可。

"好吧，我就从你命令的地方开始讲起，尊贵的殿下。黎明时分，我们在城市的尽头骑到马上，大祭司为我们赐福。我们肯定是忧伤的。我们中谁也不知道，将来是否还能返回这座城市，或者说我们将从这里前往亡灵之地。国王也是忧伤的。我在他的眼睛里也看见了泪水。"

"让你失望了，"丽卡王后微笑道，"国王看上去总是忧伤的，即使哭，他也不掉眼泪。"

"有可能，"我鞠躬答道，"有可能是我流泪了，所以我看到的每个人都在流泪。"

我的目光从埃莫盖的脸上掠过。她目不转睛、若有所思地看着我。她的脸色也和阿提拉的脸色一样——让人捉摸不透。

"一路上没有什么特别的事情发生。我们沿着多瑙河谷一直走到了春天。军队走在我们的前面，摧毁了罗马帝国的许多城市。他们先是在潘诺尼亚大肆破坏，然后在多瑙河沿岸也是如此。值得一提的第一件事情发生在我们穿越一个沼泽地时，这引起了我们的很多思考。在那里，正当我们在长满芦苇的深及马膝的淤泥里骑行时，一个衣衫褴褛、瘦骨嶙峋的老太婆突然从芦苇丛中冲了出来。她的眼睛瞪得圆鼓鼓的。在她瘦弱的手臂上垂着翠绿色的水淋淋的布条。我们还没抓住她，她就站到了国王的面前。她抓住国王的马缰绳，用德语咆哮道：'回去吧，阿提拉！回去吧！'

士兵们把她从国王身边拉走，推入沼泽。只见她陷入沼泽之中，在芦苇丛中消失了。"

我的听众们脸色苍白。我发现埃莫盖也是如此。

"后来，类似的不祥征兆也出现过，"我继续往下讲，"在一个地方，有一名隐士站在岩石之间。当国王走到他身边时，他举起双臂，大喊道：'我知道你是谁。你是世界之锤！无论你走到哪里，大地都会颤抖。你的号角在哪里吹响，哪里的星星就会坠落。但你要知道，上帝把你差遣到这个世界上来，他也会召唤你回去的！'"

"到处都是愚蠢的算命者！"王后变得严肃起来，"天与地都给阿提拉做出了各种不幸的预言，结果呢？"

"我至今也不知道，尊贵的殿下。我留在了战场上。"

"结果是，去年秋末，他毫发无损，满载而归。他还带回一群王子和公主当人质，目的是让居住在西边的那些民族继续对他忠心耿耿。你看看这个奇妙的美丽女孩儿！（她指着伊笛可。）她也是他从西边带回来的。她是公主，多可爱啊。"

她拥抱并亲吻了伊笛可。

然后我就给她们讲述战场上发生的事情。当我在描述阿提拉手握出鞘之剑站到战士们前面时，她们都屏住呼吸，凝神静听，每个女人的眼睛都闪烁着光芒。但我只凝视埃莫盖，她一直面无表情。可现在，她脸色红润，正用灼热的目光看着我。看得出来，我的讲述迷住了她的心。

我想，这正是我讲述自己的英勇事迹的好时机，但就在此时，门帘被掀开，一名仆人禀报说，国王的信使到了。

仿佛像被闪电击中一样，女人们落荒而逃。王后也站起身来。

"穿着丧服吗？"她焦虑地问道。

"不，殿下，他带来了好消息。"

"快让他进来，你们去把监国叫来！"她如释重负地喘了口气，"哎哟，我们虚惊一场。"

信使伊高尔是一位匈奴勇士，他满身灰尘地走进房间，跪着递上阿提拉的信件。

"你带来了什么消息？"王后问道，"你们是否已经到了罗马？"

"没有，殿下，"伊高尔答道，"罗马自己来到了我们面前。"

"这我就不明白了。"

"基督教会的最高统治者罗马教皇穿着正装来到我们面前。他跌倒在国王的脚下，祈求饶恕这座城市。"

"然后呢？"

"我们就回来了。"

丽卡抽搐了一下。

"为什么要饶恕？为什么不坐到罗马帝国的宝座上！"

她的眼睛迸射出愤怒的火花。她坐直身子。啊，这个女人变了！她是真正的王后。我这时才明白，阿提拉已经把她的心肠变得像钢一样坚硬。

但这仅仅是一个瞬间，仿佛闪电时看见的一个陌生地带。然后，这个女人看着地，几乎是无聊地问道：

"没有人抗拒吗？"

"没有，殿下，谁敢抗拒我们？"

"埃提乌斯？"

"埃提乌斯在国内散布消息说，是他在卡塔隆尼原野上获得了胜利。"

"这个我早有耳闻。但他在哪儿呢？"

"我们不知道。这个伟大的战胜者销声匿迹了。相反，失败者却征服了这个世界上最大的城市并羞辱它，让它成为纳贡者。"

"难道什么仗都没打吗？"

"没有，殿下。我们攻陷了阿奎拉之后，整个意大利就匍匐在了我们的脚下。我们运回成千上万马车的财宝。丝绸、天鹅绒、餐具、油画、金子、银子多得不计其数，还有一大群年轻的囚犯。"

"有没有发生鼠疫？……"

"和去年一样，殿下。我认为，国王因此才没进罗马城。"

"他没事吧？"

"没事，感谢神。"

"你说说吧，"埃奇卡问道，"教皇是个什么样的人？"

"又老又瘦，"信使微笑道，"他的鼻子上有皱纹，面容恐怖。"

监国到了。王后和监国、埃奇卡一起步入内室，让监国读信。

这期间，我们安静地待在大厅里。女人们在悄声低语。我没有交谈的对象。当没人看我时，我就贪婪地盯着埃莫盖。当有人看我时，我就看伊高尔。

埃莫盖对伊高尔说：

"我爸爸身体健康吗？"

"健康，小姐。"

"你也给我们捎信了吗？"

"只有口信。"

"你能告诉我吗？"

"也就两句话，一是他身体健康，二是别给少爷们吃未成熟的水果。"

埃莫盖坐到沙发上，搂住伊笛可的脖子。她把脸贴在伊笛可的脸上。

"这个姑娘真美,是吧,泽塔?你见过比她更美的姑娘吗?"

"我见过,小姐。"

"在哪儿?"

"在蒂萨河畔,小姐。有一次,我在那里看见她骑在马上,穿着野鸽子色的衣服,蒙着面纱。"

她的眼睛扑闪了一下,但面色未改。

"你真美!"她亲切地对伊笛可说,"你真美。你明白吗?"

伊笛可微笑着点头:

"你明白,你真美。"

众人皆笑。

五十七

我又住进了厨娘拉宝的房间。她不让我去别的地方住。她宁愿自己搬进一个更小的房间。

我已经累了。我请求老管家当天不要给我分配活计。于是，吃完午餐后我就在房间里躺了下来。

这是一个凉爽的小房间。墙壁装饰着一个枯萎的花环。这是埃莫盖在一次婚礼上戴过的花环。当这个花环被扔掉后，我就把它捡起来挂到墙上，花环正对着我的卧榻。

这是房间里唯一的装饰品。其他的地方挂满了厨娘熨烫过的裙子，房间里充满淀粉的味道。

在我还没睡着的时候，我听见门的木把手发出轻微的响声。门开了，吉吉亚羞怯地往里瞅：

"你在睡觉吗？"

"没有。你想要什么，吉吉亚？"

她面色苍白，而且有点儿严肃。

她走进来站到我的面前，就像女学生站在老师的面前一样。

"这个姑娘长大了！"我想，"当我离开时，她还是个孩子，现在已经发育成熟，可以嫁人了。她婀娜多姿，胸部高耸。她的面部也丰满了。女仆们调皮地称她为小姐。也许，她穿的是埃莫盖穿过的衣服。我总是看她不顺眼！"

"我想和你说话。"她焦急地说。

她站在门旁,把手指放到脸上——她好像害怕我把她赶出去似的。

房间里有一个破旧的稻草凳。我示意她坐到稻草凳上:

"你可以坐下。"

她坐下。

"我只想问,"她结结巴巴地低声说,"只想问,我做了什么对不起你的事。你为什么恨我?"

"我?"

"你昨天没有当着二十个人的面羞辱我吗?哦,我觉得,我太丢脸了!为什么?"吉吉亚的眼睛湿润了。

"是你羞辱了自己,好姑娘。奇怪的是,你却像法官一样来质问我。"

"这不是质问,泽塔,只是谦卑的询问。我想知道,我怎么伤害你了?我想搞明白是怎么回事,也为了以后不再犯同样的错误。"

这个姑娘的话无懈可击,让我心里一惊。

"我很高兴,"我说,"你是如此地聪明。这样至少我们可以轻松地澄清我们之间的事情。当我回到家里的时候,你是那样诚心诚意地欢迎我,太美好了,我感到很愉快,但你的举止过头了。假如是阿提拉来了,我兴冲冲地跑过去搂住他的脖子亲吻他,你会怎么看?"

"你不是阿提拉。我一直……感觉你……是我的兄弟姐妹。"

"谢谢。但是,你看,其他人并不知道你的感觉,他们会往歪里想。这对你不好,对我也不好。"

她用手去捂脸。我看见她哭了。

"我无意给你带来痛苦,吉吉亚。你在说什么兄弟姐妹的感情!你是一个奴隶,我也是一个奴隶。我们的命运是悲哀的。我宁愿让你谈谈在我外出这一年半的时间里你们是怎样生活的。我们的主人回来时都说了什么。"

吉吉亚用围裙擦干眼泪。

291

"他说，他最后一次看见你是在战斗刚开始的时候。"

"他没说我表现英勇吗？"

"没有。他说，有人在伤员堆里最后一次看见了你，但你没受伤，而是得了鼠疫。"

"查特认为我死了吗？"

"是的。"

"他是否感到难过？"

"是的。"

"他是怎样难过的？关于我，他说了什么？"

"他说：'他死得太可惜了，他的一张嘴胜过别人的手，他是个非常灵巧的男孩儿，我的新盾牌上的黄金装饰图案本来是想让他画的。'"

"哦，他夫人呢？她也难过了吗？"

"是的。"

"她怎么样难过？她说了什么？"

"她说，带这样的奴隶上战场是愚蠢的。没有人能像他那样彬彬有礼地鞠躬、问候、说话。这样的奴隶是家里的装饰品，就像丝绸门帘一样。他还责骂主人把你弄丢了。"

"小姐说什么了？"我打了个好大的哈欠后问道，"她说什么了？"

"她什么也没说。"

"难道她不难过吗？"

"难过。"

"难过？"

"难过。"

"但她是怎样难过呢？她说了什么？"

"她说了什么？我肯定已经忘了。她说了什么呢？想起来了，有一次她说：'也许这样对他更好一些。'"

接下来的几分钟，寂静无声。我忘记了吉吉亚的存在。她的话像旋风一样在我的心里旋转。

"你不再问了吗?"她终于说话了,"你不问我了吗?"

我几乎听到了她的心跳声。

"不问了,"我闭着眼睛说,"你去干你的活吧。"

五十八

傍晚,埃莫盖回到家里。当时,她骑一匹枯叶色的小马。这是一个温顺、可爱的小动物。它总是在房子周围吃草,谁呼唤它,它就往谁身边跑。它就像一条狗一样。

我知道她会告诉她的母亲我在王后面前说了什么,而且晚饭后她们会叫我上楼。但叫我上楼的目的难道不是她自己也可以和我说话吗?

门前的两棵枝叶繁茂的柽柳树开着红花。(我不知道这两棵树从何而来,也许是查特从我的祖国给他的妻子带回来的。)当我等待主人时,我习惯坐在柽柳树下。晚上我也坐在那里,万一有人叫我,我就不会迟到了。

我对自己的期待没有失望。晚餐还没结束,吉吉亚就从楼上的窗户往外喊:

"泽塔!你们没有看见泽塔吗?请告诉他,让他上楼。"

他们坐在桌子旁边。在两个小孩儿的旁边坐着一个小姐模样的姑娘,我不认识她。老鲍劳科尼因为喝了葡萄酒,脸色就像红布一样。

"泽塔,"女主人嗔怪道,"你只跟王后说话吗?"

"哦,夫人,"我辩解道,"你不下命令,我怎么能说话呢?奴隶的名字是:闭嘴。"

"你不是那样的奴隶。你的名字是:说话。"

"谢谢。你跟我说话,我总是感到高兴。但是,如果仅讲战斗的话,我就能讲一个星期。如果仅讲主人的事迹的话，一个晚上也讲不完。"

"你在战斗中看见我的丈夫了吗？"

"我看见了，夫人。他就像风暴一样。"

"但他却没有看见你。他说，你很快就从他的眼前消失了。"

"主人没有义务看见他的奴隶。奴隶有义务看见他的主人。我一直在他的身边或者身后战斗。"

在我讲述查特的事迹的过程中，我悲哀地想到：在王后那里，她们让我坐着，可在这里我得站着说话。

此时，我的一条腿也还在隐隐作痛，尤其是在我站立或行走太久的时候。即使是现在，如果天气发生变化，我的膝盖就痛，这是在卡塔隆尼平原上落下的病根。

那天晚上，我讲的全是查特。我想，查特家人关心的是查特。女主人的确是聚精会神地听着。两个小孩儿也是张着嘴在听。只见老鲍劳科尼在水罐旁眨了眨眼睛，扬了扬浓密的灰白眉毛。

"嗨！有一次，"他说，"我参加过四十五场战斗，但关于这四十五场战斗，我加起来也没这个小孩儿说得多。人人都已经是英雄了。假如用剑杀掉一个疲劳的敌人，他就说杀掉了一百个人。"

孩子们的眼睛已经困得睁不开了。老人也是上下眼皮打架。只有女主人和埃莫盖还意犹未尽。

"你稍等，"女主人说，"我们先安顿孩子们躺下。"

她们把孩子们带走。从第三个房间里传来其中一个孩子也就是德代什的声音。他无论如何也要回来，但大人鼓励他上床睡觉：

"吉吉亚马上来给你讲红熊的故事和神仙王子的故事。"

老人睡着了。

屋子里就剩老人、我和埃莫盖。她一手托腮看着我。三根银色的蜡烛发出咝咝声。

我说：

"小姐……你没有话要说吗？"

"等我妈妈回来了，你讲讲阿提拉吧。当他戴着金色头盔出现在军队面前时，一定很威武……一定很威武！就像降临人间的神一样威武！"

她低下了眼帘。

查特夫人回来了。我讲了阿提拉。我把他戴着金色头盔出现在军队面前的情节讲得很细，就像是给画家讲一样。

埃莫盖把胳膊肘支在桌子上，几乎是如饥似渴地听着。她的脸被烛光映照成粉红色。她的手臂圆润，就像是大理石女神的手臂一样。

五十九

到了第三个星期,阿提拉也回来了。

整个城市披上了节日的盛装。人们从山上拉来几百马车的松树枝,用它们装饰帐篷和道路。

国王的妻妾们与随从一起去城外迎接。

由亚斯人和哥特人组成的先头部队中午时分就到了。他们自豪地挥舞着被箭射穿的旗帜。他们带回来许多囚犯。这是多么悲伤的画面啊!男青年、女青年、已婚妇女、女孩儿混杂在一起。他们都是棕色皮肤,个头矮小,衣衫褴褛,神情忧伤。匈奴人和格皮德人伴随着他们。

傍晚时分,号角的尖叫声告诉人们,阿提拉即将抵达。哨子的声音离老远就能听见。全城的人都出来了。男人们挥舞着帽子,女人们挥舞着面纱。喜悦的叫喊声和哨子声混在了一起。

"祝福!祝福!"

国王挥手向妻妾们致意。他只亲吻了自己的孩子。

此后,秩序当然就乱了。每个匈奴战士都去拥抱自己的妻子。孩子们得意洋洋地拿起父亲的弓、长矛和盾牌往前走。在一顶顶帐篷旁边,可以看到人们在亲吻马儿。而在有的地方,人们则打量着站在院子里的囚犯——由于某种原因,在半路上,这些囚犯就被允许服侍这些人。我被吩咐待在两个孩子的身边。

当然,我们也站到了查特的面前。在仆人中间,只有我走在查特家人的后面。在这个场合，我不得不穿上在卡塔隆尼平原穿过的衣服，只把帽子留在家中。

没错，当查特看见我时惊得眼睛都直了。他几乎不相信自己的眼睛。

"你怎么敢来见我？"他佯怒道，"因为你已经死了！"

"哦，我的好主人，"我有礼貌地恭维道，"我死了也跑回来为你效劳，这恰恰证明了我对你的忠诚。"

他身上还是有人性的，他把手伸向我。

这天晚上，城里到处都是嘈杂的人潮声、喧闹声和音乐声。街上到处都是燃烧的火把，人们在帐篷前的大火旁烤肉、煮饭，欢闹。吟游歌手们单独或双人演唱荣耀之歌。哨子手们吹响了哨子。夸德乐手吹响了风笛。人们尽情舞蹈，纵情歌唱，满城尽是欢歌笑语。

午夜时分，阿提拉也出了王宫，他的身边全是手持火把的保镖。在音乐声中，他骑马穿城而过。他时不时地在一顶顶帐篷前逗留，那里要么是火光特别明亮，要么狂欢的人多。一旦有人给他递杯子，他就把杯中的酒一饮而尽。他和老人们握手，在山呼海啸般的祝福声中继续骑马前行。

第二天，大部队随满载战利品的马车队一起抵达。从早到晚，长长的马车队绵延不绝。有的马车甚至第三天才能抵达。

当晚，查特叫我去见他。

"是时候了，"我怀着一颗怦怦直跳的心在想，"查特将免除我的奴隶身份。"

他曾经谈起过此事。

"孩子，"他说，"我知道，你在卡塔隆尼平原战斗过，几天后我们将审核你的战功，但现在阿提拉需要你，有许多事情等着你去做。我把你送给了他。好吧，你带上你的东西，去找卢斯狄或梅纳-沙格报到。"

我站在那里，像被闪电击中一样。他免除我的奴隶身份，但又让我去给国王当文书，这对我来说值不值得？

"主人，"我沮丧地呜咽道，"请允许我坦白，我很难离开这里……"

"我也为你感到难过，"查特答道，"我宁愿出钱，但没用——鼠疫夺走了三名文书的生命，在战利品的分配中有许多事情要做。"

我太绝望了，我愣在那里，脚仿佛扎了根。我眼泪汪汪地转向埃莫盖。

这个姑娘望着蜡烛的火焰，凝眉沉思。

六十

成百上千辆满载战利品的马车长蛇阵般摆满主街道、广场和国王的庭院。马、骡子、骆驼驮来的一捆捆战利品在文书房前堆成了小山。大多是地毯和各种布料。

我们必须清点这些东西，然后造册登记。

这项持续数周的工作无聊透顶——对于不能参与战利品分配的人来说尤其如此。

我陷入无尽的悲伤之中。

在卸车的时候，有大约二十名估价官在场。他们告诉我们每一件东西值多少钱。在宽阔的门廊里，我们分成十个小组工作。囚犯们把战利品拆开，估价官瞥上一眼就完成估价。我们要做的只是记录并对物品进行编号，然后登记其价值。许多物品看上去非常值钱，比如埃及的餐具、丝绸织物、金银丝织锦缎、弥撒祭服和其他的首饰。文书们把普通物品的数量和价值用刀刻到木棍上，这些东西包括地毯、披风、凉鞋、武器、帆布、皮带、皮包、衬衫、风帽、珊瑚工艺品、围巾、装饰带。马匹的估价在庭院外进行，文书们把马匹的数量和价值刻到木棍上。

罗马货币也广泛流通于阿提拉的国家。我们把一切都用苏勒德斯计价。苏勒德斯是最小的金币。苏勒德斯的发音与匈奴语中"雇佣兵"一词的发音接近，因此匈奴人称之为"雇佣兵"。

当我们把所有的物品都登记完毕后，战利品的分配就开始了。谁能分到几个苏勒德斯，全由我们来计算。战利品被分成很多份。首领和队长分到十份。传令兵分到五份。寡妇也分到五份。普通战士砍下几个头颅，就能分几份——然而，现在没有发生战斗，他们只能分到一份。谁在攻城战中表现英勇，谁就可以挑选囚犯和马匹。

我们也对囚犯进行登记和编号，所使用的方法与登记贵重物品相同。当然，有身份的囚犯在现场就被匈奴贵族们挑走了。他们中有一个画家，是个那不勒斯的意大利人。这个可怜的人快乐地承受着自己的命运。他曾有机会展示自己的技艺。他曾给一个匈奴人画像，但却把此人的马的脑袋也画了进去。从此以后，便一发而不可收，他不可能再画别的，只能画马了！因为所有的匈奴人都只想让他画自己的马。

这是可悲的工作和可悲的状态，但我一生中却从未笑过那么多。估价官们低估了所有物品的价值。例如，从一个箱子里倒出来一堆价值不菲的浮雕宝石。这些都是贝壳雕刻品，也是艺术品，其中的一些可能需要艺术家工作一年才能做成，这也许会让艺术家致盲。

估价官们把这些东西看来看去，然后，首席估价官图尔佐说：

"各种无柄纽扣，用某种粉红色的石头制成，适合装饰在长袍上。每五十个值一个苏勒德斯。"

有一件东西值四百苏勒德斯。

接着，人们从一个箱子里翻出剧院里的面具。

图尔佐捡起一个面具，说：

"这个魔鬼脸适合在战争中使用。它能吓唬敌人。值十个苏勒德斯。"

我爆发出笑声。我的文书同伴们也明白我在笑什么，因为他们有一半是罗马和希腊血统——他们也放下手中的工具，大笑起来。

老图尔佐生气地朝我们眨眼。突然，他拔出剑，喊道：

"滚你们爹的蛋！狗东西，居然敢嘲笑我？"

若不是其他的估价官把他拦住，这个老人一定会拿剑砍向我们。

正在推搡之时，阿提拉走到门廊里。

他停下来，疑惑地望着大家。

"陛下，"图尔佐愤怒地说，"这些卑鄙的奴隶……应该把他们中的一个人捆绑起来，惩一儆百。"

阿提拉疑惑地看着我们。

文书们瑟瑟发抖，不敢出声。

最后，我用拉丁语说：

"陛下，这里有珍贵的宝石，价值连城，首席估价官图尔佐先生把它们当成某种无柄纽扣，五十个作价一个苏勒德斯。"

我伸手抓了一把宝石，送到国王面前。

"你看，陛下。我只是随便抓了一把，这里有一个金星图案，金星正从大海的浪花中升起。这是多么精美的雕刻品啊！甚至连浪花都被雕刻了出来！而在美丽的壳面上却看不见纹路！应该用它们来装饰王冠！"

阿提拉接过宝石，仔细地看了起来。

"你们把这些宝石送到我的宝库里，"他平静地说，"你……叫什么名字？"

"我叫泽塔，陛下。"

"泽塔，在价值的判断方面，你就帮帮这些估价官吧。要是遇到特别好的东西，就给我留着。你，老图尔佐，假如在你生气的时候有人发笑，那你就教训教训他，你甚至可以动用你的剑。"

"别提了，"老人咕哝道，"正当我要挥剑的时候，他们抓住了我的手臂！"

后来，我主动找这位老人和解。

"你看，图尔佐先生，"我说，"这个世界上不存在什么都懂的人。你从未见过此类东西，无论你有多聪明，你都无法估出它的价值。"

"这是当然的事情，"老人回答道，"但我不能容忍别人嘲笑我！"

一个下雨天，我们没有去工作。下午，我去查特家。这个时候，奴隶们和女仆们也在那儿闲着。我在泥路上没看到埃莫盖的马的蹄印。

她在家。她看见我朝她家的方向走来，就招呼我上楼。

阿提拉在得到我之后，把一名女囚赠给了查特。这个女人是一位米兰贵族的妻子，在逃亡途中被捉。匈奴人想拿到一笔不错的赎金。

埃莫盖之所以叫我上楼，就是想让我给这名贵妇的家人写一封信。

我欣然前往。

屋子里没有文具，我不得不打发一名奴隶去文书房里去取。我坐在查特家的门旁，寻思着是否可以跟埃莫盖交谈。

主人不在家，查特夫人带着大儿子去别人家做客。房间里就我们三个人，包括吉吉亚。

我向女囚打了个招呼，问她想让我写什么。

"他们要一百磅黄金的赎金，"她哭道，"但我丈夫从哪儿能搞来这么多钱啊，因为我们所有的东西都被毁了！我们的葡萄酒和粮食都被抢走了。房子里留下一只枕头总不算多吧，但一只枕头也没留下啊。"

她是一个面容呈烟灰色的女人，皮肤略显干枯。她一直在流泪，因此无法知道她曾经是否美丽过。吉吉亚能够与她交谈，并把她说的话翻译给家人。她的命运不算差，因为她只被要求缝制衣服，但她的眼泪依然啪嗒啪嗒地往下掉。

"夫人，"我安慰道，"你得感谢上帝，你来到了这样的家庭。要是去了别处，也许会把你和母牛关在一起，或者让你给小孩儿当保姆。因为你得知道，他们索要的赎金越多，越会用更加繁重的劳动折磨囚犯。"

"你居然替他们说话！"她朝我发火，"我没有狗的天性，把任何人都当成自己的主人。我只有一个主人——我的丈夫，而且是我向他发号施令。"

她辱骂、诅咒匈奴人。她尤其为自己的珍珠哭泣。

"夫人，"我试图使她冷静下来，"你错了。因为你的财宝的来历和这些人的财宝的来历是相同的，只不过更早而已。在匈奴人登上历史舞台之前，是罗马人和希腊人占据着历史舞台，他们就是这么做的。亚历山大大

303

帝没有洗劫波斯和埃及吗?尤利乌斯·恺撒没有掠夺整个欧洲吗?现在,匈奴人如日中天,然后随着时间车轮的滚动,其他的民族又将从匈奴人手中把财宝夺走。"

"但他们别抢走我的珍珠啊,"她哭道,"我要是把它们埋起来该多好啊。"

这件事让我懂得了一个道理:历史的教训与女人无关。

我把信写完了,字迹非常漂亮,因为埃莫盖就坐在那里看我写。

在我写信的过程中,寂静无声,只有我的笔沙沙作响。

在寂静中,埃莫盖用梦幻般的声音轻声问道:

"你在那边怎么样?"

"是在问我吗,小姐?"我回答道,我向她投去感激的目光,"我也就是活着而已。但是,小姐,我只活到你出嫁为止。"

"你一定会长寿的。"

我向她望去。她神情忧郁。上帝知道她在想什么。

过了一会儿,她又问:

"你经常见阿提拉吗?"

"是的。昨天他还和我说话了。"

"他和你说话?你们说了什么?"

她的神色生动了起来。她用期待的眼神盯着我的脸。多么迷人的眼睛啊,里面全是秘密,全是乐曲。

我把在门廊里发生的事告诉了她。

最后,我说:

"自从上次见阿提拉以来,他变老了。他的胡须里有白丝冒出。你瞧吧,小姐,三年后,他就会变成老人。"

"他永远都不会老!"她露出了迷人的微笑,"即使他的胡须变得像鸽子一样白,他也不老。阿提拉将永远保持年轻。他就像行走在草地上的希腊众神。你看那边挂毯上的阿瑞斯①,他从云中走下来,身披铠甲作战。阿提拉就像他一样。你难道在他的眼中看不到其他人眼中所没有的那种力量吗?!他要是生起气来,连树叶都会发抖。他要是笑起来,连云都会散开。"

我什么也没说,只管继续写信。我已习惯了人们把阿提拉当神看。今天是国王,明天就是灰尘。如果没有像我这样的奴隶偶尔把他的名字记载下来,世纪之风会把他连同他的荣耀一起吹得无影无踪。

从此以后,我几乎每个星期都去查特家。那位贵夫人的信一封接着一封发往国内。她让我给她所有的亲戚都写了信。有一次,他让我给教皇也写了一封信。曾经出现过这样的情形,她在信中忘了写某件事情,第二天晚上我就得再去一次,或者如果我去不了的话,我会在第三天晚上去。

这些信件由来来往往的使者携带。几乎每个星期都有使团离开或者到来。他们要么带来被俘贵族的赎金,要么带来皇帝或者教皇的信函、贡赋和礼物。

阿提拉的火眼金睛很快就认识到我是个有用之人。只要有使者到来,他就叫我去他那里。在那里,我就站在卢斯狄和君士坦提乌斯的旁边。我承担翻译任务,甚至也发表意见。几个星期后,我发现我不仅在奴隶中独占鳌头,而且那些获得自由之身的文书们也对我另眼相待。

这是我一生中的快乐时期。奴隶们已经问候起我来了,就像问候绅士们一样。那些获得自由之身的文书们表现得好像他们是奴隶,我是自由人似的。每个人都预言,阿提拉将使我获得自由并赐予我财富。我将变得富有而且强大,就像奥里斯特斯一样。他曾经是一个衣衫褴褛的奴隶,而且和我比起来,他就是一个傻瓜,可他却大摇大摆地走在匈奴的大亨们中间!

查特家总是晚上把我叫过去,这个时候我已经摆脱了公务的劳顿,我

---

① 阿瑞斯,古希腊神话中的战争之神,奥林匹斯十二主神之一,被视为尚武精神的化身。他是众神之王宙斯和天后赫拉的儿子。

们也聊天。聊什么呢？总是聊阿提拉。谁去拜见了他？他们说了什么？他如何作答？关于阿提拉，如果我讲的是令人愉快的内容，埃莫盖的眼里总是洋溢着喜悦。我离开时，她伸出手：

"你可以吻我的手。"

那位贵妇发现这个伸手给我带来了极大的快乐，有一次，她也大大方方地把手伸向了我。

"你可以吻我的手。"她也用匈奴语说。

这句话把我们的眼泪都笑了出来。

然而，我无法和埃莫盖面对面交谈。她的母亲或者吉吉亚或者别的女仆总是坐在房间里。小孩子们也在那里调皮捣蛋。不过，能看见她，能听见她悦耳的声音，我就应该心满意足了。

在我离开时，大多数情况下都是吉吉亚拿着蜡烛陪我下楼梯，最后由她把门关上。

我总是怀着快乐的心情与埃莫盖道别。因为当我说晚安的时候，我会依次亲吻她们的手，包括那位贵妇的手。这个时候，我就会把埃莫盖娇嫩的小手的温暖带走。

嗨，这个时候，我总是被兴奋冲昏头脑，在楼梯上我根本不搭理吉吉亚。只有当她给我道晚安时，我才清醒过来。

有一次，她对我说：

"泽塔，当你离开时，你把每个人的手都握一遍，唯独把后背转向我。"

她说这话时显得很悲伤，我微笑道：

"对不起，我不是故意的，我是闹着玩的。"

于是，我把手向她伸了过去。

六十一

每个月满月的那一天,阿提拉都要举办一次晚宴,男人们也把妻子和女儿带去。有一个以上妻子的人带给他生儿子最多的那个妻子。

那年冬天,我也被叫去参加一次晚宴。呃,我不是客人,不是——阿提拉有很多贵族囚犯——我得站在他们身后做翻译。

大约六百人出席这次晚宴。在那里,我第一次看见国王的所有妻妾。他有大约十个妻妾。国王的右侧坐着丽卡王后,左侧坐着他忠实的老朋友阿达里克国王。其他人的座次则按照职位排列。女人们被安排坐在丈夫的对面。姑娘们和小伙子们则混坐在一起。

在国王的妻妾们旁边坐着在此做客的国王们以及在阿提拉的宫廷里做人质的王子们。阿提拉把这些王子作为活生生的抵押品养在宫中。

女人们身穿白色匈奴服装,在阿提拉的婚礼上我就见她们穿过,包括面纱和白色丝绸衣。在面纱之下,在她们的头部、颈部和胸部,金丝线和金色花边织带熠熠生辉。她们脚穿红色凉鞋。

男人们的服装是各种颜色的锦缎、丝绸和天鹅绒。他们的靴子也是红色的。

大厅被上千支蜡烛照亮。餐具不是金的就是银的。只有阿提拉的面前摆放着一只木盘和一只木杯。

因为他鄙视一切奢华。他的衣服是朴素的深蓝或灰色天鹅绒。他连戒指也不戴。

晚宴在寂静中开始。阿提拉吃完第一盘食物，端起木杯，说：

"我向我的家人致意。我的家人代表匈奴民族。神，你爱我们吧！"

只有在此时，现场的气氛才热起来。

每个人都起立，为国王的健康干杯。

晚宴在音乐声中进行，但音乐总是被打断，因为一会儿这个匈奴人站起来作简短致辞，一会儿那个匈奴人站起来作简短致辞。我听奥里斯特斯说，在卢阿国王时代，匈奴人都是作长篇致辞，但阿提拉插了一句话就让他们戒掉了这个习惯：

"够了！让别人也说说话！"

从此，每个人说话都变得言简意赅。

第三盘食物吃完之后，音乐声停了。大厅里响起轻微而愉快的交谈声。

当然，我的目光越来越投向埃莫盖。她坐在两名外国王子之间，她也和对面的人交谈。

后来，桌子被撤除，梦幻般的音乐响起来，小夫妻们三三两两地在大厅的另一端散步。

阿提拉向乐师们示意。

总是他开始跳舞。他挑选舞伴不按等级，想跟谁跳就跟谁跳。

这天晚上，他把手伸向埃莫盖。

客人们混在一起，谁站得离他们最近，他们就跟谁跳舞。

匈奴舞蹈有别于其他民族的舞蹈。舞蹈从安静而庄重的舞步开始。最初，舞者们只是握住彼此的手，然后面对面站立，注视着彼此的眼睛摇摆身姿。

我看见埃莫盖的脸上洋溢着幸福。她的眼睛几乎是陶醉地看着国王的眼睛。她是严肃的。国王也是。在我的一生中，我从未见过有人如此严肃地跳舞。埃莫盖让我神魂颠倒，当她在阿提拉的双臂之间舞动时，她变成了梦中之人，其存在如同海市蜃楼一般。

舞者们在跳舞的过程中会更换舞伴。每个人都和距离自己最近的人跳舞。埃莫盖和哥特人首领托多梅尔跳了起来，阿提拉把手伸向伊笛可。她就是那个我在丽卡王后那里见过的金发碧眼的日耳曼公主。

我倚靠在一根靠边的柱子上看着他们。舞蹈很美。看得出，不仅是他们的身体在跳舞，而且他们的灵魂也在跳舞。

阿提拉在我的面前跳舞。当他们迈着舒缓的舞步升降起伏时，我看见伊笛可的蓝色大眼睛快乐地望着阿提拉，阿提拉的眼睛也在微笑着回望她。

六十二

第二天,有一个消息在王宫里流传:阿提拉当天早晨派遣使者前往莱茵河畔,去找伊笛可的父亲——阿提拉向他的女儿求婚。

去的人的确全是贵族,其中也有查特、多罗格和欧尔戈瓦尼。谁也不知道该去哪儿找伊笛可的父亲。

我并没有替他们多想,我得写信给士瓦本人、夸德人、鲁吉人、斯克里克人、图西灵人、赫鲁利人等其他民族的大公们。他们与其子民一起在亚得里亚海沿岸过冬。寒冬过后,要让他们立即动身前往多瑙河下游等待阿提拉——春天,我们将一起启程前往君士坦丁堡。

新皇帝马尔西安——一位固执己见的老兵——在卡塔隆尼战役之前就拒绝交纳贡赋。他告诉阿提拉:

"我把黄金只送给我的朋友。其他人只能从我这里得到铁。"

阿提拉的答复更为简短:

"我将用钢对付铁。"

然而,当时我们已经决意西征,无暇顾及马尔西安。现在,对付他的时机已到。

"一年后的今天,"一天晚上,阿提拉说,"我们将在马尔西安的宫殿里吃午餐,我将让他把碗亲自端到我的面前。"

我说过,这一天我有很多工作。

晚上,那位贵妇又把我叫去。我虽然疲惫,但却欣然前往。

查特已经离开了。埃莫盖显得无精打采。在夜晚的狂欢过后，查特夫人没有获得充足的睡眠——她很早就躺下了。

但是，埃莫盖和我们待在一起。

我不慌不忙地写着，写了很久。只有这样，我才能和埃莫盖多说几句话。

我想夸口说，我没有一天不赚一两个金币，我的同伴们极大地鼓舞了我。尤其是，将来去君士坦丁堡，我将负责带路。我将在阿提拉的身边战斗。以什么样的语气把"我将在阿提拉的身边战斗"这句话说出口，我提前做了特别的准备。埃莫盖知道这句话的含义。它包含着美好的未来图景：财富、尊严、天堂！

我的心情不错。为了让埃莫盖打起精神，我讲了笑话。看见她萎靡不振的模样，我就知道她睡眠不足。我一边称赞她的舞蹈和服装，一边给那位贵妇的丈夫写信。

这是一封能把人逗乐的信。我必须描写她遭受了多少痛苦。还有：假如赎金不尽快寄出，她将在痛苦中凋零。

"夫人，"我微笑道，"自从你来这里以后，你在痛苦之中变胖了。"

她打了个哈欠。

"我也不知道是怎么回事，"她回答道，"我自己也感觉到衣服变窄了。"

信终于写完了。我把封蜡滴在信封上，贵妇用她的戒指去摁压封蜡。吉吉亚拿起小灯笼，陪她回自己的房间。房间里就剩下我们俩。

这时，埃莫盖的眼睛看着我。她的眼神里有一种异样的哀伤，也许只有一种女人才能有这样的眼神——她跪在断头台上，最后一次抬起头后又旋即低下头，等待刽子手的大刀砍向自己。埃莫盖的眼神就是这样的眼神。她说：

"泽塔，什么比死亡更令人悲伤？"

我惊讶地凝视着她。对于这样的问题，我能说什么呢？她自己做出了回答。她摇着头，凝视着前方：

"生活。"

我惊愕不已。

她的眼睛里噙满泪水。她想说什么？——我不知道。对于这样的言论，我无法做出回应。我只能等待她自己来解释她发现了什么。

但是，吉吉亚回来了。埃莫盖起身，没有向我道别就去了另一个房间。我在楼梯上问吉吉亚：

"小姐怎么了？她非常悲伤。"

"她和我一样。"吉吉亚回答道。

"你怎么了？"

"有人在乎吗？"

我被她惹怒了。

"见鬼，难道你对我也保密？小姐怎么了？！"

她若有所思地望着我，只是挑了挑眉毛，耸了耸肩。

我无法让她说出实情，只好垂头丧气地走回家。整个夜晚，埃莫盖的话都在我的脑海中回响：

"什么比死亡更令人悲伤？"

不久，那名贵妇就被赎走了。她的丈夫为了她亲自跑来一趟。他在文书房找到我，问我的赎金会是多少。

"我不知道，先生，"我耸耸肩，"我没有问。"

"呃，"他说，"要是数额不大的话，我就把你赎走。我会把你安排在我的身边，给你搞一个贵族头衔。你写的信就连读书人都赞叹不已。你对我妻子的描写太让人感动了，就连陌生人也为之流泪。我要把你赎走。"

"谢谢你，"我既傲慢又谦卑地说，"我宁愿在这里当奴隶，也不愿意在你那里当贵族，先生。"

他震惊地望着我。也许，如果他今天想起我，他也会摇头的。

六十三

这年的春天来得早。

刚到二月底,匈奴女孩儿的头上就插上了紫罗兰花,田野也变成了绿色。每天都有来自盟军的消息说,他们已经启程,将在多瑙河下游等待阿提拉。

也许,这次出动的人比西征时的人还要多。阿提拉之星在天空中闪烁。卡塔隆尼战役之后,没有人怀疑整个世界都属于他。

我们听说,马尔西安已经在哀鸣。等我们到了那里,他会跪着把自己的皇冠交给阿提拉。他还能做什么呢?这个世界只能由一位国王来统治。

在文书的办公室里,我们已经在谈论阿提拉把他的大本营迁到君士坦丁堡一事。大理石宫殿配得上世界的统治者,海滨城市配得上强大的匈奴贵族。

只剩举行婚礼这一桩事情了。也许,阿提拉在婚礼后的第二天就会启程,他也会把新娘子一起带走。

婚礼在一个春天的日子举行。

中午,僧侣给他们赐福。在主广场上,有许多篝火在燃烧。人们把一匹白马祭献给神灵,一袋袋的乳香被倾倒在火上。城市里开满了鲜花。在各个广场上,人们在烤牛肉和羊羔肉。到处都流淌着葡萄酒,到处都是音乐声,人们在跳舞,吟游歌手在唱歌。

阿提拉的宫殿里来了一千名宾客。此时的大厅装饰一新。墙壁和柱子上覆盖着巨大的挂毯。在大厅的各个角落里，大理石雕刻出来的希腊和罗马神像洁白如雪。这些都是从罗马帝国的各个城市里拉来的。但这些雕塑全是男性雕像。匈奴的女人忍受不了女性雕像。在男性雕像中，她们也只能忍受穿着衣服的雕像。人们把匈奴人的帽子装饰在雕像的脑袋上。

在大厅的侧面，巨大的金烛台和银烛台亮着。餐桌上有一千个餐位，餐具全是金的和银的。在大厅的中央悬挂着一只雕花桶，这是罗马教皇的礼物。里面装的是最古老的"基督之泪"红葡萄酒。

当然，我没在里面吃午宴。在外面的军事训练场上，匈奴人举办赛马比赛——我去看比赛了。在其他的地方，走钢丝者、意大利喜剧演员、阿兰耍刀艺人和希腊杂耍艺人在娱乐大众。在宫殿前的广场上，策尔孔骑着一把扫帚模仿贵族们：大腹便便的埃斯拉斯慢慢悠悠地骑马走路；查特骄傲地捋着自己的唇髭大摇大摆地走路；"牛头"马乔耷拉着脑袋醉醺醺地骑马；乌尔贡瞪着大猫眼，大喊"前进！回来！回来回来！"

我早就知道这些笑料。被嘲笑者自己也笑了很多遍。但是，百姓们是第一次被逗得开怀大笑。欢乐在阿提拉的城市里四处回荡。

夜幕降临，地上的十万只火把燃烧起来。百姓们聚集到阿提拉的宫殿前，想看见国王。

国王和身着白衣、头戴花环的新娘子一起出现在宫殿的阳台上。百姓们用山呼海啸般的快乐的呼喊声迎接他们。男人们摇动帽子，女人们挥动头巾。每个人都陶醉在幸福里，脸上泛着红色。

我是一个对任何激动人心的场面都能冷眼旁观的人。可这天晚上，我却做不到超然不群。我自己也挥舞着沥青火把，与匈奴人一起大喊：

"阿提拉万岁！祝福！"

在我看来，他不再是野蛮人的首领，而是我的运气的守护者、赋予我生命的太阳、我的永恒的国王！

阿提拉离开阳台退回宫殿，众人散开后继续扎堆狂欢。我朝查特家人待的地方走去，意大利歌手和夸德舞者正在那里敲击手鼓。

我站在那里，突然瞧见了查特家的女仆们，其中就有吉吉亚。这个姑娘和琼吉肩并肩站在第一排，火把的光把她们照亮。

这个姑娘的美惊到了我。

当我第一次见到她时，她还是一个脏兮兮的、稚嫩的小孩儿。现在，她的脸不仅白，而且泛着柔和的红色。她的两只眼睛黑得就像两只黑蝴蝶。她的头发浓密，手脚匀称。我瞪大眼睛，惊讶万分。

乌祖拉瞥见了我。他招手让我加入他们。我欣然答应。

一位夸德舞者开始跳火把舞。他是一个年轻人，只见他轻盈地旋转着，轻盈地跳跃着，腰肢灵活而柔软。他动作娴熟地让火把像蛇一样环绕着他翻腾。但是，也许是因为太高兴了，他在头上涂抹了过多的油脂，结果他的头发被火把点燃，在匈奴人的欢闹声中，他的舞蹈不得不中断。

"我们去别的地方吧！"乌祖拉喊道。

他抓住厨娘拉宝的胳膊，拉着她就走。

"我们走吧！"

劳多也抓住琼吉的胳膊。

留给我的只剩下吉吉亚了。她挽住我的胳膊，我们在喧闹的城市里漫游。

他们这些可怜的人很少有离开家的自由。只有当主人把家完全托付给他们时，他们才悉数走出家门。

我们在光影里、在欢乐的气氛中散步。我们在一堆堆欢乐的人群旁驻足。我们观看年轻人和丰满的匈奴少妇们跳舞。

"嘿嘿！"

或者，我们聆听关于意大利战役的歌曲。今天，我还能想起其中的一首歌。这首歌唱的是，在意大利平原，人们为阿提拉寻找支帐篷的地方。需要找到一座小山丘，但却没有找到。

"这样吧，"指挥官说，"你们每个人送来一顶帽子那么多的土。"

到了晚上，那里就形成了一座山。

我们继续散步。

有那么一个瞬间,我感到吉吉亚的胳膊在颤抖。

"你是不是冷?"我温柔地问。

因为当时还是早春时节。

"不冷。"她回答道。

她幸福地看着我。

"你真美,吉吉亚!"我盯着她,"你知道吗?我刚才看你的时候都惊呆了。"

她的脸红了,微笑着耸肩道:

"美又有何用?"她结结巴巴地小声说,"对我来说一文不值。"

"不,我从未听说过有谁因长得美而感到遗憾。你听说过这类事情吗?哼,好吧,那你太遗憾了。"

当她的手臂搭在我的手臂上时,我发现她的手也是匀称的。

我们沉默了。

"假如这个世界上没有埃莫盖,"我想,"这个姑娘对我正合适。"

但这只是一个一闪而过的想法。当我们走到家时,我跟大家愉快地道别。第二天的希望之光已经在我的心中闪烁:明天!我的节日终于也来了!我的辉煌、盛大、美好的节日!

我起得晚,但我的文书同事们也不着急。我们四个人住一个房间,就在君士坦提乌斯的隔壁。这个房间与厨娘拉宝的房间略有不同。这里没有淀粉的味道,而是充满橡子的味道,墙壁上装饰着教堂里的画:各种油画、脸部僵硬的圣人肖像画和胖嘟嘟的面色凝重的天使肖像画。我不知道匈奴人为什么要把这些画带回来——就是把它们做成装饲料的帆布口袋也没人要。

"这帆布太不结实了。"他们轻蔑地说。

但是,我久久未能入睡。我在反复思考一个问题:我能从阿提拉那里得到什么?

只有一件事情是肯定的，阿提拉将使我获得自由。在每次婚礼之后，阿提拉都会使自己的高等奴隶获得自由，以便让这些人记住这一天。获得自由的奴隶可以回家，如果他们想的话。回家的人很少。获得自由时阿提拉会和奴隶握手，这个握手会让奴隶甘愿留在阿提拉的身边。

他也将把手伸向我。国王自己也会感到很幸运。但之后呢？

除了一把华丽的剑和一顶帽子，我从他那儿得不到任何别的东西。不，这无论如何也不可能发生。我将从他那儿得到漂亮的帐篷和巨大的财富：很多马、牛和仆人。也许，他还会鼓动我在我们启程之前结婚？不，他现在不会鼓动我结婚，只有在战役之后他才会这么做。等到分配战利品的时候，我也能算十个人。

这件事情让我辗转反侧。早晨，当我醒来时，幸福和怀疑同时笼罩着我。我怀着忐忑的心情穿衣服，就像新娘在结婚那天的早晨醒来时一样。我把金马刺装到凉鞋上。我给头发洒上香水，把头发弄成卷发。

天空中飘着几朵云。空气凉爽，几乎是冷。音乐依然在城市的各个角落回响。

贵族们已经聚集在王宫宽阔的门廊里，他们轻声地交谈着。最高指挥官头戴蓝色天鹅绒帽子站在那里，剑插在后背。我的主人站在那里，正在卷自己一拃长的唇髭。萨鲍德-格勒格站在那里，正让老鲍尔曹喝他的马驹皮囊里的葡萄酒。那里还站着奥里斯特斯等几名官员以及阿达里克国王、贝尔吉、欧尔戈瓦尼、多罗格、马乔、卡松、乌波尔——大约有五十个显要人物，三五成群地聚在一起。他们在等待宫里的号角响起，以便进入大厅。

在庭院里，母牛哞哞叫，绵羊咩咩叫。这些都是作为礼品的动物：七头白母牛，牛角上全涂了金粉；七匹白骏马，蹄子上全涂了金粉；七只绵羊羔；七只白山羊，它们的角上也全涂了金粉；七只白母鸡，七只白孔雀，七只白鸽子，七只白鹤——各种各样的动物，全都是七只白色的。

走廊的门已经打开，那里站着四名睡眼惺忪的保镖。走廊深处，光线昏暗，保镖队长艾德肯的长袍红得耀眼。每天夜里，他必定守卫在此，他想成为第一个祝愿阿提拉好运、力量和健康的人。这倒也符合他的身份。

萨鲍德-格勒格对我说：

"嘿，小伙子，你想把你的今天卖多少钱？"

"哼，要是我用今天能换来一样东西就好了，可国王不可能给我，而没有国王的恩赐，我又不可能得到。假如我能拥有的话，即使把罗马帝国送给我，我也不愿交出去。而假如我得不到，我宁愿把我的自由、国王给我的所有礼物和我的脑袋白白地送魔鬼。"

萨鲍德-格勒格笑了：

"我喜欢猜谜语，但现在我猜不出来。这个东西究竟是什么？"

"即使国王把所有的金子给我，把太阳和月亮给我，把天空中所有的星星都装在麻袋里给我，所有这些东西加在一起，与我今天期待的东西相比都一文不值。"

他笑道：

"我还是没听明白。"

主号角手卡松穿一身非同寻常的盛装走向这群人，他睡眼惺忪，红着眼睛。他问国王是否已睡醒。他和几位贵族一一握手，并接过考莫乔的壶喝了口酒。

"你为什么把号角带来了？"乔沃尔问，"难道你认为我们今天就启程吗？"

"这取决于阿提拉，"卡松回答道，"时机早就到了。"

我们的谈话被一阵嘈杂声打断。在走廊上，艾德肯朝我们跑过来。他未戴头盔，面色惊慌地对保镖们喊道：

"快叫最高指挥官……"

他上气不接下气，手抖个不停：

"最高指挥官……快去叫最高指挥官！……快去叫大祭司！……快去叫医生！"

我们全都僵住了。

人群中的最高指挥官就站在他的面前,但惊慌失措的艾德肯却没有看见他。

"怎么了?"贵族们惊讶地问。

艾德肯像醉汉一样靠在墙上。眼泪哗哗地往下流。他用拳头拍打额头:

"哎哟,哎哟,大事不好了!"他大喊道。我们被他的话吓得魂飞魄散。

最高指挥官抓住他的肩膀:

"我在这里,发生了什么事情?"

"他死了!"他痛彻心扉地说。他的声音令人恐惧,仿佛他的心要从嘴里跳出来似的。

仿佛所有的人都被闪电击中。所有人的大脑都停止了思考。究竟是谁死了?无人敢问。这是叫人难以想象的恐惧,我们简直不敢相信自己的耳朵。

最高指挥官的嘴唇嚅动了,他仿佛是在令人窒息的梦中结结巴巴地说出了这句话:

"他被人杀了……"

"我什么也不知道,"艾德肯咕噜道,"听见新娘子尖叫,我就冲了进去。阿提拉仰面躺在那里,我对他大喊:'陛下!'我摇他,他没有回应……"

他靠在墙上痛哭。

我们像梦游者一样挪动脚步,默默无语地拥挤着跨进门槛,穿过昏暗的走廊,走上楼梯。阿提拉的卧室就在那里。但是,这一切都是机械的、无声的,仿佛每个人都是在噩梦中被迫走动。

房间没有门,只挂着一个蓝色的丝绸门帘,厚厚的,一直垂到地上。

贵族们面色苍白地鱼贯而入。我也被卷在他们中间。双扇门打开着。

有一种难闻的味道,像闷热的地窖里的霉味。伊笛可跪在房间昏暗的角落里,披头散发,披着面纱,一边颤抖一边哭泣。阿提拉仰面躺在胡桃木大床上,胸部以下盖着毯子,一动不动,面如黄泥。半张开的嘴里似乎流过血。

"陛下!"马乔用颤抖的声音低语道。

"陛下!"最高指挥官摇晃着阿提拉的肩膀呼唤道,"陛下!"他呼唤道,就像耶稣在坟前呼唤拉撒路[①]一样。

他瘫倒在床边的沙发上。

"他死了!他死了!"我周围的人脸色僵冷地低语道。

"他被人杀死了!他被人毒死了!"老鲍尔曹喊道。

人们就像是抓捕动物那样,抓住伊笛可的头发。

"是你杀了他!"

这个女人尖叫着把人们的手推开,把脸藏在自己的手掌里。她听不懂人们的话语,但被狂野的声音吓得直打哆嗦。她的脸就像疯子的脸。

鲍尔曹也去摇晃国王的身体:

"阿提拉!"他老泪纵横,像父亲那样哭道,"阿提拉!"

国王的手在毯子上放着。他抓住国王的手,但又松开。他跪倒在地,失声痛哭:

"他死了。"

每一张脸都被泪水浸湿。最高指挥官扶着墙哀号道:

"啊,我的好陛下!我的好国王!"

"我们完了!"一个声音哀号道。

有人跪倒在地上,有人扑倒在床上,但所有人都呼天抢地,泣不成声。

"可怜的匈奴民族,你灾祸临头了!"老鲍尔曹喊道。

[①] 拉撒路,《圣经·约翰福音》中的人物,他病危时没等到耶稣的救治就死了,但耶稣一口断定他将复活,四天后拉撒路果然从山洞里走了出来。

我几近窒息地走出房间。在走廊上，面色苍白、痛苦哀号的人们挤进来，挤出去。

我被挤到塔的楼梯口。我走上去，呼吸空气。

王宫周围仍然一片寂静。在远处，有三个地方有音乐声响起。阳光穿透云层，把半个城市照亮，帐篷的金顶和王宫的铜顶熠熠生辉。

从王宫里，我看见骑手们向各个方向疾驰而去。远处的音乐声逐渐消失。令人窒息的寂静笼罩了这座城市。

此后，我看见人们是如何从四面八方往王宫的方向跑。男人们骑着马，妇女和儿童在马的旁边跑。人越聚越多，王宫旁边人山人海，人群发出轻微的喧嚣声。广场上挤满了男人、妇女和儿童。主人和仆人、女人和男人混在一起，挤进王宫的每一道门，空气中充满了喧嚣声和隆隆声。

我有一种天塌地陷的感觉。空气令人窒息，犹如雷暴来临之前。有某种东西促使我赶紧骑上马去野外，我什么也不想看见，什么也不想听见！

我走到楼下，却撞上了一群保镖。他们把守着走廊。直到现在，丽卡王后才跑向阿提拉的房间，她尖叫着，撕扯着自己的头发。

"他是被人杀死的！他是被人杀死的！"她尖叫着。

紧接着，奥劳达尔王子头部前倾着匆匆赶来。他手里拿着帽子。面色惨白如墙。

然后，阿提拉的其他妻子和孩子也来了。

"我受不了这个可怕的哭声，"我告诉保镖鲍劳绍，"你让我出去吧。"

"会是谁杀了他呢？"这名保镖眼泪汪汪地问，"除了我们，谁也没来过这里啊。"

然后，僧侣和医生们也来了。每个人都说，阿提拉是被人杀死的，东罗马帝国再次成为罪魁祸首。人们充满了愤怒与绝望。一刻钟后，医生们出来了。他们说，国王身上没有伤口，他死亡的方式和布列达一样。

在王宫前，宣令官把医生的话重复了一遍。民众听到后发出悲伤的咆哮声。

贵族们在门廊里哭泣。查特掏出匕首，把自己的衣服划破。他把匕首刺进自己的面颊。他痛苦哀号。他坐到地上，后来又倒在地上。

"一切都完了！就连神也完了！"

卡松走上前去，把他扶起来。这时，有人把系着孝布的阿提拉的金色长矛抬了出来，插上王宫的顶端。

卡松转身。他从脖子上取下又大又漂亮的象牙号角，用力地向柱子摔去，号角被摔成无数碎片。

六十四

到了下午,阿提拉的遗体就已经停放在了主广场高高的灵台上装饰着银星的黑丝绸帐篷之下。帐篷的围布被挂起来,以便民众瞻仰。

大祭司们在灵台的后面祭献了一匹黑马,瞎子卡冒问匈奴的亡灵们如何安葬阿提拉。

"你们要把他放进三重棺椁里,"这就是回答,"第一重棺椁要用金子做,其色彩如同阳光,因为他就是匈奴人的太阳。第二重棺椁要用银子做,其色彩如同彗星的翅膀,因为他就是这个世界的彗星。第三重棺椁要用钢铁做,因为他就像钢铁一样坚强。"

在制作棺椁的过程中,匈奴的贵族们通宵达旦地讨论一件事情:应该把阿提拉安葬在何处?因为匈奴是游牧民族,某个国王可能会把他的子民带往别的国家,如同蜂群飞离蜂巢一样。或者,在结盟的民族中,盗窃团伙可能会打黄金的主意。或者,也有可能在几个世纪之后,又将出现一个强大的民族,他们会把金棺从地下挖出来。

老卡冒根据上苍的暗示回答道:

"蒂萨河里到处是小岛。你们选一个小岛,小岛两边有两条河道,你们把较为狭窄的那条河道里的水引走。在那里,你们挖一个很深的墓坑,然后再把这条河道加宽,比另一条河道还要宽。把国王埋葬之后,你们再把水放回来。随着时间的流逝,记忆会淡去,泥土将覆盖他的棺椁——以后将没有人知道阿提拉葬在何处。"

第二天早上,十万只铁锹和锄头投入工作。蒂萨河的一个河道被无数装满土的麻袋阻断。到了晚上,坟墓就已经挖好了,它深得谁也不可能找到。

人们往墓坑里撒上了鲜花和树枝。

到了第三天,三重棺椁就做好了。阿提拉被再一次抬起来,供人们最后一次瞻仰。然后,在人们的哀号声中,他被放入金棺。人们把他的剑、弓、金色长矛放到他的身边。人们把他作战时戴过的熠熠生辉的头盔戴到他的头上。

葬礼前夕,一件奇特的事情发生在了我身上。当时,我站在守灵人中间,冷漠地、傻愣愣地听着萨满们的祷告,有人触碰了一下我的肩膀。我回头一看,是吉吉亚。

"你有什么事情?"

"你跟我来吧。"

我以为她带来了埃莫盖的口信。我麻木地、毫无知觉地走着,就像一个锡做的人。

我们穿过人群来到院子里。这里一个人也没有。她把我拉到墙边的黑暗处。

她神秘地悄声说:

"我求你不要去参加葬礼。"

她的身上散发着埃莫盖常用的香水的味道,这几乎让我感到生气。

"为什么?"

"不为什么。我求求你了。请你做到这一点!"

"但为什么?你告诉我原因。"

"昨晚我做了一个噩梦。我梦见阿提拉带领一小队人骑着马升上了云端。血淋淋的马,血淋淋的人……你也在他们中间。"

"别说了,你去下地狱吧!"我厉声说。

她跪下来,抱住我的腿:

"你别去,泽塔!你别去!我只求你做到这一点。我曾经以为我可以提出更多的要求。你对我和蔼、友善,有一次,我从窗户给你扔了一枝玫瑰花。你捡起玫瑰花亲吻了起来。我想,那枝玫瑰花就代表我的心……"

血液直往我头顶上涌:

"那枝玫瑰花是你扔的?"

"你生气了?我做错了吗?我没想到是这样的结果。原谅我。我不会再挡你的道了。但是,你别去葬礼。"

我的第一个念头是踢她、羞辱她,或者,我也不知道该把她怎么办。尽管我心里难受,但一个令我宽慰的想法阻止了我动手动脚。傻丫头!她哪里知道自己做了什么?

"你别紧张!"我回答道,"我也做了一个梦。我的梦比你的梦好,肯定也比你的梦聪明。"

我离开了她。

中午,一个面色阴沉的保镖拿来一根木棍,说上面刻着谁的名字,谁在葬礼前就别离开自己的房间。木棍上有大约四十个名字,也有我的名字。与我住在一起的三名文书的名字也在上面。

一个小时后,梅纳-沙格走进我们的房间。两名萨满仆人跟在他的身后。一个人带来了像衣服一样的东西,另一个人带来了火把。

"你们听着!"他严厉地下达命令,"参加葬礼的时候,你们把这个丧袋穿到自己身上。你们排成队,在马的旁边行走。泽塔,由你来带领他们。当我们把棺椁从车上抬下来放到蒂萨河底的时候,听到我的号角声后,凡是穿这件衣服的人都要趴到棺椁的周围。你们要保持这个姿势,直到哀乐声停止。"

"遵命,先生。"

他离开了。

让我们来看一下这件衣服:这是一个用黑色薄布缝制的袋子,有的人穿上后长及脚后跟,有的人穿上后只到半腿上,但都宽松肥大,只有两只胳膊和两只眼睛的地方有洞。

梅纳-沙格刚走,一个穿丧服的女人便出现在了门口。

她揭开黑色面纱——原来是埃莫盖。

她看着我的同伴们,命令道:

"你们出去吧!"

奴隶们出去了。我惊得目瞪口呆。站在我面前的仿佛是一尊穿着丧服的大理石雕像。她的脸上平静如水,眼神冷峻。

"泽塔,"她用颤抖的声音低声说,"我看见你已经有丧服了。"

"刚刚送来的。"

"我来有一事相求。我知道,不管我提什么请求,你都会去做。起灵的时候,你套上丧袋,但你别急着走。你让你的同伴们先走。你要一直等到我来为止。"

她举起手指,用更小的声音说:"你要一直等到我来为止。"

我把她送到大门口,但我只能走在她的身后——我不敢说话。

这时,宫里来来往往的人都穿上了黑衣。马匹中的黑马也被挑选了出来。其余的马则留在马厩中。

我一边往回走,一边思索。我不明白她想干什么。也许吉吉亚把我们见面的情形告诉了她?但她的脸色白得令人畏惧。她的肢体动作也非常机械。每个人的眼睛都是红红的,而她的眼睛却不红。她的眼睛周围有青色眼圈。因此,她的目光呈现出病态。

下午四点钟光景,出殡的号角声响起。王宫的墙壁也在颤抖。我们套上特殊的丧服,出发了。

当我们到达大门口时,我对后面的同伴们说:

"我把皮带落在屋里了。你们先走吧。"

我等了还不到五分钟——门开了,埃莫盖轻快地走进来。

她站住,看我。

"是你吗?"

"是我。你吩咐吧。"

"你把丧袋脱下来,给我套上!快!"

她扯下面纱,扔到地板上。她把簪子从头发里拔出来,扔到角落里。她的头发垂了下来。她的脸就像白蜡一样。她的嘴唇几乎发青。

"小姐。"我焦急地小声说。

"嘘,别出声!"

"小姐……"

此时,我已经把丧袋脱下来搭在手臂上,但她冷若冰霜的眼神让我感到恐惧。

"你把它给我套上。"她悄声说。

"但是……"

"你爱我吗?"

"哦,我的上帝……"

"那就把它给我套上吧……不,你先等一下……你亲吻我吧……这是你应得的……我知道你遭受了什么……我知道,我知道……"

她把没有血色的嘴唇伸过来。这本应是我的幸福时刻。但这个时刻……她的嘴唇却是冰冷的,我就像亲吻了一个死人一样。

"你什么都不要问,"她悄声说,"你什么都不要说。"

好吧,我什么都不说,我冷漠地把丧袋套到她的身上。

她还做出了一个举动。她瞥见自己的胳膊上有黑色蕾丝。她撕掉蕾丝,扔到地上。

她像影子一样飘了出去。我留在了那里。我做了我必须做的事情,是她要求我这么做的。假如她要我往井里跳,我也会跳的,因为这是她的意愿。让我感到怪异的是,她加入了拿着火把的人群之中。真是莫名其妙。

外面响起了哀乐,众人的恸哭声和哀乐声混在了一起。此后,是僧侣对匈奴之神的一句接一句的呼喊声。

我依然坐在房间里。不祥的念头在我的脑海里盘旋。

这个姑娘究竟为什么穿走了我的丧服？女人们常常自命不凡，小题大做。一定是有人伤害了埃莫盖——也许是她的母亲，也许是王后？也许，在葬礼仪式上没有给她安排与其等级相适应的位置，她心里的民族感情迸发了——她以此种方式表达对国王的哀悼。

至于我可能会因违抗命令而被绞死，这只是转瞬即逝的想法。埃莫盖的意愿，对我来说就是命令。

我把面纱的碎片捡起来，藏到我的箱子里。我把簪子也放了进去。明天，我将把它还给她。

当我走出王宫的时候，发现捷尔海萨满站在棺椁旁边。他身披沾满鲜血的亚麻布片。他剃成了光头，把头皮划破让其流血。其他僧侣的打扮也和他一样。老瞎子卡冒站在棺椁前面，不断抬头仰望天空。悲伤的人群在令人窒息的寂静中倾听捷尔海萨满深沉的歌声，他以阿提拉的名义转向人群，向他们道别：

"这个世界上从来没有一个国王像我这样受到拥戴，我依然将离开我忠实的子民！"

低沉的、压抑的哭声响起。人们泪如泉涌。

萨满继续道：

我一直走在死亡境地，
我从未找见我对面的他，
我睡觉时他用弓箭伏击我，
我枕在美丽的心上人的心口。
求神保佑我妻丽卡，
我的梦在战场，我的仁爱在家，
我的两棵金苹果树，
我的王宫的悲伤之花。

王后发出撕心裂肺的尖叫,她起身扑到棺椁上。两名身穿丧服的王子乔鲍和奥劳达尔也哭喊着扑到棺椁上。

萨满继续道:

我再说最后几句话,小儿乔鲍,
你是我在这个世界上最亲爱的人。
你将不再用微笑的眼神看我;
你将永远无法说出这个词语:我的父亲。
但只要遇到麻烦,你就仰望天空:
有闪电的地方,就有你父亲的灵魂。

民众和国王的家人一起哭泣。萨满让阿提拉的每个儿子与父亲一一告别。匈奴人称奥劳达尔为他们的荣耀和骄傲,称厄尔纳克为军队之星,称埃拉克为可爱的狮子,称邓吉西克为匈奴人聪明的大脑。接下来向阿提拉告别的是首领们、重要的官员们、结盟的国王们。最后向阿提拉告别的是民众。萨满以阿提拉的名义建议他们和睦相处。

悼词的结尾如下:

神与美丽的土地同在,
蒂萨河和穆列什河流域
是我最勇敢的子民永恒的家园。
我的身体已回到大地母亲的怀抱,
我的灵魂在夜晚的星空中飞奔!

然后,老伊达尔站到棺椁旁,大声哭唱道:
"啊,我们大祸临头!我们的太阳从天上坠落了!我们耀眼而美丽的太阳从天顶坠落了!"

"我们的太阳坠落了！"民众哭喊道。

伊达尔摇着头，把手伸向棺椁：

"你为什么要离开我们，阿提拉？在这个世界上是否有一个地方，那里的人比我们更爱戴你？啊，在这个世界上没有那样的地方！你为什么要离开我们，阿提拉？"

人们恸哭着重复伊达尔的最后一句话。在这场暴风雨般的哭声中，男人们用匕首划破自己的脸，以便用带血的眼泪向他告别，用普通的眼泪向他告别是不得体的。

伊达尔继续道：

"每当我们看见你的面孔出现时，我们的心里就充满喜悦。每一把剑都在鞘中颤动。火焰在血液中翻滚。母亲们会抱起婴儿说：瞧，阿提拉来了！"

在经久不息的恸哭声中，他继续道：

"阿提拉！阿提拉！你曾是我们的快乐，我们从未有过这样的快乐；现在，你是我们的痛苦，我们从未有过这样的痛苦！你的名字曾是我们的骄傲，是在远方闪烁的灯塔；现在，你的名字使我们谦卑，使我们陷入悲痛！"

他声音哽咽，忍住哭泣后，继续道：

"在这个世界上曾经有过著名的、强大的国王，但像你这样的国王，一个也未曾有过，阿提拉！"

"像你这样的国王，一个也未曾有过！"成千上万的人哭着重复道。

"国王将会有，但像你这样的国王将不会再有。"

"不会再有！"人们重复道。

"你的名字就像夜晚升起的太阳那么耀眼。阿提拉，你为什么要返回黑夜？下坠的太阳带走了自己的光芒，你带走了匈奴人的荣耀！"

"匈奴人完了！"最高指挥官撕心裂肺地喊道。

民众用狂风暴雨般的哭声重复最高指挥官的话。过了好久，萨满才继续道：

"你怎能忍心离开你的军队，世界上没有比它更强大的军队！你怎能忍心离开你的金色帐篷、你的宏伟的宫殿、你的普照世界的荣耀！啊，神之剑从你的手中脱落！啊，你让这个民族成为孤儿！"

他无法继续说下去。人们狂怒起来，鲜血顺着他们的脸颊往下流淌。他们用匕首划破自己的手臂和胸膛。最高指挥官把匕首刺进自己的左臂。女人们晕倒了。年迈的阿达里克国王一阵眩晕，跌倒在棺椁旁边。

萨满们把棺椁抬到灵车上，十二匹黑马拉着灵车朝蒂萨河的方向而去。

阿提拉最爱的马——"闪电"走在最前面，套着马鞍，披着长及马蹄的黑纱。这匹马的后面走着十四位戴着王冠的国王，他们佩戴着黑纱。他们的后面是僧侣们，有的人穿白衣，有的人穿黑衣，大约有一百人。许多男孩儿走在僧侣们的前面，他们和僧侣们一起歌唱匈奴哀歌。走在他们前面的是所有的乐手，他们组成了一支乐队。他们吹响了深入骨髓的悲伤旋律。在匈奴人的疆域之外，我没听过这样的旋律。

阿提拉的家人跟在棺椁的后面。阿提拉的妻妾们和王子们、贵族们、高官们、匈奴大亨们都光着头，穿着撕破的衣服步行。

保镖们走在棺椁的两侧。他们戴着头盔，但上面蒙着黑纱。他们的衣服被撕破后垂在他们的身上。他们的脸因流着血而无法识别。

时不时地会有鼓声响起，时不时地会有人的喊声响起：

"阿提拉！我的好国王！"

每当这时，人们就重复这句话，喊声响彻云霄。

看到这片人海会让人产生恐惧。男人们都满脸是血，穿着血淋淋的长袍。匈奴人与身穿鳞甲的亚斯人混在一起，如潮水般涌动。格皮德人、萨尔马提亚人、乌戈尔人等其他民族也蜂拥而至，他们骑马走了三天才赶到这里。在一眼望不到尽头的送葬队伍中，他们骑着马为他送行。他们把旗帜也带来了，与参加战争时一样。黑纱、黑缎带或织物使他们的色彩变暗。

我的目光在搜索那些套着袋子的人。我在保镖们的旁边找到了他们。我想挤过去找到埃莫盖，待在她的附近，以防她在拥挤中遭遇不测。但我的搜索徒劳无功。他们离得很近，我本来可以认出他们的面孔，但黑袋子让每个人都变得无法识别——埃莫盖消失在了他们中间。

"假如我走进他们中间，"我想，"我就能认出她来，谁的手也没有她的手那么纤细白皙。只要瞥一眼，我就能在一百只手中认出她的手。"

我必须回去取火把，因为一个小时后夜幕就将降临，而且每个人都带着火把。之所以在晚上埋葬阿提拉，就是为了不让人们找见坟墓的位置。

于是，我就返回去。王宫里空无一人。前一天，我在庭院里看见了一堆火把。但现在不要说火把了，连火把的影子都没找见。

这期间，送葬的队伍已经往前走了，我只能挤进百姓当中。我不断地往前挤，但徒劳无益——在贵族的后面已经全是密密麻麻的百姓，从他们中间穿过去是不可能的。

夕阳西下，云被染成了紫金色。

此时，我们已经出了城。黄黄的蒂萨河水在我们的面前波浪起伏。

我厌倦了推推搡搡。在一棵老杨树旁停下脚步。

我想等密集的人流过去再说。后来，我又想：我何必继续前行，为什么要让别人踩踏自己呢？既然已经不可能走到保镖的附近，我更不可能看见阿提拉是如何下葬的。

我爬上一根伸出来的树枝，看着送葬的队伍远去。后来，我爬到了更高的地方。没有人注意到我。我从树上看见一个岛和蒂萨河的一片河床，这片河床空荡荡的。因水量增加，另一片河床里的水漫到了田野里。

这期间，太阳已经落下去了。在傍晚的黑暗中，火把的光越来越亮。每个人都举着火把。这里究竟有多少火把呢？也许有一百万支，也许几百万支。天上既看不见月亮，也看不见星星，但地上却有无数的星星。仿佛天上所有的星星都坠落到了这个地方，为的就是送阿提拉最后一程。

送葬队伍已走远了，现在正汇聚在蒂萨河岸。我听见哀歌和沉闷的鼓声从远处传来。接下来的是一阵寂静——也许是萨满们在祈祷。

我从树上下来，加入到骑手们中间，他们牵着徒步而来的贵族们和国王的妻妾们的马。

当我走到河边时，号角已经响起。所有的号角都在吹军营里要求部队睡觉的号角。

"安息吧，阿提拉！晚安！"

突然响起轰隆声，仿佛远处下起了倾盆大雨。人们拆除了麻袋垒起来的水坝——水向坟墓涌去。

无数的火把飞向天空，画出一道道弧线后熄灭——每个人都把自己的火把扔进了蒂萨河。

人们默默地往回走。

我还在等。我心想：就让他们从我身边走过去吧，我要等埃莫盖回来。但我不得不回到树上等，因为很多的马和很多的人总是往我身上撞。

我从声音上认出了保镖鲍劳绍。

他停在树下，与几个同伴交谈。

"那匹马的命运不该如此。"他说。

"太遗憾了。"另一个声音答道。

"是的。"

我不明白，"不该如此"是什么意思。我只听明白了一点：阿提拉的马在墓地被射杀，而且被摆放在棺椁旁边。

我知道这合乎情理。每个匈奴人都是这样埋葬的：头朝西，脚朝东，马摆放在身体的左侧。马也有灵魂。午夜时分，两个灵魂都动起来，站起来。匈奴人骑上马，飞向星空。

但是，仆人们现在应该已经回到这里来了。我使劲睁大眼睛四处张望，但一个人影也没看见。国王的妻妾们和王子们都已经回来了——女人们骑在马上，马由马夫们牵着。

我也认出了贵族们。

我听到了比迄今为止听到的还要大的声音——有人在争吵,辩论。

"那把剑属于奥劳达尔!"

"他在世时指定乔鲍为继承人!"

"乔鲍还是个孩子!把匈奴人民托付给一个孩子是不可能的!"

"最高指挥官来了!"

争吵越来越激烈。成百上千的人都在谈论这件事。

人群往回已经走了好几个小时,但我的那些套着丧袋的同伴去哪儿了呢?他们一定在后面,甚至在最后面,因为是他们往棺椁上摆放树枝、鲜花和花圈。但即便如此,他们也应该走到这里了。

我在等待。我已经从树上下来了。现在,月亮从云层里钻了出来,但只是一把细细的镰刀,几乎没有光辉。一把把剑和一张张弓从我的眼前闪过。我认出了一些面孔。女人们也走来了,其中一人的孩子在哭泣。

"我要面包……"

后来,人群突然变得稀稀拉拉。

在走过来的人中,凡是有点儿像埃莫盖的,我都要走上前去一看究竟。

一切都是徒劳——她没有回来。套袋子的人一定脱下了袋子,将其扔到坟墓上的花圈和火把之中,而埃莫盖也一定加入到国王的妻妾们中间去了。

六十五

我进城时，大概已是午夜时分。外面聚集了很多人。在一支支火把的周围，很多人骑着马扎堆交谈。在有的地方，交谈声还很嘈杂。

在一个地方，我看见了几个吟游歌手，他们站在马背上歌唱阿提拉的英勇事迹。这些都是人们朗诵过和听过很多遍的歌曲，但在这天晚上，人们却是怀着另一种心情在倾听。

在有的地方，篝火在熊熊燃烧。占卜师正在预测未来，听众们鸦雀无声。

在一座座宫殿的周围，骑马的人更多，人们的声音更大。火把照亮了一张张沾着血污的面庞。往常，这些宫殿都是灯火通明。每个入口处都有火把在燃烧，水井旁边有小柴堆在燃烧，火光会把广场照亮。现在，广场上一片黑暗，这些宫殿也一片黑暗。

这些宫殿为什么一片黑暗？往常，要是有贵族去世，葬礼之后会举办大型丧宴。那些爱戴死者的人与悲痛的家人围坐在一张餐桌旁，在安静的晚宴上谈论死者的功绩。在桌子的主座上有一把空椅子和一只空盘子。死者的灵魂坐在那里——这个位置属于他。

我原以为我会看见为追思阿提拉而举办的更大的丧宴。可为什么没有举办呢？也许人们不知道这个丧宴该由谁来举办？由国家来举办吗？可阿提拉既没有地方行政长官，也没有政府。他本人就是一切。由家人来举办吗？家人可能担心骚乱。

但也许没有人想起办丧宴这件事。在遭受可怕的精神打击之后，所有人都失魂落魄。阿提拉的宝座如今空空荡荡。谁能堪当重任,拿起阿提拉的剑呢?所有人琢磨的都是这个问题,而不是丧宴。

我太累了,几乎站不稳。我走进位于王宫后面的我的住处。

我们的房间里没有蜡烛。我竖耳细听,没有任何打呼噜的声音。原来,房间里空无一人。我的同伴们肯定也在外面交谈的人群之中。

于是,我躺下睡觉。我陷入一种半睡半醒的状态,走廊上人来人往,脚步声、说话声连绵不绝。一声声的叫喊声或者吟游歌手的歌声也从外面传进来。

看来,我是无法睡觉了。我穿上衣服出了门。

在广场上,吟游歌手老奥尔玛德在唱歌。他站在井沿上,把歌词大声喊了出来。一大群人悲伤地听着。

我刚离开王宫就撞上马乔。

他两眼直勾勾地盯着我,仿佛看见了幽灵似的。当他这样盯着我时,我也惊愕地看着他,想知道他怎么了。

"哦,是你?"他终于对我低声说,"你在这儿?"

我对他的问题感到惊讶,答道:"是的。"

后来,他使劲眨着眼睛,结结巴巴地说了什么,似乎是为自己辩解。这时,其他的贵族走过来,拉着他就走。

"乔鲍国王!"远处传来一群人的喊声。

我去了后面的马厩,找到了我的马。我骑到光光的马背上,去了民众中间。

另一个歌手阿尔莫德唱道:

我们把他的尸体放进三重棺椁。
就这样埋进地下,地下,水下。
弓弦铮铮,箭声嗖嗖;
你忠实的仆人们倒在你的周围。

听到这句歌词，我的心脏停止了跳动。我的心脏停止了跳动，仿佛变成了石头一样。怜悯之神啊，到底发生了什么事情？

这名吟游歌手伸展右臂，继续唱道：

蒂萨河水在轰鸣声中下泄。
闪光的波浪把坟墓淹没。
火把熄灭，星辰坠落，
你可爱且忠实的仆人们倒在你的周围。
黑暗袭击匈奴民族，
我们心中的悲伤更加黑暗。

我环顾四周。索博尔奇站在我的身边。我抓住他的胳膊。

"这个人唱到了仆人，仆人怎么了？"我声音颤抖，几乎窒息。

他感到惊愕。眼睛直勾勾地盯着我。

"你没去那里吗？"

"没有。"

"这怎么可能？"

"我是在执行命令。这个吟游歌手在唱什么？我不明白。"

"他在歌唱那些仆人。难道你不知道阿提拉所有可爱的仆人都被弓箭射杀了吗？但是你……"

"你是指那些套着丧袋的人吗？！"

"也包括他们。"

我顿时感觉天旋地转，就像有人用铅棍击打了我的头似的。

我不知道我是什么时候下的马，谁跟我说过话，谁从我的身边走过，谁向我打过招呼，或者谁推了我一下。我坐下来，为埃莫盖恸哭，然后继续跌跌撞撞地往前走。在清晨的微光中，我在埋葬阿提拉的蒂萨河的河畔清醒过来。我坐着，目光呆滞地凝视着黄色的波浪。

正当我出神沉思时，有一只手触碰我的肩膀，一个温柔、忧伤的声音说道：

"泽塔！"

我抬起头。吉吉亚站在我的身边，脸色苍白而悲伤。

"你快逃吧！"她结结巴巴地说，"你快逃吧！城里正在发生可怕的杀戮。"

我这才意识到早就从远处传来的吼叫声与我在卡塔隆尼平原上听到的作战噪声一模一样。

"人们分成了两派！"吉吉亚继续结结巴巴地说，"在那些宫殿的周围，匈奴人正在互相残杀。你快逃吧！离开这个地狱！……"

在说这些话的时候，她眼泪汪汪地、焦急地望着我。

你这个神圣的灵魂，你这个女天使！你的翅膀总是在我的身边扇动，但直到此时此刻，我的眼睛才向你睁开。你不是一直爱我、忠于我、为我受苦、注定属于我的人吗？可是，我却没有看见你。我的眼睛一刻不停地盯着她，她已躺在蒂萨河底，躺在她的秘密偶像身边，而且她的心被箭射穿。现在，当我已经看不见她时，我的眼里全是她。

我像梦游者一样站起身来，握住这个姑娘的手：

"吉吉亚。"

"你快逃吧，泽塔！你快逃吧！"

"你跟我一起走吗？"

她谦卑地垂下头：

"假如你允许的话。"

我只回头看了一眼。城市正在燃烧。在紫色的火海中，王宫的塔在燃烧时发出黄色的光芒，仿佛西边的天际露出了黎明前的曙光。

我们启程了。